ROBBIE COUCH

TRADUÇÃO
VITOR MARTINS

Dados Internacionais de Catalogação na Publicação (CIP)
(Câmara Brasileira do Livro, SP, Brasil)

Couch, Robbie
  Simplesmente Blaine / Robbie Couch; tradução Vitor Martins. – 1. ed. – São Paulo: Editora Melhoramentos, 2023.

  Título original: Blaine for the win.
  ISBN: 978-65-5539-558-7

  1. LGBTTQIAP+ – Siglas 2. Romance norte-americano I. Título.

23-150871   CDD-813.5

Índice para catálogo sistemático:
1. Romances: Literatura norte-americana 813.5

Tábata Alves da Silva – Bibliotecária – CRB-8/9253

Copyright © 2022 by Robbie Couch
Título original: *Blaine for the Win*

Tradução: Vitor Martins
Preparação: Carlos César da Silva
Revisão: Laila Guilherme e Rodrigo Oliveira
Projeto gráfico: Carla Almeida Freire e Bruna Parra
Diagramação: Bruna Parra
Ilustrações de capa e miolo: Vitor Martins

Toda marca registrada citada no decorrer deste livro possui direitos reservados e protegidos pela lei de Direitos Autorais 9.610/1998 e outros direitos.

Direitos de publicação:
© 2023 Editora Melhoramentos Ltda.
Todos os direitos reservados.

1ª edição, julho de 2023
ISBN: 978-65-5539-558-7

Atendimento ao consumidor:
Caixa Postal 169 – CEP 01031-970
São Paulo – SP – Brasil
Tel.: (11) 3874-0880
www.editoramelhoramentos.com.br
sac@melhoramentos.com.br

Siga a Editora Melhoramentos nas redes sociais:
 /editoramelhoramentos

Impresso no Brasil

Para aqueles que não são nada sérios.

★ CAPÍTULO 1 ★

É OFICIAL: NUNCA EXISTIRÁ UMA SEXTA-FEIRA MAIS PERFEITA DO QUE ESTA.

Meu recesso acabou de começar. O mural à minha frente se tornou uma das minhas criações favoritas de todos os tempos. E, daqui a apenas algumas horas, estarei no encontro mais mágico de toda a minha vida. Tem como melhorar?

Dias assim são anormais, como aprendi ao longo dos meus dezesseis anos. Dias assim serão lembrados para sempre. Não dá para explicar um dia como o de hoje sem dizer que o Universo deve estar me presenteando com uma boa dose de bom carma que eu acumulei numa vida passada.

Estou retribuindo o Universo ao pintá-lo na fachada da Papelaria da Susan – e mandando bem pra caramba, diga-se de passagem. O mural ainda está mais ou menos pela metade, mas indo bem melhor do que eu esperava, pra ser sincero. Um Saturno rosa-chiclete com anéis turquesa flutuando num espaço azul-cobalto; cores perfeitas para chamarem a atenção no quarteirão sem graça que a Papelaria da Susan chama de casa.

A sra. Ritewood, a proprietária, me deu total liberdade criativa para decorar a fachada bege, que já estava há décadas implorando por um "rejuvenescimento profundo" – palavras dela, não minhas (embora eu concorde cem por cento). Pelas leis da prefeitura, a fachada, que está caindo aos pedaços, deveria ser demolida e reconstruída do zero, mas, com o orçamento limitado da sra. Ritewood, um aluno de ensino médio com muita imaginação e um monte de tintas teria que dar pro gasto.

– Blaine!

Dou um salto ao ouvir a voz da sra. Ritewood, quase derrubando o pincel.

Ela flutua da porta da loja até o meio da calçada para poder ver melhor o trabalho em andamento. Depois de uns cinco segundos contemplando, solta o ar.

– Está ficando *esplendoroso*.

Aliviado, dou alguns passos para trás, tentando enxergar o mural através dos olhos dela.

– Acha mesmo?

A animada proprietária, com menos de um metro e meio, para ao meu lado, os olhos arregalados e os braços cruzados.

– As cores estão espetaculares, Blaine.

– É?

Ela balança a cabeça, maravilhada, e o cabelo curto esculpido permanece imóvel sob tantas camadas de laquê.

– Os anéis estão fascinantes.

– São minha parte favorita.

– E... peraí. É Saturno... – Ela se aproxima, encarando o planeta personificado, com olhos verde-esmeralda, um nariz arredondado e covinhas gigantes. – Esse Saturno por acaso... sou eu? – Ela gira a cabeça para ouvir a resposta.

Mordo o lábio, nervoso, pois o grande segredo finalmente foi revelado.

– Sim.

– Ah! – A sra. Ritewood se anima, jogando os braços para o alto. – Eu amei! – Ela se aproxima para um abraço...

– Peraí! – Salto para trás, mostrando as palmas das mãos cobertas de tinta acrílica azul. – Não quero estragar sua roupa!

— Ah, é mesmo — diz ela, observando minha camiseta branca esfarrapada, cheia de respingos esverdeados. — Bem pensado. — Ela retorna a atenção para a parede com um sorriso e um suspiro.

Este momento — a emoção nos olhos dela, o queixo caído, a pausa dramática carregada de todas as possibilidades que um rejuvenescimento profundo como esse pode significar para a Papelaria da Susan — é um dos principais motivos que me fazem pintar murais para pequenos estabelecimentos pela cidade. Também gosto das recompensas estéticas de dar meu toque especial nesse cantinho abandonado no noroeste de Chicago, é claro, e me perder nos meus mundos inventados e coloridos é terapêutico para mim. Mas observar o dono do estabelecimento analisando a nova fachada bem na minha frente? Acho que não existe um sentimento mais gratificante no mundo.

A sra. Ritewood olha para mim, corada de tanta empolgação.

— O seu... — Mas um trem da linha L se aproxima pelos trilhos enferrujados acima de nós, estremecendo a superfície líquida das minhas latas de tinta e abafando a conversa com um rugido ensurdecedor. A sra. Ritewood termina de falar, mas eu não escuto uma palavra sequer.

— Desculpe — digo com um sorriso. — Pode repetir?

— Eu perguntei — ela aumenta o tom de voz — se o seu jantar de aniversário de namoro foi cancelado.

— Não... — respondo devagar e confuso. — Como assim?

Ela olha para o celular.

— Bom, já são seis da tarde, Blaine, e eu achei que...

— O quê? — grito.

— Sim, meu bem. — Ela olha para o celular de novo. — São seis e nove, para ser exata...

— Preciso ir! — Começo a tampar as latas de tinta às pressas e a jogar os itens no meu sempre leal carrinho de metal com quatro rodas que venho arrastando pelas ruas de Chicago desde que pintei meu primeiro mural.

O jantar mais importante *da minha vida* acontece hoje, e eu já estou atrasado.

— Quer ajuda para recolher as coisas? — pergunta a sra. Ritewood, olhando ao redor, toda ansiosa.

Considero pedir que ela recolha a lona do chão, antes de me lembrar que a sra. Ritewood é uma mulher de sessenta e poucos anos, com dor na lombar, uma tendinite que nunca passa e a agilidade de uma tartaruga.

— Deixa comigo!
— Tem certeza?
— Absoluta.

Assim que termino de guardar as coisas e limpar a calçada, seguro o carrinho pela alça e desço a rua correndo a caminho de casa.

— O mural está bem adiantado! — grito por cima do ombro. — Acho que termino semana que vem ou na próxima.

— Combinado, Blaine — responde a sra. Ritewood, olhando para o meu carrinho com preocupação. — Mas pega leve com esse negócio aí. Quero que você chegue vivo no jantar. Vivo e inteiro!

Corro o mais rápido que o carrinho capenga me permite sem as rodas se soltarem no meio do trânsito. Apesar de serem o caminho menos eficaz, as ruas aconchegantes cercadas por muros de tijolinhos são minha rota favorita para voltar para casa, com a sombra das árvores altas filtrando o sol do fim da tarde e a grande possibilidade de encontrar humanos passeando com seus cachorros. Mas não há tempo para fazer amizade com cachorros de desconhecidos quando se está correndo contra o relógio, então me enfio no meio do congestionamento da Avenida Milwaukee e aperto o passo, desafiando meu velho carrinho a se rebelar contra mim.

Não posso me atrasar hoje. Não para o encontro mais importante de todos.

Este jantar pode muito bem ser um dos pontos altos da minha experiência no ensino médio, afinal, hoje é o aniversário de um ano de...

— Opa! — Escuto o terror na voz da minha vítima antes mesmo de ver seu rosto.

Meu chute é: alguém virou a esquina meio segundo depois de eu cruzar na direção perpendicular. E minha suspeita é confirmada outro meio segundo depois, quando sinto algo bater na lateral do carrinho atrás de mim.

Me viro bem a tempo de ver as latas de tinta caindo e um corpo humano, mais ou menos do meu tamanho, tropeçando no chão e deixando uma planta cair. O vaso de planta quebra na calçada e se parte em um milhão de pedacinhos. A terra preta e úmida misturada com cacos de cerâmica se espalha por toda parte.

— Ah, não! — grito, estendendo a mão para ajudar a vítima. Percebo, horrorizado, que conheço a pessoa azarada. — Danny?

Danny Nguyen ignora minha mão estendida.

— Aff — bufa ele, levantando da calçada sem ajuda e olhando ao redor para ver se mais alguém presenciou nosso acidente. — Melhor diminuir a velocidade dessa coisa, Blaine.

— Tem razão — digo, recolhendo as latas de tinta e organizando-as em pé no carrinho. Por sorte, nenhuma das tampas abriu com a queda. Crise acrílica evitada com sucesso.

Ele suspira, cerrando os olhos para mim enquanto cruza os braços sobre a jaqueta puffer azul. Abro um sorriso culpado, sem saber como melhorar a situação desconfortável.

Danny cai (literalmente) na categoria de conhecidos, o que transforma um desastre vergonhoso como esse na pior coisa possível. Ele não é meu amigo — alguém que poderia rir da situação e combinar de sair comigo depois —, mas também não é um dos três milhões de estranhos nesta cidade que seguiria seu caminho e me deixaria seguir o meu, ambos desesperados para deixar a vergonha pra trás. Não. Danny fica bem ali no meio — um colega de classe no Colégio Wicker West que sabe o suficiente da minha existência para transformar isso aqui no auge da vergonha.

— Droga — diz ele, percebendo o que aconteceu com o cacto-ou-sei--lá-o-quê (acredito que a planta agora esteja em seu leito de morte). — Minha babosa.

— O nome da sua planta é Barbosa?

— Não, é minha muda de babosa — diz ele, se ajoelhando para reparar o estrago. — Eu acabei de comprar.

— Quando?

— Cinco minutos atrás.

Engulo em seco.

— Ai. Caramba. Bom, Danny... eu...

— Sente muito? – suspira ele, irritado. – Ah, tá. Sente, sim.

— É sério! Foi mal mesmo!

Sem um vaso para a planta chamar de casa, Danny a segura com cuidado na palma das mãos, como se estivesse carregando um filhotinho de pato. Ele olha para mim, sem emoção alguma, esperando que eu diga algo que possa ajudar a tornar esse momento terrível um pouquinho mais suportável.

Olho o celular e faço uma careta. São 18h20. Eu vou me atrasar. *Muito, muito mesmo.*

— Preciso ir! – digo, puxando a alça do carrinho e dando no pé.

— Sério? – grita ele para mim. – Só isso?

— Eu compro outra Barbosa pra você, prometo!

— Babosa!

— Quê?

— Deixa pra lá.

Nota mental: adicionar "comprar essa planta com nome de gente para o Danny Nguyen" na minha lista de tarefas, logo depois de "terminar o mural da sra. Ritewood". Caso eu esqueça, posso evitá-lo como se fosse a praga até o dia da formatura, daqui a um ano e alguns meses, coisa que – num colégio grande como o Wicker West – não é tão impossível assim.

Finalmente chego em casa – uma casa sem graça de tijolinhos parecida com o mar de prédios esquecíveis perto da Papelaria da Susan. (Talvez meu próximo mural possa ser no meu *próprio* quarteirão – um Júpiter magenta flutuando num sistema solar turquesa, cercado de estrelas douradas.) Solto a alça do carrinho nos degraus da entrada, subo a escada correndo e entro pela porta da frente com tudo.

Minha tia Starr, a alguns metros de distância, com seu roupão felpudo cor de lavanda, parece tão acabada quanto eu. Abro a boca para tentar explicar que perdi a noção do tempo e depois atropelei um colega de classe com meu carrinho, mas…

— Não importa – interrompe ela, levantando o dedo indicador. – Temos quinze minutos para te deixar brilhando. Vamos logo.

★ CAPÍTULO 2 ★

Meus pés, doloridos por causa da corrida de volta para casa, sobem os degraus o mais rápido que conseguem. Tiro a camiseta e os tênis enquanto atravesso o corredor meio pelado, antes de chegar ao banheiro.

– Deixei sua camisa pendurada aí dentro! – tia Starr avisa da entrada.

– E eu coloquei o resto da sua roupa no banheiro também! – completa minha melhor amiga, Trish, do meu quarto, enquanto passo correndo sem nem olhar para dentro.

– Valeu! – grito de volta para as duas, e depois bato a porta do banheiro, termino de tirar a roupa e entro no chuveiro.

Vamos por partes: primeiro, limpar da minha pele as manchas de tinta do Universo psicodélico da sra. Ritewood. Não posso chegar lá parecendo uma paleta de tinta usada – não se quiser que tudo seja perfeito. Então faço espuma e começo a esfregar o sabonete esfoliante que tia Starr me deu de aniversário. Assim que termino com sucesso a transição de Marciano Multicolorido para Terráqueo Cor de Pêssego, saio do banho e me enxugo.

Alguém bate à porta.

– Já está quase pronto? – É a Trish.

– Sim! – exclamo, esfregando loção hidratante nos braços. – Só mais dois minutos.

– Anda logo. A hora está passando.

Esfrego mais rápido.

– Eu sei, eu sei.

Suspiro e encaro a roupa pendurada com cuidado nos ganchos atrás da porta do banheiro. Assim como o mural da sra. Ritewood naquele quarteirão entediante, esse look não vai combinar muito bem com os tecidos sem graça usados pela elite de Chicago na noite de hoje. Mas, também como o mural da sra. Ritewood, qual é a graça de ser igual a todo mundo?

Passo os braços pelas mangas da camisa xadrez branca e amarela e visto a calça de veludo escuro. Em seguida, coloco os suspensórios e, depois de algumas tentativas bem frustrantes, finalmente consigo acertar o nó da gravata-borboleta. Passo musse no meu cabelo loiro-escuro antes de penteá-lo cuidadosamente do jeito que eu gosto (no estilo Don Draper), acrescento uma camada sutil de rímel só para dar destaque aos meus olhos e dou uma borrifada do meu perfume favorito no ar – sândalo com um toque de baunilha – antes de caminhar por entre as gotículas caindo.

– Lá vamos nós – sussurro para mim mesmo, girando a maçaneta e atravessando o corredor até o meu quarto. Fecho os olhos ao me aproximar da porta, sabendo que Trish e tia Starr estão lá dentro esperando para ver o look final.

– Que tal? – pergunto, com medo de que elas odeiem a roupa, agora que está no meu corpo e não é mais um monte de peças coloridas penduradas em cabides.

Abro só um olho.

Trish, soterrada por uma montanha de almofadas na minha cama, levanta a cabeça. Seu rosto redondo, emoldurado por cachos escuros e ondulantes, derrete ao me ver.

– Ficou perfeito.

– Jura? – Meus lábios abrem um meio sorriso. – Gostou mesmo?

– Sem dúvida, Blaine. Esse é o look. E o rímel deu o toque que faltava.

Espero que ela esteja certa.

Porque o encontro de hoje à noite não é uma ocasião qualquer. É o encontro dos encontros: meu aniversário de um ano de namoro com Joey Oliver. Já se passaram 365 dias, e eu ainda preciso ficar me beliscando para ver se não estou sonhando.

Olho para a tia Starr, sentada ao lado da minha escrivaninha, esperando sua aprovação final.

— E você? O que achou?

Os olhos da tia Starr observam meu visual de cima a baixo, analisando cada centímetro enquanto aperta o laço do roupão e tira uma mecha de cabelo loiro da frente do rosto. Ela faz uma pausa dramática antes de levar um donut confeitado de chocolate até os lábios, ruminando uma resposta. (A gente sabe que a Trish sempre influencia muito minhas escolhas de roupa, mas a opinião da tia Starr segue sendo a suprema.)

— Blaine — ela finalmente solta o ar, dando fim ao climão no cômodo —, você está lindo.

Corro até o espelho do quarto, no qual — ao contrário do espelho embaçado do banheiro — consigo me ver direito. Sinto um calafrio de leve antes de girar os calcanhares contra o chão de madeira para encarar tia Starr e Trish novamente. Não quero sair me achando, mas elas têm razão: estou *mesmo* muito bonito.

— Beleza. — Solto o ar. — Chegou a hora.

Esta noite será toda Chique. O garoto dos meus sonhos vem me buscar a qualquer momento, usando seu clássico terno grafite (Chique). Vamos comemorar nosso grande dia no centro de Chicago, numa das noites de primavera mais gloriosas de todas (Chique). Vamos jantar no Chaleira de Aço, no septuagésimo oitavo andar do Windy City Center, com uma vista para o Lago Michigan todo cintilante (Chique pra cacete). Pessoas como eu, de famílias normais como a minha, não estão acostumadas com isso tudo. Mas hoje é uma exceção.

— O restaurante não tem regras de vestimenta, tem? — pergunta tia Starr, colocando o último pedaço de donut na boca. — Você está arrasando, é claro, mas às vezes esses lugares chiquetosos têm umas frescuras assim.

Olho meu reflexo mais uma vez.

Pode não ser o look mais convencional para um restaurante com estrela Michelin, mas gravatas sem graça e tons de cinza que todo mundo usa nunca foram a minha praia. De qualquer modo, Joey conhece meu estilo – será que ele me levaria a um lugar onde não posso ser eu mesmo?

Não sei se o resultado final atende às expectativas do Chaleira de Aço, mas supera as minhas. Espero que isso seja o bastante.

Tia Starr, provavelmente percebendo que estou nervoso, balança a mão para mim.

– Esquece o que eu disse. Seria idiotice da parte deles não te deixar entrar vestido assim.

Não sei como um bobão do terceiro ano feito eu conseguiu conquistar o Joey Oliver – o Garoto Mais Popular da turma de formandos do quarto ano do ensino médio do Colégio Wicker West. Bastou uma dança improvisada no baile de inverno do ano passado e tudo se encaixou, eu acho.

Nosso primeiro encontro foi numa pizzaria (eu ri até as bochechas doerem e quase engasguei com minha fatia de pizza de peperoni várias vezes). No segundo encontro, nós viramos algumas latas de cerveja de gengibre no parque aqui do lado de casa (e demos nosso primeiro beijo perto de um canteiro de rosas). Uma semana depois, oficializamos o namoro bebendo chocolate quente e assistindo a *The Umbrella Academy*.

A vida tem sido um conto de fadas desde então.

Tá, um conto de fadas que não faz o menor sentido, devo admitir.

Porque, na teoria, nós dois não devíamos estar juntos. Joey é um aluno que só tira 10; eu sempre passo raspando. Ele usa camisas de botão e sapatos engraxados; eu sou um cara mais jeans/camiseta preta/tênis cor-de-rosa. A família dele mora numa cobertura com vista para os enormes prédios do centro da cidade; a minha vive numa casinha meio cinza, meio bege com vista para um hidrante. Ele planeja se tornar presidente daqui a vinte anos; eu passo meus verões pintando murais em lugares como a Papelaria da Susan para ganhar um dinheirinho extra.

Nós dois não temos nada a ver um com o outro. Mas, de algum modo, a gente dá certo.

— Eu não consigo acreditar que daqui a umas, sei lá, quarenta e oito horas você estará voando de primeira classe para Cabo San Lucas — anuncia Trish com uma estridente voz animada, rolando para fora do colchão e se levantando graciosamente ao meu lado. — Você precisa tirar fotos daquelas pedronas que invadem o litoral... Como é mesmo o nome?

— Os Arcos?

— Isso! Imagina só como deve ser o pôr do sol lá. — Do alto dos seus tênis de plataforma verde-menta, Trish me olha nos olhos e sorri ao segurar meus ombros. — *Cabo*, Blaine. Cabo! Com os Oliver!

— Eu sei.

— Isso é um grande passo.

— Eu sei!

— Uma semana inteira com a família dele.

— Bom, só cinco dias, mas sim...

— Peraí. — Tia Starr atravessa o quarto com suas pantufas e se joga no cantinho da minha cama. Sei lá como, mas ela está segurando outro donut (de baunilha com granulados coloridos) que saiu de algum lugar. — Que história é essa? Cinco dias com os Oliver em Cabo? Pode ir explicando.

— Ele não te contou? — Trish se vira para ela. — Hoje à noite o Joey vai convidá-lo para a grande viagem anual para o México que a família dele sempre faz durante o recesso de primavera.

Tia Starr me encara, de queixo caído.

— Como é?

Fico vermelho.

— Sim. Bom, talvez! Acho que o convite deve rolar hoje. O Joey anda jogando umas indiretas.

— *Bem* diretas — diz Trish, fazendo poses em frente ao espelho.

— Sua mãe e seu pai sabem disso? — pergunta tia Starr. — E o recesso de primavera não começa, tipo... agora?

— Sei sobre o quê? — diz minha mãe, aparecendo na porta com um sorriso. Seu uniforme azul-claro está sujo depois de um longo plantão na UTI do hospital.

— Aparentemente seu filho vai para o México com a família Oliver — explica tia Starr antes que eu possa falar, os olhos arregalados. — Por uma semana inteira, inclusive…

— Cinco dias — corrijo, arrumando a gravata-borboleta em frente ao espelho, ao lado de Trish, que agora está experimentando os cintos e os chapéus que deixei espalhados no chão. — Mãe, por favor, relaxa. Não é nada oficial. O Joey ainda não me convidou.

— Mas vai convidar hoje à noite — sussurra tia Starr para ela.

Minha mãe leva um momento para processar essa novidade bem grandiosa sobre as minhas férias, que eu não havia planejado contar para os meus pais assim do nada — muito menos na frente da Trish e da tia Starr.

Paro um instante e me olho no espelho enquanto minha mãe pensa. Dá para sentir que ela está hesitante.

— Bom. — Ela finalmente respira fundo. — Presumindo que o senhor e a senhora Oliver bancarão tudo, o convite seria uma baita gentileza da parte do Joey… — diz ela, ainda pensativa. — Mas já é sexta. O recesso começou hoje. Quando eles estão planejando viajar?

— Ah, então é aqui que está rolando a festa! — Meu pai surge ao lado dela, uma lata de Coca-Cola numa mão e um sanduíche na outra. Assim como a minha mãe, a camisa dele (toda suja do canteiro de obras) reflete um dia exaustivo de trabalho. — Desculpe por ter perdido o jantar.

— Acabei de chegar também. — Minha mãe suspira para ele. Os dois trocam um sorriso contido que me confirma que a semana deles foi longa.

Geralmente eu odeio quando meu quarto se transforma num ponto de encontro da família toda. Mas não posso reclamar, considerando as circunstâncias empolgantes de hoje e a raridade que é encontrar minha mãe e meu pai em casa ao mesmo tempo. Tê-los aqui só deixa tudo mais emocionante.

— Esse sanduíche está uma delícia — diz meu pai, dando uma mordida das grandes. — Receita sua, Starr?

Ela dá uma piscadinha para ele.

— Chef Starr ao seu dispor. Deixei um na geladeira para você comer mais tarde, Blaine, mas duvido que você vá querer queijo e presunto depois de jantar como um rei esta noite.

– Jantar como o quê? – pergunta meu pai, limpando as migalhas de pão do bigode e soltando um arroto. Trish dá uma risadinha. Minha mãe o encara, dando a ele uma chance de se lembrar do que há de especial na noite de hoje, antes de claramente mexer a boca formando as palavras *aniversário de namoro*.

– Ah! – Ele se anima. – Isso mesmo, o primeiro aniversário! Com essa roupa, aposto que o Joey vai te levar num lugar bem bacana, certo? Rodízio de lagosta?

Tia Starr solta um urro, empinando o nariz para o alto e mudando de tom para soar como uma senhora ricaça de filme antigo.

– Rodízio de lagosta? – Ela provoca com um sorriso. – O que você acha que seu filho é, Kevin? Um camponês? – Ela rola o corpo na cama para ficar mais confortável e o roupão se abre, revelando o mesmo pijama verde-limão que ela passou a semana inteira usando. – Chaleira de Aço.

Minha mãe se espanta.

Tia Starr assente.

– Blaine – meu pai olha para mim, incrédulo –, você vai ao Chaleira de Aço? Sua tia não está mentindo?

– Eu jamais mentiria para o meu cunhadinho – brinca tia Starr, pegando um granulado de cima do donut e jogando na boca. Trish também começa a rir dela.

– Não é mentira – digo, me virando para os meus pais e sentindo minhas bochechas rosadas ficando, sem dúvida, vermelhas. – Joey vai me levar ao Chaleira de Aço.

Os dois parecem genuinamente surpresos.

Porque, em Chicago, reservar uma mesa para dois no Chaleira de Aço do centro é basicamente como jantar na casa da família Obama. A não ser que você venha de uma família influente, isso nunca vai acontecer. Porém, não posso esquecer de que esta noite não é nada de mais – pelo menos para o Joey. Os Oliver são *de fato* uma família influente.

Isso significa que também sou parte de uma família influente?

– Caramba! Chaleira de Aço. Tem *certeza* de que ele vai te chamar para ir pro México, e não te pedir em casamento? – Minha mãe ri, meio séria.

Ela faz uma pausa. – Opa, peraí... Ele não vai te pedir em casamento, né, Blaine?

A campainha toca no andar de baixo. Tia Starr salta. Meu coração acelera. Muito.

Meu vira-lata marrom, Fondue, entra em disparada no quarto para nos proteger com a fúria de um urso-pardo irritado.

– Calma, amigão, tá tudo bem. – Dou uma risada, tranquilizando o cachorro com um cafuné e um carinho na barriga. – É só o Joey.

Dou uma inspecionada nas mãos só para me certificar de que limpei todas as manchas de tinta, arrumo uma mecha de cabelo rebelde na frente do espelho e solto um suspiro longo e empolgado.

– Como você está se sentindo? – pergunta minha mãe, me encarando, toda radiante, da porta.

– Bem.

– Chave, carteira, celular? – pergunta Trish, sorrindo de orelha a orelha e usando meu chapéu de pescador vermelho que, conhecendo bem minha amiga, ela vai acabar levando embora.

Tateio os bolsos antes de sorrir de volta.

Ela me dá um abraço apertado.

– Não esquece de respirar, tá bom? E divirta-se.

– Sim, *divirta-se* – diz tia Starr, fazendo carinho na minha nuca. Ela para de repente ao perceber que está estragando meu penteado de Don Draper. – Foco na diversão. Você tem dezesseis anos e não vai se casar tão cedo, para o alívio da sua mãe. Aproveite cada momento.

– Mas não vai aproveitar *muito*, viu? – enfatiza meu pai. – Volte para casa antes das onze.

– Pode deixar, pai.

Minha mãe me dá um beijo na bochecha enquanto passo no meio dos dois para sair do quarto.

– Te amo, filhote.

Por que a preparação para a noite de hoje parece tão especial? Claro, a viagem para Cabo será maravilhosa, e comemorar um ano de namoro por si só já é monumental – principalmente num lugar tão inesquecível quanto o Chaleira de Aço. Mas, ainda assim, esse friozinho na minha barriga mais parece uma nevasca. É como se houvesse algo que eu ainda não sei.

Abro a porta de casa e lá está ele, brilhando sob a luz da varanda.

O garoto dos meus sonhos.

Os lábios de Joey se abrem num sorriso tímido. O terno grafite caiu muito bem nele – como se um estilista o tivesse desenhado em cima de seu corpo forte. Seus olhos, cintilando como fogo, analisam minha roupa antes de encontrarem os meus. Seu cabelo espesso e ondulado está esculpido de um jeito tão perfeito que ele parece um príncipe da vida real parado no tapete da porta (que, reparo só agora, está coberto de pelos do Fondue).

– Oi, Blaine – diz ele.

E, só de ouvir isso, já me derreto todinho feito manteiga.

★ **CAPÍTULO 3** ★

Pegamos a via expressa na nova bmw preta do Joey, o céu em tons de rosa e lilás, com a quantidade perfeita de nuvens brancas de algodão. Parece que a galáxia que estou criando na fachada da Papelaria da Susan escapou das paredes e invadiu o infinito lá no alto.

Tenho vontade de deixar os vidros abaixados – o aroma do comecinho da primavera é sempre perfeito no clima úmido daqui –, mas quero poder ouvir Joey com clareza, caso ele comente sobre a viagem para Cabo no caminho até o restaurante. Além disso, o vento batendo no rosto a cento e vinte quilômetros por hora não é lá uma coisa muito agradável durante uma conversa importante. Então, deixo só uma fresta do vidro aberta. Joey sorri, como se estivesse tramando algo, antes de ligar o ar-condicionado. Suspiro alto, todo sonhador, aceitando nossa noite Chique.

Meus olhos dançam pelos prédios altos no caminho, arranha-céus de vidro refletindo feixes de luz laranja no maxilar definido do Joey. Queria ser uma esponja agora, para absorver cada raio de luz e poder recriar todos os detalhes desta cena num mural no futuro. Sei que paisagens do centro da cidade são um clichê feito a torto e a direito na arte urbana, mas as lojinhas adoram ter o horizonte de Chicago pintado em suas fachadas.

— Feliz por estar de férias? — pergunta Joey, dividindo o olhar entre mim e a estrada.

Minha mão encontra a coxa dele.

— Claro. E você?

— Você nem imagina quanto.

Por um segundo, acho que ele vai *mesmo* me convidar para Cabo, mas o silêncio se arrasta por um tempo até ficar meio desconfortável. Então continuo:

— Sei que você está preocupado com as coisas do conselho estudantil — digo. — Mas o ensino médio está quase acabando pra você, vai passar rápido. Tente aproveitar.

Ele respira fundo, o que só confirma como a minha sugestão de que ele relaxasse teve o efeito oposto.

— A Ashtyn está me estressando com todo o planejamento da formatura. As notas de Cálculo podem acabar ferrando com a minha média final, e as eleições para o conselho de classe do ano que vem já começam com tudo assim que voltarmos do recesso. Tem muita coisa acontecendo.

— Tá tudo bem surtar um pouquinho no último ano. — Sorrio para ele. Ele não percebe.

— Não quando se é um Oliver. Aí não está nada bem.

Desvio o olhar, me segurando para não revirar os olhos.

— Sem ofensas, mas o colégio vai ficar bem sem você. Aproveite esses últimos meses enquanto você ainda pode, só isso. — O carro atravessa uma ponte de cobre, estremecendo as vigas de metal enquanto o Rio Chicago se agita embaixo do concreto. — Pelo menos você vai estar logo ali, no noroeste do estado.

— *Logo ali?*

— Sim. Logo ali. — Olho para ele. Mais uma vez, Joey parece não notar. — Tipo… você sabe que a faculdade de Evanston fica a meia hora daqui, não sabe?

Ele fica quieto.

– Quer dizer, você vai estar *logo ali*, a meia hora de mim.

Ele engole em seco. O pomo de adão subindo por seu pescoço. Acho que ele quer dizer outra coisa, mas tudo o que murmura é:

– Verdade.

Que... estranho.

Talvez seja apenas o estresse por causa do conselho. Ou talvez ele esteja nervoso para me convidar para o México.

Afinal de contas, esta também é uma noite importante para ele. Joey só namorou um garoto antes de mim – um cara qualquer chamado Aaron, que ele conheceu numa conferência sobre liderança –, por seis semanas breves e caóticas, e tudo acabou de maneira desastrosa. Eu serei o primeiro garoto que ele levará para a viagem anual da família. Talvez o friozinho no estômago dele também esteja tão intenso quanto o meu desde que quase matei o Danny (e matei *de verdade* a Barbosa dele) com meu carrinho mais cedo.

Três minutos e um desvio errado depois, estacionamos na frente do Windy City Center – um edifício estreito e todo preto, tão alto que deve perfurar a camada de ozônio. É o arranha-céu mais recente, e o terceiro mais alto de Chicago, mas, agora que estou parado aqui, engolido pela sombra comprida dele, a construção parece ter um milhão de andares. Eu me sinto embasbacado só de estar aqui, mas lembro de fingir costume, já que literalmente todas as pessoas ao meu redor são muito mais Chiques do que eu. Meus suspensórios e minha camisa xadrez já me fazem destoar o suficiente, não posso bancar o garoto deslumbrado que só vem até o centro da cidade em ocasiões especiais, no máximo três vezes por ano (apesar de ser verdade).

Joey joga a chave do carro para o manobrista – e, sim, é um gesto tão descolado de presenciar quanto parece –, e nós atravessamos as portas giratórias em direção ao saguão. Tudo, tudo mesmo, é feito de vidro aqui dentro. Atravessamos o salão e avisamos a um funcionário de vermelho – o carregador de malas? O *concierge*? O cara do elevador? – que vamos ao Chaleira de Aço.

Ele reconhece Joey.

– Como vão as coisas, senhor Oliver? – pergunta ele, pressionando o botão do septuagésimo oitavo andar.

– Tudo bem, obrigado – responde Joey.

– Aproveitem a noite, senhores.

Sorrio para agradecer também – e quase me curvo em uma reverência. Fazer o quê? Meu corpo reage involuntariamente quando estou sem jeito. Eu me sinto fora da minha zona de conforto nesse nível em lugares como este.

– Como foi mesmo que seus pais conseguiram uma reserva pra gente? – pergunto enquanto subimos em direção ao céu e eu sinto meu ouvido entupir. O cara do elevador se transforma num pontinho vermelho no piso branco lá embaixo, até o elevador todo de vidro mergulhar na escuridão dos andares acima. – Meus pais ficaram chocados quando contei que viríamos pra cá.

Ele contorce o rosto, pensativo.

– A dona é cliente da minha mãe, acho. Ou amiga de infância do meu pai. Não lembro.

Assinto.

– Saquei.

Tem alguma coisa errada.

Joey não parece *chateado*. Talvez só... distante? Como se seu corpo estivesse aqui, mas a mente continuasse numa tarde de quarta-feira no colégio, consumida pelos preparativos da eleição do conselho estudantil e pelo estresse da festa de formatura.

Decido ir direto ao ponto.

– Ei. – Esbarro meu ombro no dele. – Tá tudo bem?

O elevador chega ao septuagésimo oitavo andar e as portas se abrem.

– Sim – diz ele, forçando um sorriso. – Por quê?

Seguro a mão dele enquanto entramos no restaurante.

– Só perguntando.

O Chaleira de Aço é exatamente como eu imaginava. Bom, eu pesquisei o lugar no Google todos os dias desde que o Joey me chamou para vir aqui, então não é como se a minha mente tivesse começado do zero. Mas, ainda assim, é mais deslumbrante pessoalmente.

A primeira coisa em que reparo é na vista. Janelas enormes cobrem as paredes externas, com o Lago Michigan infinito se estendendo a leste e uma selva de pedra salpicada com as cores do pôr do sol nos cercando pelos outros três lados. Em algum lugar, há pessoas tocando piano e violino, trazendo calma para o restaurante lotado. A iluminação é suave. Há uma vela tremeluzente em cada mesa, e todos os clientes estão vestidos como se esta noite representasse algo importante.

A hostess encara minha camisa, prestes a fazer algum comentário – meu corpo inteiro fica tenso, porque talvez tia Starr estivesse certa ao me alertar. Porém, a mulher se segura ao perceber com quem eu estou.

– Ah, senhor Oliver. Que bom te ver de novo.

– Oi, Wendy.

– Feliz aniversário de namoro para vocês.

– Obrigado.

– Me acompanhem, por gentileza.

Wendy nos leva até nossa mesa, no cantinho mais distante. Pode ser coisa da minha cabeça, mas tenho certeza de que nossa vista é a melhor de todo o restaurante. Olhando direto para baixo, o que causa um embrulho no meu estômago, posso ver o lago desembocando no rio. Observar a malha urbana de norte a sul é como um presente de Natal para mim, e eu absorvo os prédios, as novas cores e as novas artes. Estamos tão no alto que é quase como se estivéssemos flutuando numa nuvem, mas, ainda assim, perto o bastante do chão para poder apreciar os detalhes de cada rua. Morei nesta cidade a vida inteira, mas nunca a vi desse jeito.

– Nossa! – murmuro, pegando o celular para tirar uma foto. Olho para Joey. – Que loucura, né?

Os olhos dele, focados intensamente na página de bebidas, não saem do cardápio.

– Sim – diz ele, nem aí para a vista. – Doideira.

Beleza. Já conheço o Joey Ansioso – que geralmente aparece antes de um discurso importante para todo o colégio ou nas noites antes de provas difíceis –, mas essa atitude é outra coisa. Queria que ele me convidasse para Cabo agora, só para tirar isso do caminho e eu poder começar a aproveitar a noite, em vez de ter que lidar com essa montanha de ansiedade sentada na minha frente por horas e horas.

Um garçom chega para anotar nosso pedido de bebida. Eu peço uma água mesmo; Joey pede uma Sprite.

Então ficamos em silêncio.

— E aí... — começo, já sentindo que estou raspando o tacho de assuntos para conversar. Decido focar o drama do conselho estudantil, pensando que talvez ele precise desabafar antes de voltar ao normal. — Como andam os preparativos para as próximas eleições?

Ele suspira, cansado, e eu imediatamente me arrependo da minha estratégia.

— É ridículo como eles obrigam os formandos do quarto ano a ajudar na organização da disputa do terceiro ano para o conselho de classe do ano que vem, sabe? — diz ele, ficando cada vez mais irritado. — Eu nem vou estar mais no Wicker West. Por que isso tem que ser responsabilidade minha? E o senhor Wells também está sendo superpreguiçoso.

— Senhor Wells? O professor de Matemática?

— Sim, mas... — Ele olha para mim como se eu já devesse saber daquela informação há tempos. — Ele também é o mentor do conselho estudantil, né?

— Ah, sim, claro. Foi mal.

A constante necessidade de atualização em tudo que diz respeito ao conselho estudantil do Joey é a parte menos interessante de ser namorado dele. Vivo esquecendo quem é quem e o que é o quê. Não é minha culpa se minha mente viaja quando Joey começa a falar sobre discursos e orçamentos para a formatura. Na maioria das vezes, ela viaja para seja qual for o mural que estou criando no momento. E, aqui em cima, com essa vista espetacular alimentando meu cérebro, sinto que será fácil demais me distrair.

— De qualquer maneira, o Zach Chesterton vai ganhar de lavada — continua Joey.

Arranco os anéis de Saturno da Papelaria da Susan da minha mente.

— Ganhar o quê?

— A presidência da sua turma. — O garçom serve nossas bebidas, e Joey toma um gole da Sprite. — É capaz de nem termos uma eleição. Quer dizer, tem um monte de alunos do terceiro ano tentando entrar na corrida para a presidência dos formandos no ano que vem, mas o Zach tem tudo a favor dele: a experiência, o reconhecimento, o jeitão...

– O jeitão?

– Sim. Ele tem *cara* de presidente de classe, sabe?

Mais uma vez, me seguro para não revirar os olhos.

– Sei que é uma triste realidade – acrescenta Joey, provavelmente percebendo que fiquei irritado. – Mas, sejamos sinceros, a aparência é importante nessas coisas. Se alguém sabe bem disso, esse alguém sou eu. Quando as pessoas não conseguem te *enxergar* como presidente de classe, você provavelmente não vai se *tornar* presidente de classe. – Ele ajusta a postura e alisa a gravata antes de arrumar a posição do garfo e da faca sobre a mesa. – Isso, hum... – Ele gagueja e bebe mais um gole de Sprite. – Isso meio que me leva ao próximo tópico.

Dá para perceber pela maneira como as palavras saem de sua boca que, independentemente de qual seja o próximo tópico, é coisa séria.

Meu estômago se revira.

– Blaine. – Ele segura a minha mão por cima da mesa. A palma dele está um pouco suada, mas eu não me importo.

Meu coração está batendo na garganta.

Peraí. Agora é a hora do Cabo? Não sei ao certo o que o Zach Chesterton ganhando a presidência da classe tem a ver com nossas férias, mas tudo bem.

Ajusto a postura também, engolindo em seco. Podemos estar flutuando a centenas de metros de altura em Illinois, mas minha mente exibe cenas do mar do México, cercado por areia branca e palmeiras balançando ao vento. Solto o ar, que, sem querer, sai forte demais, quase apagando a vela na nossa mesa.

– Eu... – Ele abaixa os olhos, buscando as palavras certas.

Só me convida logo, penso, sem conseguir conter o sorriso. *Você sabe que eu vou dizer sim. Manda ver.*

– Blaine, eu... – Joey levanta a cabeça de novo, encontrando meus olhos. – Acho melhor a gente terminar.

Solto uma risada, um pouco aliviado por ele ter decidido acalmar a tensão.

— Essa foi boa.

Ele não está mais sorrindo. Não está dizendo mais nada.

Só está me encarando, enquanto cada segundo parece mais longo que o anterior.

— Peraí — digo, enquanto meu estômago revira muito, muito mais rápido, escorregando pela cadeira, atravessando o chão e despencando até o saguão do prédio. Deve estar de boa lá embaixo, me esperando ao lado do cara do elevador.

Joey molha os lábios antes de mordê-los.

— Acho que é o melhor a fazer.

Puxo minha mão para longe da dele.

— Me desculpa — diz ele.

— Mas...

— Eu sei.

— Eu...

— Não fica chateado.

— Pensei que você ia me chamar pra ir pra Cabo!

Ele contorce o rosto numa expressão de confusão.

— Cabo? Blaine, minha família vai para lá no domingo.

— E?

Joey sorri. Ele tem a *cara de pau* de sorrir para mim.

— Se eu tivesse planos de te levar para Cabo, teria te convidado há meses.

Minha cabeça está girando. Estou começando a hiperventilar.

— Ai, meu Deus. Não acredito que você me trouxe *aqui*, no *Chaleira de Aço*, no nosso *aniversário de namoro*, só para me dar um pé na bunda.

— Calma, amor.

— *Amor*, não vem me chamar de "amor" agora.

— É só que... — Joey começa a falar de um jeito apressado, sentindo que os outros clientes do restaurante estão de olho na gente. — Você sabe que tem um monte de coisa rolando na minha vida agora, e meus pais só complicam ainda mais.

— Tá bom. E daí?

Ele se estica sobre a mesa, falando quase num sussurro:

— Minha família? Minha mãe, a magnata do mercado imobiliário que está gravando um episódio piloto para a série dela na tevê? Meu pai, o advogado mais famoso do Meio-Oeste? As expectativas deles para mim são mais altas do que este prédio!

Percebo de repente que estou com a boca aberta. Quero fechar, mas não consigo.

— Meu irmão, neurocirurgião, se formou como o melhor da classe na Columbia — continua Joey, praticamente entrando em frenesi. — Minha irmã abriu sua própria ONG em parceria com a Fundação Gates, Blaine. Do Bill Gates! E, *ainda assim*, meus pais estão decepcionados com eles.

— Mais uma vez... *e daí?* — Sinto as lágrimas se acumulando nos meus olhos. — O que seus irmãos têm a ver com a gente? O que *isso tudo* tem a ver com a gente?

— Eu sou a última chance dos meus pais terem um filho de muito sucesso. — Ele assente para alguns curiosos com um sorriso, desconfortável com os olhares intrometidos.

Não consigo acreditar no que estou ouvindo.

— Neurocirurgião e melhor amiga do Bill Gates não contam como sucesso?

Joey solta um suspiro de frustração, como se estivesse explicando algo simples para uma criança de cinco anos.

— Você não entende. Não imagina como o patamar é alto pra mim. Se eu quero mesmo me tornar o primeiro presidente abertamente gay um dia...

Dessa vez não consigo me segurar. Reviro os olhos.

— Viu só? — Ele percebe. — Você acha que meus sonhos são uma piada!

— Não acho, não!

A voz dele fica mais aguda.

— Você acabou de revirar os olhos!

— Não foi por causa disso. Mas você coloca uns objetivos impossíveis para si mesmo, Joey.

Gotas de suor estão se formando na testa dele, e as bochechas estão ficando cada vez mais vermelhas.

– Se eu quiser me graduar no Noroeste, depois fazer Direito na Costa Leste, depois conseguir uma vaga no Congresso e então assumir a Casa Branca, eu *preciso* ter objetivos impossíveis de tão altos para mim mesmo, Blaine. É assim que o mundo funciona.

Fecho os olhos, segurando a cabeça por um segundo.

Isso está mesmo acontecendo?

– Beleza, mas... – engulo em seco, desejando ter continuado o trabalho do mural da sra. Ritewood em vez de ter me apressado para levar um pé na bunda a setenta e oito andares do chão. – Ainda estou tentando entender como uma vitória hipotética nas eleições presidenciais daqui a, tipo, *décadas*, tem a ver comigo, ou com *a gente*.

Joey balança a cabeça.

– Você não entende?

– Como assim? Não entendo o quê?

– Blaine. Fala sério. – Ele olha ao redor mais uma vez, se aproximando ainda mais. – Se eu quiser conquistar coisas grandes, levando uma vida de pessoa pública, preciso começar a namorar... sabe como é... caras sérios.

Hã?

– Tá de brincadeira comigo?

Joey me olha de um jeito que confirma que não, ele não está de brincadeira comigo.

– Então você tá terminando comigo porque eu não sou... *sério o bastante*?

Ele considera o questionamento.

– Eu não usaria essas palavras, mas...

– Não acredito no que você está fazendo – murmuro para mim mesmo. – Não acredito que você está deixando a tirania dos seus pais ditar como você deve ou não se relacionar.

– Não coloque palavras na minha boca.

– Mas é isso que está acontecendo, não é? – pergunto. – O senhor e a senhora Oliver controlam sua vida como se você fosse uma marionete. E, ao que tudo indica, eles me odeiam.

— Não é nada disso – rebate Joey. — Eles gostam de você. Não leve para o lado pessoal.

Não leve para o lado *pessoal*? Sinto vontade de gritar.

— Você tinha mesmo que fazer isso hoje? – pergunto.

— Eu…

— E logo aqui, *literalmente* o restaurante mais romântico de Chicago?

— Bom…

— E eu pensando que…

— Olha a sua camisa, Blaine! – explode ele. Alguém numa mesa próxima deixa o garfo cair. O restaurante fica em silêncio. — Por que você decidiu usar essa camisa, com esses suspensórios baratos num lugar como esse? Hein? Não é Halloween. E olha as suas mãos! Sei que você está pintando aquele mural depois da aula, mas custava tirar essas manchas de tinta para o nosso aniversário de namoro?

Olho para a palma das minhas mãos e encontro algumas gotas do Universo azulado da sra. Ritewood que, de alguma maneira, passaram despercebidas durante o banho.

— Viu só? É por isso que eu tomei essa decisão, por isso que a gente precisa terminar – continua ele. — Eu preciso de um homem que seja meu braço direito, não um garoto que ganha menos de um salário mínimo pintando desenhos em prédios e chama isso de trabalho.

Eu preferiria levar um soco no estômago. Teria sido melhor que isso. Está óbvio que ele passou o último ano inteiro guardando isso, só para soltar tudo de uma vez, como gasolina no fogo.

Meu mundo está se movendo em câmera lenta, um pesadelo com areia movediça. Todos os clientes neste canto do restaurante estão nos encarando – *me* encarando. Posso até ter me sentido Chique esta noite, mas obviamente são sou Chique o bastante para eles. Ou para Joey Oliver.

— Tá bom – digo baixinho, me levantando. — Vou embora agora.

— Espera aí – diz Joey, se sentindo culpado ao perceber toda a atenção indevida que recebemos. — Não foi minha intenção… Ainda quero ser seu amigo, Blaine. Usei as palavras erradas. Eu gosto da sua camisa. E na verdade não me importo com a tinta nas suas mãos! Blaine?

Minhas pernas estão dormentes, mas, de algum jeito, elas conseguem me levar até o elevador. A hostess me encara como se eu fosse o maior pobre coitado do mundo, enquanto as portas de vidro se fecham entre nós dois. Desço até o saguão, incapaz de processar tudo o que acabou de acontecer.

– Senhor? – me chama o cara do elevador, confuso, enquanto passo por ele em direção à saída. Não devo estar escondendo minha tristeza tão bem assim. Preciso sair daqui, e *logo*.

Mas não tenho como ir para casa.

Pedir um Uber até o meu bairro custaria, fácil fácil, um dia inteiro de trabalho no mural, então isso está fora de cogitação. Poderia ligar para a Trish, mas ela tinha planos com a namorada, Camilla – um encontro que, sem dúvida, está muito melhor do que o meu. Não quero estragar a noite das duas.

Pego o celular e, às pressas, busco o número da tia Starr na minha lista de contatos.

– Blaine? – ela atende, surpresa.

– Oi.

– Ai, não – diz ela. Devo estar soando péssimo mesmo. – O que aconteceu?

– Ele... hum... – Minha voz embarga. Minha boca não consegue encontrar as palavras certas. – Eu não estou muito bem.

– Você está no restaurante?

– Sim.

– Não sai daí – diz ela. – Estou a caminho.

Desligo.

Sou fuzilado por olhares de pessoas Chiques passando pelo saguão; homens velhos que tomaram banho de perfume e senhoras de sobretudo me encaram como se eu fosse um marciano colorido que caiu por acidente no mundinho normal deles. Eles nunca viram um garoto de dezesseis anos arrasado e com tinta nas mãos antes?

– Senhor?

Dou um salto. É o cara do elevador.

– Sim?

Ele abaixa o tom de voz, me entregando um lenço.

— Para os seus olhos.

Ai, meu Deus. O rímel!

Abro a câmera frontal do celular para me ver. Estou parecendo um completo *surtado*. Pego o lenço e limpo as manchas pretas ao redor dos olhos.

— Obrigado.

— Sem problemas, senhor. — Ele fica por perto por mais um momento, como quem pergunta se está tudo bem.

— Estou bem — afirmo. Nós dois sabemos que é uma mentira descarada, mas é o suficiente para que ele me deixe em paz.

Olho para cima, observando os elevadores de vidro subindo e descendo no fundo do saguão. Joey deve descer a qualquer minuto. Mesmo que seja só para se certificar de que eu vou chegar bem em casa. Joey não é o tipo de babaca que ficaria curtindo nosso *jantar de aniversário de namoro* sozinho no Chaleira de Aço depois de terminar comigo. Né?

Né?

Um minuto se passa.

Cinco minutos se passam.

Paro de contar os minutos.

Até que o som de pneus derrapando lá fora quebra o silêncio do saguão, confirmando a chegada da tia Starr. Dou uma última olhada para os elevadores descendo, só para ver se Joey está em algum deles (não está), antes de atravessar a porta giratória.

O manobrista parece apavorado com o Volvo 2003 enferrujado da tia Starr. O carro é barulhento, a fumaça do escapamento é um pouquinho fedida, e ele com certeza não combina com o Windy City Center — mas eu nunca fiquei tão feliz de avistá-lo como agora. Pode não ser a BMW do Joey, mas que se dane a BMW do Joey.

O vidro do banco do passageiro desce, e a carinha babada do Fondue aparece.

Tia Starr estica o pescoço para me ver na calçada.

— Vamos dar o fora daqui!

★ CAPÍTULO 4 ★

Obrigado, Deus, pelos cachorros. Mais especificamente, os vira-latas. Vira-latas marrons e peludos. Que se chamam Fondue.

Ele está aninhado sobre o meu peito, na cama, adormecido, a barriguinha subindo e descendo a cada respiração. Vez ou outra um latido abafado escapa de sua boca enquanto ele persegue um esquilo ou um gato nos sonhos (embora, na vida real, ele se dê muito bem com a maioria dos felinos). Talvez Fondue esteja perseguindo o Joey para me vingar.

Uma semana se passou desde o Pior Dia de Todos, e eu ainda não saí do quarto. Bom, a não ser para comer, ir ao banheiro e levar o lixo para fora sem tirar o pijama (uma tarefa imposta pelo meu pai). Em vez de rolar na areia de uma praia tropical com o Joey, só tenho rolado na cama bagunçada com o Fondue. Sete dias, e eu ainda não consigo acreditar no que aconteceu.

E no *jeito* como aconteceu.

Que tipo de monstro leva o namorado a um dos restaurantes mais bonitos da cidade – no dia do aniversário de namoro – só para acabar com a vida dele? Continuo repassando aquela noite na minha memória como um filme de terror sem fim. Os olhares mal-encarados dos outros clientes; o jeito como ele bebeu um gole de Sprite antes de me dar a notícia que sabia que arruinaria meu ano; o olhar dele enquanto me explicava que precisava começar a namorar Caras Sérios.

Caras Sérios.

E a pior parte? Eu não superei o Joey! Nem um pouquinho. Continuo loucamente (e infelizmente) apaixonado.

E quero ele de volta.

Pego meu celular pelo que deve ser a 347ª vez só hoje (preciso digitar a senha, já que o aparelho não consegue reconhecer meu rosto amassado, choroso e meio escondido embaixo dos travesseiros) e abro meu e-mail. Pior decisão de todas.

Entro em pânico imediatamente.

A sra. Ritewood mandou mensagem perguntando quando poderei terminar o Universo dela. A parte mais honesta e cruel de mim quer responder um simples "nunca", mas a culpa de abandonar um projeto inacabado me assombraria para sempre – sem falar sobre o crime que seria tratar a sra. Ritewood como se ela fosse outra coisa que não a rainha das papelarias, o que me renderia uma vida inteira de azar.

A verdade é que fazia muito tempo que não me sentia tão esgotado criativamente como agora.

Será que ainda *quero* continuar pintando?

Por mais difícil que seja de engolir, Joey tinha razão em uma coisa: Caras Sérios não ficam perambulando por aí criando cenas fantásticas em prédios velhos. E, principalmente, não fazem isso por um preço tão abaixo do mercado, como a mãe do Joey, magnata dos negócios, sempre me dizia.

Talvez eu dê um tempo nas pinturas.

Apesar de uma das minhas regras ser nunca deixar um cliente sem resposta, ignoro o e-mail da sra. Ritewood, me convencendo de que resolverei isso mais tarde.

Meu dedo abre o Instagram.

E lá está ele. A primeira pessoa que vejo no feed recém-atualizado.

Joey, sem camisa e queimado de sol, ao lado de uma palmeira, segurando um drinque com uma fatia de abacaxi na borda do copo. A prova fotográfica mais recente das mágicas férias da família Oliver sem mim. Publicada sete minutos atrás.

A pior decisão que eu tomo em cada recesso é voltar para casa! #Brincadeirinha #EuAmoChicago, diz a legenda, seguida por uma fileira de emojis de sol e corações laranja.

Eu me seguro para não soltar um jato de vômito em cima do Fondue e do cobertor.

— Ai. Meu. Deus — diz uma voz à minha direita. Dou um salto.

É Trish. Ela está parada na porta, completamente apavorada, ao lado da namorada, Camilla. E, tá bom, vai, as expressões assustadas têm seus motivos, confesso.

Há roupas sujas por toda parte. Pratos sujos também. Minha playlist de músicas tristes toca o álbum *Folklore* da Taylor Swift baixinho, confirmando que ainda estou no fundo do poço.

— Blaine — diz Camilla com um suspiro. — Cara.

— Seu quarto está parecendo um chiqueiro — diz Trish, caminhando até o lado da cama, seguida por Camilla. — Precisamos tirar você daqui.

— Meus pais e tia Starr já tentaram muitas, *muitas* vezes ao longo da semana — respondo. — Se eles não foram capazes de me motivar com promessas de sorvete ou daquele filme novo da Pixar, quais as chances de vocês conseguirem essa proeza?

Trish e Camilla trocam olhares suspeitos.

Ver as duas com roupas de verdade me faz perceber como estou desleixado sentado aqui com esta calça velha e um moletom manchado. A jaqueta de couro sintético amarelo-abacaxi da Trish, combinando com os brincos, e a sombra dourada cintilando na pele marrom de suas pálpebras fazem o contraste perfeito com a minha estética de monstro do lixão. Camilla está com um boné esmeralda que destaca o verde de seus olhos, um colar prateado com pingente de Tiranossauro Rex (ela é obcecada por dinossauros) e uma blusa de alcinha.

Elas estão carregando grandes copos com canudos cor-de-rosa da nossa cafeteria preferida do bairro, a Grão Grandão. Trish me entrega o terceiro copo.

— Seu favorito... mocha.

— Não — murmuro.

Trish não liga, empurrando a bebida na minha mão mesmo assim. Então eu tomo um gole. Não admito em voz alta, mas a cremosidade geladinha era tudo de que eu precisava.

— Blaine, isso é inaceitável — diz Camilla, cutucando minha bunda para ver se eu reajo. — Já passou uma semana. O recesso já está praticamente acabando.

— E daí? — pergunto.

— *E daí?* Quais são seus planos? Morrer aqui?

— Sim.

Com um suspiro, Trish desliga a música da Taylor Swift, antes de sentar ao meu lado e fazer carinho no Fondue.

— Ei. Lembra quando a Camilla terminou comigo no ano passado e eu acabei caindo numa bad daquelas?

Camilla balança a cabeça, jogando o rabo de cavalo castanho por cima do ombro.

— Por que você está me envolvendo nisso?

— Vai fazer sentido, juro — responde Trish, virando-se para mim. — Bom, a gente acabou voltando depois, claro, mas na época você me deu um conselho muito bom que me ajudou a manter a cabeça erguida. Lembra qual foi?

Reviro o cérebro.

— Que você merecia coisa melhor que a Camilla?

Camilla arregala os olhos.

Dou uma risadinha.

— Brincadeira.

As duas se animam, aliviadas por eu ainda conseguir fazer uma piada.

— E aí? — pergunta Trish, já que eu não respondo. — Lembra?

Fecho os olhos enquanto penso, mas minha mente é incapaz de revisitar qualquer situação que tenha vindo antes do Pior Dia de Todos (que, infelizmente, eu consigo reviver nos mínimos detalhes, até as bolhas flutuando no copo de Sprite do Joey).

— Nunca dê autoridade para que outra pessoa determine o seu valor — diz Trish ao perceber que, claramente, eu não estou batendo bem das ideias. — Agora é minha vez de te dar o mesmo conselho. Não deixe o Joey determinar o seu valor.

Suspiro.

Essa conversa motivacional até que foi uma boa tentativa, mas não vou morder a isca.

— Ai, Blaine, sai dessa! — Trish começa a me puxar para fora da cama pelo braço, mas eu resisto. Muito. Ela desiste depois de um minuto. — Tem outros garotos por aí!

— *Muitos* garotos — afirma Camilla.

— Garotos e garotos e mais garotos.

Faço beicinho por um momento, o que deixa Trish pê da vida.

— Mas eu não quero outros garotos. Quero o Joey.

As duas ficam quietas, colocando as bebidas sobre a cômoda. Trish olha para Camilla. Camilla retribui o olhar. Então as duas se viram para mim, e eu sei que estão tramando alguma coisa.

— Peraí... — Um plano está se desdobrando bem na minha frente. — O que vocês pretendem fazer?

— Blaine — diz Trish, pegando meu copo e colocando-o na mesinha de cabeceira. — Sentimos muito.

Antes que eu possa me defender, Camilla gira meu corpo de barriga para baixo e sobe nas minhas costas. Ela é forte pra cacete.

— Mas que p...

Rapidamente, Trish coloca uma venda sobre os meus olhos e a amarra com força. *Muita* força. Não consigo enxergar nada.

— Temos uma surpresa pra você.

— Uma surpresa que envolve me levar para o meio do mato e me matar? — grito, com dificuldade para respirar. — Porque parece que é isso que está rolando!

— Não. Só envolve você calçando seus chinelos.

— Só isso — reafirma Camilla, usando o peso do corpo para me pressionar contra o colchão. — Não precisa trazer mais nada.

— Posso pelo menos tomar um banho? — pergunto, com a boca pressionada contra a cama.

— Não. Você vai fugir pela janela do banheiro.

Elas me conhecem muito bem.

Camilla puxa meus braços para trás, e eu sinto algo de metal ao redor dos meus pulsos.

— Peraí, são algemas?

— Sim.

— Vocês só podem estar de brincadeira.

— A surpresa vai valer a pena — diz Trish, pouco convincente. — Prometo.

Camilla sai de cima de mim — finalmente consigo respirar direito — e me guia até meus chinelos. Acabo calçando-os porque não faz sentido lutar uma batalha que já está perdida. Com as garotas, uma de cada lado, sou levado escada abaixo até o saguão de entrada.

— O que vocês três estão aprontando? — pergunta tia Starr, provavelmente do sofá. Consigo escutá-la mastigando pipoca enquanto *Bridgerton* passa ao fundo.

— Elas estão me sequestrando! Me ajuda, tia Starr, por favor! — imploro.

Uma pausa breve.

— Fico feliz que alguém finalmente tenha conseguido te tirar de casa — diz ela, aumentando o volume da televisão. — Tragam ele de volta antes do jantar, mocinhas.

O dia parece estar bonito no noroeste de Chicago, já que os pássaros estão cantando e o sol aquece minha testa. Mas Trish me vendou com tanta força que posso estar caminhando nos trilhos do trem sem saber.

— Aliás, quando voltarmos para o quarto, você vai lavar suas roupas! — ordena Trish.

— E levar a louça suja pra cozinha — completa Camilla.

— Meu quarto não está *tão ruim* assim — rebato.

— Sim — dizem as duas em coro. — Está, sim.

Caminhamos por mais alguns minutos e, a julgar pelo tempo andando e pelo aroma familiar de doces assados no ar, acho que sei aonde elas estão me levando.

— Grão Grandão? — pergunto quando paramos.

Camilla tira as algemas.

Trish puxa a venda.

Meus olhos levam alguns segundos para se ajustarem à luz do sol, mas finalmente consigo confirmar minhas suspeitas. Isso aí, o Café Grão Grandão. Só que estamos na lateral do estabelecimento, num terreno vazio com grama alta. Minha mãe me disse que, antigamente, havia uma lavanderia aqui, mas ela pegou fogo quando eu ainda era criança. Agora, é apenas um terreno baldio retangular com estabelecimentos mais sortudos ao lado.

— Hum... — Olho para as duas. — Que surpresa é essa? Vocês não *acabaram* de vir aqui comprar nossas bebidas?

— *Essa* é a surpresa — diz Camilla, apontando para a parede externa do Grão Grandão. — Bao te contratou para pintar.

Ai. Nossa.

— Sério?

— Sim — diz Trish, a sombra de glitter cintilando ainda mais sob o sol. — Pode pintar o que quiser. Ele confia em você.

— Quer dizer, só não pode pintar safadeza — explica Camilla com um sussurro de canto de boca. — Mas, sim, basicamente qualquer coisa. Trish perguntou para o Bao mais cedo, e ele pareceu super de boa.

— Até empolgado, eu diria — acrescenta Trish.

— Eu voto numa cena do Período Jurássico — fala Camilla, me cutucando.

Trish revira os olhos.

— É claro que você vota nos dinossauros.

— Talvez alguns braquiossauros almoçando ao lado de um lago? — sugere Camilla, toda empolgada. — Sei lá, uma paisagem bem serena.

— Por que uma cafeteria iria querer *braquiossauros* na parede, amor? — pergunta Trish.

— Bom, eu estou pintando um Saturno psicodélico na Papelaria da Susan — explico. — O sistema solar não tem nenhuma relação direta com papéis, então não é como se o mural precisasse ser algo ligado à loja.

— Viu só? — Camilla sorri. — E vamos de braquiossauros.

Elas começam uma discussão sobre cafés e dinossauros, me deixando sozinho com meus pensamentos. Minha mente analisa todas as possibilidades para a tela enorme que está me encarando.

Não há dúvida de que o proprietário sorridente, Bao, aprecia nossas visitas quase diárias (o que, pensando bem, provavelmente tem tudo a ver com todo o dinheiro que já gastamos aqui). Mas, ao contrário da Papelaria da Susan, a cafeteria/confeitaria vietnamita-americana fica em um prédio comercial numa esquina bem chamativa, que atrai muitos olhares. Aposto que muitos artistas de Chicago – artistas profissionais – topariam um trabalho desses.

E ele quer *me* contratar?

Analiso o exterior. Para alguém que vive em busca de paredes vazias para transformar, me sinto quase envergonhado por nunca ter considerado o Grão Grandão antes. O prédio com certeza é bem antigo, já que as cores dos tijolos lascados variam entre vermelho, laranja queimado e chumbo. Há algumas camadas desbotadas remanescentes de murais antigos, mas, no geral, o prédio está em condições decentes.

Porém, a parede é grande. *Bem* grande. A maioria dos meus murais é muito menor; esse aqui levaria o verão inteiro para ficar pronto.

– Eu...

– Relaxa – diz Trish, lendo minha mente. – Ele não precisa que você pinte a parede inteira. Só o canto inferior perto da calçada, onde a maioria dos pedestres passa.

– Pode pintar algo maior, se quiser – explica Camilla. – Mas ele disse que uma arte de dois e meio por dois e meio já funciona. Só para dar um *tchan* na parede.

Penso por mais um tempo.

Tem que haver alguma desvantagem.

– Aposto que ele não vai me pagar, né? – pergunto com um sorriso. Aprendi que alguns comerciantes de áreas movimentadas acham que "exposição" é a mesma coisa que dinheiro para artistas.

– Mil – diz Camilla, na lata.

Eu a encaro.

– Mil... o quê?

— Dólares — diz Trish. — Oferta dele, não nossa.

— Tá de sacanagem.

— Não.

— Quer dizer... — Nunca me pagaram mil dólares por um trabalho antes. — Tem certeza?

Elas riem.

— Sim.

Ganhei quatrocentos dólares recriando o letreiro de Hollywood na entrada da Filmore Filmes no verão passado, e quinhentos por uma pintura de *RuPaul's Drag Race* na Loja de Perucas da Betty na zona norte. Mas mil dólares?

Minha decisão desta manhã volta com tudo.

— Peraí. Não posso.

Elas parecem confusas.

— Por quê? — pergunta Trish.

— Acho que vou dar um tempo na pintura nos próximos meses.

— Como assim?

Ao lado da namorada, Camilla suspira.

— Você não falou nada sobre isso antes.

— Eu sei, foi mal. — Olho de canto de olho para a esquina do prédio, em direção à calçada. — Tomei essa decisão, tipo, hoje.

— Isso tem alguma coisa a ver com o Joey? — pergunta Trish.

— Não! Quer dizer, sim. Bom, mais ou menos. — Não sei como explicar. — Tenho pensado no que estou fazendo com a minha vida e...

— Blaine.

— ...e, apesar de amar pintar, eu não ganho quase nada com isso, e...

— *Blaine.*

— ...dá muito mais trabalho do que vocês imaginam, sério, arrumar as tintas certas, e os equipamentos, e a mão de obra envolvida...

— Bl...

— Chega, por favor! Tá bom? Só estou tentando botar a vida no lugar! — grito, sentando na grama ao lado da calçada.

Trish e Camilla ficam quietas por um momento antes de se juntarem a mim, de pernas cruzadas sobre o gramado.

– Desculpa – digo para as duas, um pouco envergonhado. – Não quis explodir desse jeito.

– De boa – fala Trish. – Estamos com você.

– Obrigado por falarem com o Bao – agradeço, olhando para elas. – Mas quero dar um tempo nas pinturas. Se não pelos próximos meses, pelo menos por um tempinho. Tá bom?

As duas se aproximam para um abraço em grupo.

– É claro – Camilla sussurra.

– Te amo – diz Trish.

O abraço acaba sendo bem longo. E, depois de uma semana com quase nenhuma interação humana – e *muita* interação com meu cachorro –, era exatamente disso que eu precisava. Ficamos sentados na grama por mais um tempo, observando os pés de quem passava ali em frente. Trish e Camilla me inteiram das coisas que perdi durante o recesso por estar triste demais para sair de casa. A maioria nem era grande coisa, exceto a noite em que elas foram ao cinema a céu aberto para assistir ao *Frankenstein* original. Queria ter ido também.

Minha mente começa a divagar, distraída pela brisa, pelas árvores balançando e pelo vaivém da cidade. Executivos saem do Grão Grandão com seus lattes; skatistas aproveitam o finalzinho da primavera para testar novas manobras num beco aqui perto.

Queria estar com o Joey.

Não devia estar pensando nisso, eu sei; ele terminou comigo do jeito mais monstruoso possível (falando em *Frankenstein*). Mas a gente não manda no coração. E o meu ainda quer o Joey Oliver.

A última sexta-feira foi só um surto. Ele não é daquele jeito, pelo menos eu acho que não. Ele está estressado com o conselho estudantil, o planejamento do baile e a ida para a faculdade. E não é como se ele tivesse mentido sobre a pressão da família; as expectativas para os filhos da família Oliver são *mesmo* muito altas.

Quero voltar com ele.

O sino na porta da frente do Grão Grandão toca quando um grupo de garotos vestindo camisetas da Universidade DePaul sai da cafeteria.

– Não acredito que ele venceu o Tucker Randolph. – Escuto um deles dizendo enquanto bebe seu café. – O Jeff vai longe, cara.

– Hoje ele é vice-presidente do conselho estudantil da DePaul – comenta outro. – Amanhã, vai ser prefeito de Chicago!

– Ele é foda!

– Né?

Eles se afastam e eu não consigo mais ouvi-los, mas esse tal de Jeff fica na minha cabeça – seja lá quem for.

Jeff. Vice-presidente em DePaul. O cara que vai longe.

Futuro prefeito de Chicago, talvez.

Um cara *fodão*.

Consigo imaginá-lo agora, com sua calça cáqui, um sorriso radiante dissimulado e o hábito de sempre chegar com quinze minutos de antecedência. O vice-presidente Jeff é exatamente o tipo de colega que Joey gostaria de ter ao lado numa corrida presidencial. Nossa, aposto que Jeff é exatamente o tipo de Cara Sério com quem o Joey gostaria de *casar* um dia.

Dou um pulo no lugar.

Trish e Camilla pulam também.

– Não me assuste assim! – grita Trish, dando um peteleco no meu ombro. – O que foi?

Eu me levanto e começo a andar de um lado para outro na calçada, o cérebro a todo vapor.

Se o segredo para ficar com o Joey é me tornar um Jeff, quem disse que eu não posso me tornar um Jeff?

– Blaine, tá tudo bem? – pergunta Camilla, parecendo preocupada.

– Você tá assustando a gente – diz Trish.

Eu paro, abrindo um sorriso.

– Já sei o que preciso fazer.

– Você vai pintar o mural do Bao? – quer saber Camilla, toda empolgada.

– Não.

Os lábios dela se curvam em tristeza.

– Já sei o que preciso fazer para reconquistar o Joey. – Estufo o peito, respirando fundo. – Trish. Camilla. Vou me candidatar à presidência da classe.

★ CAPÍTULO 5 ★

— Minha nossa. — Trish tira um pirulito roxo da boca e me analisa de cima a baixo. É uma reação bem contrastante com a que ela teve ao ver meu look para o jantar no Chaleira de Aço, mas eu esperava que este aqui provocasse uma resposta diferente. — Você estava mesmo falando sério sobre esse negócio de presidente de classe, né?

Dou de ombros meio envergonhado, olhando em volta para ver se meu visual chamou a atenção de mais alguém. O corredor soa especialmente barulhento neste primeiro dia de retorno às aulas, e todo mundo está reencontrando amigos e comentando sobre o recesso. Suspeito que muitos alunos já tenham ouvido falar sobre meu término a esta altura, porém ninguém me perguntou nada até agora. Só para deixar claro, ninguém se importa se eu levei um pé na bunda, mas Joey Oliver solteiro de novo? Tá aí uma coisa com a qual o Colégio Wicker West se importa *muito*.

— Você odiou, né? — pergunto a Trish, contorcendo o rosto numa careta.

Ela fecha a porta do armário laranja com um empurrão e se vira para me olhar de frente.

— É bem, hum... é diferente.

– Ou seja, você *odiou*.

– Não. Só acho estranho te ver de terno, só isso. E este é... só um pouquinho...

– Grande demais?

Ela abre um sorriso torto.

– Sim.

– Droga.

– Tá tudo bem! – diz, numa tentativa de amenizar a situação, apoiando os livros na cintura e dando mais uma lambida no pirulito. – Não está tão grande, só folgado. Você consegue sustentar o visual.

"Só folgado", até parece. A quem estou tentando enganar? Dá pra enfiar outro Blaine inteiro dentro desse terno junto comigo – e provavelmente sobraria espaço para um terceiro.

A camisa de botão branca enfiada para dentro da calça bufante quase chega na altura dos joelhos, e os sapatos sociais pretos parecem parte de um número de circo. Uma coisa meio Patati Patatá de luto. Mas, bom, é isso que dá para fazer quando se está limitado ao armário do seu pai para conseguir roupas com ar profissional. Se Joey quer a estética de Cara Sério, é a estética de Cara Sério que o Joey vai ter.

– Beleza. – Aliso a gravata, que é praticamente da largura do meu pescoço. – Estou pronto.

– Tem *certeza* de que quer fazer isso?

– Sim.

– Porque eu acho que concorrer a presidente de classe é, tipo, *outro nível*.

– Eu sei.

– Tipo, é um comprometimento – continua ela. – Dos grandes.

– Eu entendo.

– Só mais uma coisa. – Ela arruma minha gravata mais um pouco, tomando cuidado para que o pirulito em sua mão não encoste em mim. – Lembra quando a Camilla terminou comigo ano passado e por, tipo, umas quarenta e oito horas eu botei na minha cabeça que passaria o verão inteiro em Seul?

Olho para cima, pensativo.

– Sim – respondo lentamente. – O que tem a ver?

– Seres humanos tendem a fazer coisas impulsivas quando estão na bad – diz ela, limpando um fiapo solto no meu ombro. – E, neste momento, você está na bad. Igualzinho a mim depois do término.

– Você está querendo dizer que concorrer à presidência pode ser uma decisão idiota e apressada baseada apenas no meu término com o Joey, e que eu posso acabar me arrependendo disso para sempre?

Ela abre a boca só um pouquinho, balançando a cabeça de um lado para outro.

– Bom, queria dizer que não, mas acho que sim.

– Trish. – Seguro as mãos dela. – Confia em mim. Isso aqui tem alguma coisa a ver com o Joey? Claro que sim – admito, sabendo que já está óbvio faz tempo. – Mas eu quero concorrer. Tá bom?

Trish encara meus olhos tão profundamente que tenho certeza de que ela consegue enxergar minha nuca.

– Tá bom, então – diz ela, me cutucando com o cotovelo; seu jeito de fazer um "toca aqui".

Atravesso o corredor ao lado de Trish até o local onde Joey está preparando a mesa da eleição do conselho estudantil antes de o primeiro tempo começar. Não, eu não o vejo desde o Pior Dia de Todos. E não, não sei como vou reagir ao conversar com ele de novo. Será que vou sentir vontade de dar um tapão nele? Ou um beijo? Ou as duas coisas, consecutivamente? Estamos prestes a descobrir.

Uma multidão de alunos se reúne na frente da mesa, e lá está ele.

Continua sendo o garoto dos meus sonhos.

O bronzeado que ele pegou em Cabo já suavizou, deixando apenas um brilho dourado. Um colete de lã castanho-avermelhada combina perfeitamente com os óculos marrons que ele usa às segundas-feiras, quando está cansado demais para colocar as lentes de contato, mas, ainda assim, quer parecer arrumadinho. Mesmo estando a alguns passos de distância, consigo sentir o cheirinho suave do perfume que ele usa, e isso me deixa com saudade do que éramos há meras duas semanas.

Ele fica chocado ao me ver.

– Blaine?

Tento pisar com mais firmeza enquanto me aproximo – e quase tropeço na mesa da eleição por causa dos sapatos de palhaço.

– Oi, Joey.

Ele assente, olhando para além de mim.

– E aí, Trish?

Trish não está empolgada em vê-lo, e o tom que ela usa deixa isso extremamente óbvio.

– Joey.

– Interessante esse paletó que você está usando – diz ele, tentando interpretar meu visual. – Por que... – Ele perde a voz, ficando um pouquinho boquiaberto.

Dou um segundo para que possa terminar a frase.

– Por que... o quê?

– Por que você está vestido assim?

Respiro fundo, Trish me dá um empurrãozinho em apoio, provavelmente sentindo que estou nervoso.

– Joey – digo, soltando o ar. – Decidi que vou concorrer a presidente de classe.

Ele me encara.

– Oi?

– Vou concorrer à eleição.

Ele continua me encarando, como se não tivesse assimilado o que eu disse.

Trish dá um passo à frente, ficando lado a lado comigo.

– Está difícil de entender? O Blaine gostaria de saber mais informações sobre como entrar nas eleições para concorrer à presidência de classe. – Ela aponta para a mesa, coberta de formulários de inscrições e pratos com doces para atrair futuros membros do conselho. – Não é isso que vocês estão fazendo aqui?

Joey, ainda boquiaberto, olha para ela e depois para mim.

– *Você* quer ser presidente de classe?

Sorrio.

– Por quê? É difícil?

A conversa morre. Estamos nos encarando. Queria que ainda houvesse uma faísca entre nós dois – do jeito como ele me olhou na varanda de casa duas sextas atrás –, mas agora é mais como se ele não conseguisse entender as palavras que saem da minha boca. Como se eu estivesse falando élfico com um hobbit.

– Olá, Blaine. – O sr. Wells, coçando a barba branca, aparece ao lado do Joey. Ele levanta o queixo para me enxergar com a parte de baixo das lentes bifocais dos óculos. – Aproveitou o recesso?

– Horrores – minto.

– Sério? *Horrores?* – Ashtyn Nevercrop, amiga de Joey, aparece do outro lado dele. – Não era essa a resposta que eu estava esperando. Acabei de ouvir que você vai se candidatar a presidente de classe?

Ashtyn é a pior do mundo.

Ela e Joey se conhecem há muito tempo. Tipo, os pais dos dois eram melhores amigos na escola. Ela é implacável, megacínica e superprotetora com os amigos. Se mexer com ela, Ashtyn te empurra na frente de um ônibus. E não é um daqueles micro-ônibus, sabe? Estou falando daqueles grandões de dois andares que fazem passeios turísticos em Chicago. Ela só tolerava minha existência enquanto eu e Joey estávamos juntos; agora, não há dúvida de que estou na lista de inimigos dela.

– Oi, Ashtyn – digo com um sorriso, me recusando a cair em seu joguinho. – Você ouviu certo. Gostaria de saber mais sobre como me inscrever para concorrer à presidência de classe.

Ela joga o cabelo loiro-escuro para trás do ombro.

– Tem noção de que você vai entrar na eleição superatrasado, né?

– E? – intervém Trish num piscar de olhos.

Os olhos gelados e azuis da Ashtyn perfuram o olhar ameaçador de Trish.

– *E* um milhão de outros alunos já são candidatos.

– Bom, sem exageros, Ashtyn – diz o sr. Wells, tentando amenizar o clima. – Muitos alunos demonstraram interesse, mas, até agora, apenas seis conseguiram as assinaturas necessárias.

– Assinaturas necessárias? – pergunto, olhando para os três.

Joey, finalmente recuperando a voz, ajusta os óculos.

– Você precisa conseguir cinquenta assinaturas de outros alunos do seu ano que aprovem a sua candidatura – diz ele.

– O que exatamente "aprovem a sua candidatura" quer dizer? – pergunta Trish.

– Não significa que eles vão votar em você – explica o sr. Wells, me entregando um formulário com espaço para cinquenta nomes. – Mas que estão abertos a considerar a possibilidade. Entendeu?

Ele aponta para o texto no topo da página:

> Eu, _____, acredito que a candidatura de _____ para presidência de classe de formandos deve ser considerada pelo Conselho Estudantil do Colégio Wicker West.

– Por favor, não inventem nomes nem falsifiquem assinaturas. Sim, nós conferimos se todas elas são válidas – continua o sr. Wells, com cara de quem já explicou isso mil vezes antes. – Como a Ashtyn apontou, seu tempo está um pouquinho apertado, Blaine. Precisamos das suas cinquenta assinaturas até quarta-feira.

Arregalo os olhos.

– Quarta, tipo, daqui a dois dias?

Ashtyn, percebendo meu pânico, sorri.

– Isso.

Eu me inclino para perto de Trish.

– A gente conhece cinquenta pessoas? – sussurro.

– É claro – diz ela, sabendo que Joey e Ashtyn estão nos ouvindo.

– Beleza – digo, me virando para eles. – Então, se eu conseguir as cinquenta assinaturas, já estou concorrendo?

– Não – Ashtyn rebate.

– Se você tivesse me escutado quando eu falava sobre as coisas do conselho estudantil, já saberia disso – responde Joey com uma risada passivo-agressiva.

Nós dois sabemos que não há nada de engraçado nisso.

– Foi mal – digo, acalmando a tensão com uma risadinha. – Então, o que acontece depois das cinquenta assinaturas?

– Se conseguir cinquenta assinaturas válidas, você fará um discurso de três minutos na frente do conselho estudantil – diz o sr. Wells.

– Cara... – me contenho – ... ca! Desculpa. É só que eu não sabia que havia um discurso envolvido. Na frente do conselho inteiro?

– Bom, a gente não pode deixar *qualquer um* se candidatar a presidente de classe, né? – rebate Ashtyn.

– O discurso deve englobar seus motivos para se candidatar e suas propostas – explica o sr. Wells.

– O tipo de presidente que você será, o tema da sua campanha, como suas experiências podem agregar ao conselho – elenca Joey, sabendo muito bem que eu nunca dei a mínima para esse tipo de coisa.

– Beleza – digo, cavoucando minha mente. – Daí, depois disso, estou concorrendo?

– Aí, *depois disso* – diz Ashtyn, incapaz de conter a alegria ao me ver sufocando com todas essas informações – o conselho vota. Se pelo menos metade do conselho estudantil votar "sim", você estará concorrendo oficialmente.

– Este ano, há noventa e quatro membros no conselho estudantil – diz o sr. Wells. – Ou seja, pelo menos quarenta e sete precisam gostar o bastante do seu discurso para acharem que seu nome merece estar na lista de candidatos.

– Quarenta e sete me parece algo bem difícil de conseguir, não acha? – pergunto.

O sr. Wells assente.

– Assim que você conseguir as cinquenta assinaturas e chegar a essa etapa, eu recomendo fortemente que pense bastante no seu discurso e na sua campanha, Blaine. Além disso, quanto mais você se dedicar ao seu discurso, mais preparado estará para o debate.

– Para o quê? – pergunto.

Um *debate*? Daqueles em que eu fico embaixo dos holofotes e argumento com outras pessoas por um longo período?

Joey suspira.

– Ah, qual é, Blaine? Você sabe disso. O debate final entre os candidatos acontece diante do colégio todo. Lembra do meu no ano passado?

Sim, eu lembro. Mas, neste exato segundo, esqueci completamente.

– É claro que eu me lembro.

– Blaine – diz Joey, abaixando o tom de voz. – Por que você está fazendo isso? É por causa da gente?

– Joey – sussurro de volta com confiança, apesar de estar me sentindo zero confiante no momento. – Não. Estou fazendo porque quero me tornar presidente de classe.

O sr. Wells me entrega uma pasta de papel.

– Aqui estão todos os detalhes sobre a eleição; datas para não esquecer, requerimentos para cada candidatura, esse tipo de coisa.

– É superútil para novatos que decidiram se candidatar sem ter experiência nenhuma – emenda Ashtyn, debochada. – Não vá perder, hein?

– Perfeito, obrigado pela ajuda, gente – digo, pegando o material das mãos do sr. Wells. Dou um último sorriso para todos e começo a me afastar, tropeçando nos sapatos de palhaço enquanto saio.

Assim que estamos longe o bastante para que não consigam nos ouvir, Trish se aproxima de mim.

– Onde você foi se meter?

Cinquenta assinaturas até quarta-feira.

Um discurso na frente do conselho estudantil.

Um debate na frente do colégio *inteiro*.

– Sei lá – respondo, à beira de uma crise de riso ou de choro, não sei qual dos dois. – Mas, se eu quero mesmo dar conta disso tudo, preciso levar a sério.

★ CAPÍTULO 6 ★

Dizer que vou passar o próximo mês fora da minha zona de conforto não é bem a descrição correta. É mais como se eu tivesse sido empurrado – catapultado, na real – para a distopia do desconforto, e a culpa é toda minha. Coletar assinaturas dos meus colegas de classe? Apresentar um discurso para o conselho estudantil? Debater com um monte de gênios em um palco? Eu sou só um esquisitão com fones de ouvido pintando murais sozinho – e *não* um político carismático em ascensão.

Porém, preciso levar isso tudo a sério. Começando agora.

Tipo, literalmente. *Agora mesmo*. Não posso desperdiçar nem uma horinha que seja.

Começo com o primeiro obstáculo que preciso vencer: as cinquenta assinaturas.

Durante o intervalo, pego uma mesa do refeitório só para mim e abro um cartaz que fiz no final da aula de Artes no primeiro tempo. Ele diz: BLAINE PARA PRESIDENTE DE CLASSE!, com letras grandes e azuis. Os alunos do meu ano vão ver o cartaz, conversar comigo e assinar nas linhas pontilhadas.

Em teoria, pelo menos.

– O que é isso? – pergunta Carly Eggman enquanto passa bebendo uma Coca Zero.

– Oi, Carly! Obrigado por perguntar. Decidi concorrer ao cargo de presidente de classe e eu... Ah, tudo bem então, até mais! – Ela já está se afastando com Caleb Kresky, que a distraiu com cheeseburguer e batata frita. – Depois a gente se fala!

Penduro o cartaz na parede com fita adesiva no melhor ângulo possível, para chamar a atenção de quem passa pelo refeitório, e coloco sobre a mesa uma caneta e o formulário que o sr. Wells me deu para coletar as assinaturas. Arregaço as mangas do terno gigante do meu pai, coloco um sorriso no rosto e começo a olhar de um lado para outro todo sem jeito, esperando que pelo menos alguns colegas da minha turma se importem o suficiente para reconhecer minha existência.

Então eu espero. E espero. E espero mais um pouco.

Cinco minutos apavorantes se arrastam antes que Matt Hattle pare na frente da minha mesa e cerre as sobrancelhas, confuso, dando uma mordida num pretzel.

– Oi, Matt – digo, depois de ele permanecer em silêncio. – Estou concorrendo a presidente de classe do último ano.

– Tô vendo. Mas você não está no terceiro, igual a mim?

– Sim. Essas eleições determinam os líderes das turmas do *ano que vem*, e...

– Aliás, fiquei sabendo que o Joey te deu um pé na bunda. Sinto muito. Deve ter sido péssimo.

Sinto minhas bochechas começando a queimar. Solto uma risada para aliviar o climão.

– Valeu. Mas, hum, não foi nada de mais...

– Me disseram que foi no aniversário de namoro de vocês. É verdade ou só fofoca?

Pigarreio.

– Pois é, não é fofoca, não.

Ele se aproxima de mim, baixando o tom de voz.

– Cara, que *merda*, hein?

– Tá tudo bem. As coisas já estão melhorando! Estou me candidatando a presidente de classe, e preciso de assinaturas para...

– Depois você me explica melhor. Preciso ir! Mas continue mandando ver, Blaine.

E lá se vai ele.

Que droga, dois a zero.

Eu não esperava que convencer as pessoas fosse fácil, claro, já que ler BLAINE PARA PRESIDENTE DE CLASSE! é a mesma coisa que TARTARUGA CORRENDO UMA MARATONA! para a maioria das pessoas. Mas, nesse ritmo, é capaz de eu entrar na faculdade antes de conseguir cinquenta assinaturas.

Ashtyn é péssima, mas talvez ela tivesse razão ao zombar da minha tentativa de seguir os passos do Joey. Afinal, ela faz parte do conselho estudantil desde o fundamental e, sem dúvida, entende as políticas do Colégio Wicker West melhor do que ninguém – incluindo o Joey. Acredito que ela só não se candidatou porque já é secretária da Sociedade Honorária Nacional, tem cadeira cativa no clube de francês e é capitã do time de softbol. (Se ela pudesse se clonar para liderar todos os grupos extracurriculares do colégio, aposto que se tornar a sucessora do Joey seria sua prioridade número um.)

Ela pode ser um monte de coisas, mas burra ela não é. E se Ashtyn acredita que minha presença nessa eleição seria uma piada, talvez seja melhor desistir enquanto há tempo.

Não, peraí. *Pode ir parando, Blaine.*

Para evitar cair num buraco de arrependimento sem fim, abro a mochila e pego a pasta que o sr. Wells me deu com as informações importantes sobre a eleição. Ela contém as datas relevantes para manter no radar – no geral, o dia do discurso para o conselho e o debate na véspera da eleição. Na terceira página, há uma lista de requerimentos que cada candidato precisa ter para poder participar. *Os candidatos precisam ter uma média escolar de, pelo menos, 7,5.* Confere. *Os candidatos não podem usar linguagem chula na campanha, incluindo discursos, debates e cartazes nos corredores.* Tentador, mas tudo bem. *Os candidatos precisam escolher um líder de campanha antes de apresentarem as assinaturas.*

Ah, sim. Preciso resolver isso. Joey escolheu o Ralph, um amigo puxa-saco e doido da organização, para ser o líder no ano passado. Aposto que ele teria escolhido a Ashtyn, mas ela está no mesmo ano que eu, e líderes de campanha precisam ser do mesmo ano que o candidato.

Viro a página para ler as funções específicas do cargo. Um líder de campanha convencional deve ajudar o candidato a *criar a mensagem e o tema da campanha para o mandato*, explica o documento, assim como ajudar em um monte de responsabilidades logísticas no dia da eleição.

Trish aparece na minha mesa, junto com Camilla.

– Sei que você me disse mais cedo que queria fazer isso sozinho hoje, mas... – Ela para, tentando ler minha expressão. – Como está indo?

Empurro na direção das duas o formulário que, em tese, deveria conter as assinaturas.

– Não muito bem – digo. Elas olham para baixo e encontram o total de zero assinaturas. – Só duas pessoas pararam aqui para conversar comigo.

– Quem? – pergunta Trish.

– Matt Hattle e Carly Eggman.

Camilla dá de ombros, menosprezando os dois em apoio a mim.

– E você lá ia *querer* que Matt Hattle e Carly Eggman fossem suas primeiras assinaturas?

– Sei lá... – Penso por um segundo. – Sim?

– Nós seremos as primeiras – diz Trish, pegando a caneta e assinando na primeira linha.

Camilla também escreve o nome dela, antes de dividir ao meio uma tira de queijo que está comendo e entregar metade para mim.

Como tudo numa mordida só.

– Ei, aliás – digo, olhando para Trish –, o que você acha de ser a minha líder de campanha?

Ela me encara, desconfiada.

Entrego a pasta a ela, aberta na página com as responsabilidades do cargo. Ela começa a ler:

– "O líder de campanha ajudará o candidato a criar a mensagem e o tema da campanha para o mandato"? "O líder de campanha poderá substituir o candidato caso este perca a capacidade de presidir depois de ter seu nome incluído na cédula"? – Ela solta a pasta e olha para mim. – Como assim? O senhor Wells espera que você seja assassinado?

Reviro os olhos com um sorriso, pegando a pasta de volta.

– Então sua resposta é "não"?

– Me parece bastante coisa – diz Trish, virando-se para Camilla. – Acho que o cargo combina mais com você do que comigo.

– Não, não, *não* – diz Camilla, recusando de imediato. – Sem ofensas, Blaine, mas essa *coisa toda* – ela aponta para o cartaz e para a minha mesa – não é a minha praia.

Suspiro.

– Nem a minha. Estou aprendendo na marra.

– Além do mais, tenho as horas de estágio para completar no Museu Field durante o restante do semestre – diz Camilla, colocando o que sobrou do palito de queijo na boca.

Meus olhos se voltam para Trish. Faço cara de desespero e curvo os lábios para baixo, fazendo biquinho.

– Por favorzinho? – pergunto num sussurro.

Trish pensa por mais um momento, olhando para o nada enquanto reflete. Camilla cutuca o braço dela, encorajando a namorada a aceitar.

– Tá bom, beleza. – Trish se rende. – Contanto que você saiba o *porquê* de eu estar dizendo "sim".

Tento ler a expressão dela, confuso.

– Por que você está dizendo "sim"?

– Porque você é meu melhor amigo, eu te amo e estou do seu lado até a morte. E, se eu topar isso, vou mergulhar de cabeça, aconteça o que acontecer.

– Ah – digo, um pouquinho emocionado. – Que fofo, Tri…

– *Maaaas* – ela levanta o indicador para acrescentar uma condição importante (que eu já devia estar esperando) – não estou dizendo "sim" porque apoio seus motivos para se candidatar. Virar presidente de classe não deveria ser pré-requisito para voltar com um ex-namorado, e acho importante que você saiba disso. Tá bom?

Camilla se vira para mim, hesitante, esperando minha resposta.

Penso um pouco, sem saber que outra opção eu tenho.

– Bom... beleza. Combinado.

Trish assente.

– Combinado.

Camilla solta o ar, aliviada.

– Se é assim... – Trish cruza os braços sobre o peito, olhando para o cartaz de BLAINE PARA PRESIDENTE DE CLASSE! – Como sua líder de campanha, posso fazer minha primeira sugestão oficial?

– Ai, não. – Levanto e dou a volta até a frente da mesa com meus sapatos de palhaço para dar mais uma olhada no cartaz, morrendo de medo de ter escrito meu nome errado. – O que foi que eu errei?

– Não tem nada de errado. Só acho que o cartaz poderia ser... diferente.

– Como assim?

– "Blaine para Presidente de Classe" é normal. Sei lá. O que motiva as pessoas a parar para conversar com você? O que vai motivar todo mundo a te apoiar?

Paro e penso.

– Não sei. Joey colocou umas balinhas na mesa das eleições antes de as aulas começarem. Acha que colocar M&M's resolve?

– Sim! – responde Camilla depressa, antes de beber um gole de leite de amêndoas. – Doces são bem atrativos.

Trish olha feio para ela.

– Não. Olha só, Blaine. Meu amorzinho. – De repente ela fica séria. – Posso mandar a real?

Assinto antes de sentar de novo.

– Esse cartaz de campanha é daqueles que fazem as pessoas revirar os olhos nas eleições do conselho estudantil – diz Trish. – É um cartaz sobre você. Narcisismo puro.

– Concordo – acrescenta Camilla.

Acho que nunca pensei nisso desse jeito. Esse é o tipo de cartaz que toma conta dos corredores durante todos os períodos de eleições. Só fiz o cartaz que eu achei que deveria fazer.

– Vamos pensar em algo melhor, então – diz Camilla, cerrando os olhos para pensar. – Vote no Blaine. Ele vai... trazer a Sexta do Sorvete de volta?

– Vote Blaine Bowers, o garoto que vai... – Pego a caneta e começo a desenhar no cantinho do formulário de assinaturas. – Pintar o caminho para a vitória? Não, que péssimo, esquece o que eu falei.

Sem nem pensar direito, a tinta da caneta recria o Saturno da sra. Ritewood antes de adicionar a sombra, os anéis e algumas estrelas sutis ao fundo. Claramente meu cérebro volta a fazer murais toda vez que deixo a mente vagar. E, apesar dos meus esforços para esquecer a pintura por um tempo, meu trabalho inacabado na fachada da Papelaria da Susan ainda habita meus pensamentos.

Foco, Blaine. Você precisa criar uma campanha presidencial.

– Que tal... – começa Trish, me puxando de volta para o assunto. – "Vamos conversar"?

Nós três paramos.

– Você está começando agora – continua Trish. – Sua campanha precisa de um empurrão. Talvez o melhor jeito de fazer isso seja conversando com as pessoas. Entender o que elas pensam e quais questões gostariam que um presidente de classe abordasse. – Ela dá de ombros. – Tipo, eu sei, você só está se candidatando por causa do Joey, mas não pode deixar que os alunos percebam isso.

– "Vamos conversar" – murmura Camilla, processando a ideia. – Eu não acho ruim, não.

Nem eu.

– "Vamos conversar." Simples. Direto ao ponto. Gostei.

Trish tem razão. Se eu preciso de cinquenta assinaturas – sem falar num discurso eleitoral que represente os alunos –, é melhor focar minha campanha neles.

Abro a mochila e pego a mesma caneta azul que usei para fazer o cartaz na aula de Artes, em seguida arranco o cartaz e viro a cartolina, começando do zero no verso em branco. Desta vez, uso letras maiores ainda, tudo em caixa-alta: VAMOS CONVERSAR.

— Tem certeza de que não quer que a gente fique por aqui? — pergunta Trish assim que termino a última letra. — Por nós, tudo bem.

— Quer que eu traga mais palitos de queijo? — acrescenta Camilla.

— Não precisa — respondo, usando a mesma fita adesiva para colar o cartaz na frente da mesa. — Acho que fazer isso aqui sozinho vai ser bom pra mim. Mas obrigado.

Elas caminham até nossa mesa de sempre no refeitório. Mal consigo me acomodar de novo antes que alguém se aproxime.

— "Vamos conversar" — lê Bobby Wilson no cartaz. — Conversar sobre o quê?

Sou pego um pouquinho desprevenido. Sobre *o que* eu quero conversar com os alunos?

— Podemos conversar sobre o que você quiser. Estou me candidatando a presidente de classe do último ano e quero saber quais são as questões mais importantes para os alu…

— O bafo de café do senhor Anderson — responde ele prontamente, como se estivesse segurando aquilo há anos. Bobby tira a franja loira de cima dos olhos. — Ele tem um bafo de café muito, *muito* ruim. Eu sento na primeira fileira, ao lado da mesa dele, e o cheiro acaba com a minha manhã todos os dias.

Paro por um instante, sem saber se ele está brincando. Mas o silêncio de Bobby e o jeito como ele me encara supersério confirmam que, de fato, ele não está esperando uma risada.

— Bom… — Engulo em seco, buscando o tom ideal para soar empático. — Como presidente de classe, não sei quanto poder eu terei sobre a higiene bucal do senhor Anderson, porém não quero banalizar o efeito negativo que isso tem nas suas manhãs.

— É brabo demais.

— Existe mais alguma outra questão, uma que talvez eu consiga controlar por meio do governo estudantil?

Ele cruza os braços, pensativo.

— Ninguém nunca me perguntou isso. — Ele cerra os lábios e move a boca de um lado para outro, ponderando. — Provas, talvez?

– Provas – repito. – O que exatamente sobre as provas?

– Elas são péssimas – diz ele. – O colégio coloca muita ênfase nas provas. O nível de estresse é insuportável. Mal consigo dormir nas semanas de prova de tanta ansiedade. E, quando eu não durmo bem, isso acaba afetando todo o resto: meu apetite, meu humor, meu foco nos treinos. Daí acabo indo *pior ainda* nas provas por causa disso!

– Nossa, sim. Quer dizer, eu superentendo. No geral, também sou bem ruim com tarefas. A semana de provas só piora as coisas ainda mais.

– Né? – Bobby pega a caneta e começa a assinar ao lado do rascunho de Saturno, abaixo do nome da Camilla.

– Ah, assinando aí significa que você apoia a minha…

– Eu sei – responde ele, sorrindo para mim. Ele se vira para ir embora. – Se você conseguir banir as provas, meu voto é seu, Bowers!

Uau. Meu primeiro apoiador que *não é* um amigo.

Parece que a Trish sabia mesmo o que estava fazendo.

Menos de dez segundos se passaram quando Maggie Dorris se aproxima com suas amigas Tracy Sheets e Elle Palms.

– Oi, Blaine – diz Maggie. – O que está rolando aqui?

– Estou me candidatando a presidente de classe e quero saber o que vocês estão pensando – respondo.

Maggie e suas amigas me encaram, talvez um pouquinho surpresas.

– Você quer saber no que *a gente* está pensando? – pergunta ela com um sorrisinho. – Mas pra quê?

Dou uma risada.

– Estou tentando reunir as questões que são importantes para os alunos, mudanças que eles gostariam de ver, essas coisas.

Elas se entreolham.

– Bom, tá todo mundo sendo um lixo total na internet ultimamente, mas, até aí, zero novidade – diz Tracy.

– Mas acho que de uns tempos pra cá está ficando cada vez pior – completa Maggie.

– Como assim? – pergunto.

Elle se inclina para mais perto e baixa o tom de voz.

— Sabe como é, comentários ácidos, indiretas no Twitter, prints de conversas alheias e fotos vazadas...

— Sem brincadeira — confirma Tracy. — Este ano, os grupinhos estão ainda mais fechados.

Em seguida, elas olham para mim como se *eu* tivesse a solução.

Ah, peraí. Quando se está concorrendo para presidente de classe, você *tem* que ter as soluções.

— Hum — murmuro, engolindo em seco.

Será que Blaine Bowers, candidato a presidente de classe, tem um posicionamento oficial sobre o drama nas redes sociais?

— E como vocês se sentem a respeito disso?

Putz. *Que pergunta idiota, Blaine.* Que pergunta ridiculamente idiota.

Mas as três não parecem achar isso.

— Eu tenho até medo de abrir o Instagram ultimamente — confessa Maggie, olhando para Tracy e Elle. — Tipo, não é mais divertido por causa dos comentários cruéis, mas, ao mesmo tempo, rola toda aquela pressão de estar on-line, sempre postando coisas, sabe?

— E, se você não está postando, é como se sua vida fosse irrelevante e você basicamente nem existisse — diz Elle, e então ri. — Falando assim parece até exagero...

— Não, eu entendo — respondo, lembrando de como eu me senti durante o recesso vendo o Joey curtindo a praia enquanto eu rolava na minha cama bagunçada. — Às vezes o Instagram faz a gente se sentir um lixo mesmo.

Maggie pega a caneta e assina o nome. Elle e Tracy fazem o mesmo.

— Obrigada por perguntar nossa opinião — diz Elle com um sorriso. Ela chega pertinho do meu ouvido para sussurrar: — E que se dane o Joey. Você merece coisa melhor, Blaine.

Elas vão embora.

Puta merda. O cartaz está funcionando.

Momentos depois, Joshua Golden me confessa que os trotes com os novatos no time de beisebol estão passando dos limites, mas ele sente vergonha de falar sobre isso com os professores e os pais. Rachel Rugg diz que comentários gordofóbicos estão correndo soltos pelo colégio, piorando os problemas de autoimagem, e ninguém está fazendo nada em relação a isso. Jesse Rodriguez aponta que, apesar de o Wicker West ser um colégio grande e diverso, ser filho de imigrantes sempre o coloca em situações estressantes que seus amigos brancos não entendem. Quando me dou conta, uma fila de alunos se forma na frente da mesa, todos querendo conversar comigo.

Tipo, literalmente uma *fila*.

Faltando apenas alguns minutos para o fim do intervalo, já tenho vinte e sete assinaturas. Vinte e sete! Talvez seja *mesmo* possível conseguir cinquenta até quarta-feira.

Quando o movimento de alunos na mesa dá uma diminuída, abro o bloco de notas do celular e começo a digitar as respostas que recebi, antes que eu esqueça.

— Olá — digo ao sentir alguém se aproximando, e levanto a cabeça para receber o próximo visitante. Opa.

É o Danny.

— "Vamos conversar" — lê ele em voz alta, olhando do cartaz para o meu rosto. — Que tal conversarmos sobre a babosa que você está me devendo?

Sinto como se alguém tivesse me jogado um balde de água fria. Minhas bochechas ficam vermelhas e minha mente começa a virar do avesso, tentando bolar algo para dizer ao Danny sobre a Barbosa (sei lá) que vou comprar para ele. Eu esqueci completamente daquele cacto que matei sem querer no Pior Dia de Todos.

— Danny, prometo que vou comprar pra você assim que puder. Eu estava meio ocupado.

— Só acredito vendo.

Ele abre um sorriso pretensioso, e não consigo dizer se está brincando ou falando sério. Danny é esguio e bonitão, com lábios carnudos, olhos gentis e cabelo preto raspado num degradê de dar inveja. Sua camisa cinza listada está amassada nos ombros, onde uma mochila cheia de livros está pendurada.

— Então... — diz ele. — Você está se candidatando a presidente da nossa classe?

— Estou.

— Pra quê?

– Bom... – Aponto para o cartaz. – É por isso que quero conversar com os alunos. Quero saber como ser um bom presidente para eles.

Ele arqueia as sobrancelhas e curva os lábios com cara de impressionado. Passa o dedo pelas assinaturas no meu formulário, balançando a cabeça de leve enquanto murmura os nomes dos meus potenciais eleitores.

– Por que estou me sentindo julgado? – pergunto.

– Porque você está sendo julgado – diz ele. – Não é esse o propósito de uma eleição? Avaliar os candidatos e escolher o que achamos ser o melhor?

Penso na resposta dele.

– *Touché*. – Empurro o formulário só um pouquinho na direção dele. – Preciso de mais algumas assinaturas para poder concorrer oficialmente. O que posso fazer para ganhar seu apoio?

Ele molha os lábios, ajustando as alças da mochila.

– Você nunca esteve no conselho estudantil antes, né? – pergunta ele.

Faço uma pausa.

– Não, mas...

– E quer ir de novato no governo estudantil a presidente de classe do quarto ano – ele estala os dedos –, fácil assim?

– Bom, eu...

– Traz uma babosa pra mim. E aí podemos falar sobre minha *possível* assinatura. – Ele empurra o papel de volta. – Até mais.

Danny gira na ponta dos pés e desaparece no meio do emaranhado de alunos e bandejas de comida.

Certo, parece que um cartaz bonitinho não compensa a morte da planta de uma pessoa. Mas, se até a noite de terça eu conseguir quarenta e nove assinaturas, com certeza vou bater à porta do Danny carregando uma floresta inteira só para conseguir o apoio dele.

Pego o celular, pronto para pesquisar "lojas de plantas perto de mim" no Google, mas sinto outra presença se aproximando da mesa.

– Oi, Blaine.

É Zach Chesterton. Atual presidente de classe do meu ano – e, claramente, líder nas pesquisas para presidente de classe do ano que vem, de acordo com o Joey.

Minha boca fica seca.

Isso será interessante.

– Gostei do terno – diz ele de maneira doce, mas com certa acidez.

Zach está vestido como eu provavelmente *deveria* estar, com um blazer salmão-claro por cima de uma camisa branca de gola alta. Um relógio prateado envolve seu pulso fino, e o cabelo cacheado castanho-escuro emoldura seu rosto comprido. Por mais que eu odeie admitir, Joey não estava tão errado assim naquela noite no Chaleira de Aço. O Zach se apresenta *mesmo* de um jeito que demanda respeito, como um líder.

– "Vamos conversar" – diz ele, olhando meu cartaz. – Que fofo. Sobre o que você quer conversar?

Pigarreio e sorrio.

– Sobre o que você quiser, Zach.

– Beleza – diz ele com uma risadinha. – O que te fez querer concorrer à presidência? Isso me pareceu meio... – Ele faz uma pausa. – Aleatório.

– Ótima pergunta. Nunca me envolvi com o conselho estudantil, mas sempre tive curiosidade – digo, apesar de não ser totalmente verdade. – Por que não tentar algo corajoso no meu último ano de colégio?

Ele solta uma risada, achando graça.

– Bom, tem que ter *muita* coragem mesmo. – Ele apoia as mãos sobre a mesa e se inclina na minha direção. – Você sabe que eu consegui noventa e sete assinaturas em apoio à minha candidatura, não sabe?

– Não sabia. Mas pra quê? Só precisamos de cinquenta.

Ele ignora minha pergunta.

– E talvez já esteja sabendo que recebi confirmações verbais de apoio de muitos alunos influentes do nosso ano, incluindo vários membros do time de futebol e uma vasta quantidade de líderes de torcida?

– Foi mal, também não estava sabendo.

Ele se aproxima ainda mais.

– Sabia que eu sou o presidente da nossa classe desde o primeiro ano do ensino médio?

– Ah, *disso* eu sabia.

– E que eu levei nossa turma a diversas vitórias na competição de carros alegóricos do baile de boas-vindas durante todos esses anos?

– Aquele carro temático dos *Flintstones* foi realmente inesquecível. Bom trabalho.

– O que estou tentando dizer é – ele está tão perto de mim que posso sentir o cheiro do chiclete de morango –: se para você a eleição é apenas um joguinho envolvendo o Joey, é melhor desistir agora. – Zack pega a caneta e assina seu nome. – Porque eu sempre jogo para vencer.

E lá se vai ele. Meu vigésimo oitavo apoiador.

Não esperava que o Zach me recebesse nas eleições de braços abertos, mas, mesmo assim, essa foi uma das interações mais esquisitas da minha vida.

Eu o observo enquanto ele caminha até um canto perto da porta do refeitório e começo a juntar minhas coisas, um pouco balançado com isso tudo que acabou de acontecer. Porque, tipo, de *onde* ele tirou que eu sou uma ameaça grande o bastante para merecer um ataque desses? Se o sr. Wells estiver certo e eu acabar me tornando um dos sete candidatos oficiais na disputa, por que a ira do Zach estaria direcionada a um novato inexperiente como eu?

Quando estou prestes a guardar meu cartaz, Joey aparece na porta do refeitório. Me detenho, esperando para ver se ele vai se aproximar para me dar um oi. Quer dizer, tá bom, ele parecia meio chocado com minha decisão de me candidatar hoje de manhã, mas talvez a esta altura já tenha aceitado a ideia.

Joey parece não perceber minha presença, nem a do meu cartaz. Porém, ele nota Zach.

Os dois sorriem um para o outro, se aproximam e… se beijam.

Tipo, as bocas deles se encostam.

Tipo, acho que rolou língua também.

Tipo, *puta merda, o que tá rolando*?

Fico tonto e caio com tudo na cadeira, grato por não ter caído direto no chão. Pisco várias vezes para o choque passar e abro os olhos a tempo de ver os dois indo embora de mãos dadas.

★ CAPÍTULO 7 ★

Você está com o Zach??? Sério mesmo??

Nem penso direito. Só envio a mensagem.

Joey, só passaram 10 DIAS. Você arrumou outro namorado em 10 DIAS???

Envio essa também.

Tá achando que aquele filme COMO PERDER UM HOMEM EM 10 DIAS foi escrito pra você??

Nem sei se essa última mensagem faz sentido, mas não consigo me segurar e também a envio para o Joey. Estou escrevendo mais uma na força do ódio quando Trish retorna ao sofá no cantinho do Grão Grandão, trazendo meu mocha e o latte dela.

— Blaine — diz ela num tom de ameaça. — Você tá mandando mensagem pra ele?

— Não.

— Blaine!

— Talvez.

Ela coloca a bebida na mesa de centro e pega meu celular.

— Acorda pra vida!

Como o Joey pôde fazer isso comigo? Como pôde ser tão cruel?

Ele me jogou no lixo como se eu fosse um pão mofado, voando para Cabo San Lucas para ficar biscoitando no Instagram, e depois voltou para casa com um bronzeado e outro namorado – tudo isso em pouco mais de uma semana? Já tive brigas com o meu *cachorro* que duraram mais de uma semana. E é óbvio que o Joey ia se juntar com o Zach, né? O cara mais sério dentre todos os Caras Sérios do colégio.

Peraí.

– Você acha que o Joey estava me traindo com ele? – pergunto, um pouquinho alto demais.

– Não sei – diz Trish, cansada de mim. Ela me entrega minha bebida antes de tirar a capa de chuva vermelha. – Mas, mesmo se ele te traiu, aqui e agora você precisa segurar a onda, porque está assustando os outros clientes.

Olho ao redor do café e percebo alguns olhares curiosos. Meu modo irritadiço não combina com a vibe do lugar. Aqui, como sempre, está quentinho e aconchegante, com o cheiro reconfortante de café fresco e bolinhos assados vindo do balcão lá na frente. Trish e eu conseguimos nosso cantinho favorito no fundo da cafeteria, longe de toda a movimentação, onde tomamos conta de um sofá macio e uns pufes enormes como se fossem nossos, ao lado da parede que o Bao transformou em uma estante de livros gigante. Alicia Keys toca baixinho nos alto-falantes, e gotas de chuva estão pingando nas janelas. Num dia normal, eu estaria na maior paz. Mas hoje não.

– Desculpem o atraso – diz Camilla, deixando o casaco e a bolsa de lado e se jogando no pufe ao lado de Trish. Ela veste o uniforme do estágio, camisa polo branca e calça azul-marinho, e parece estar do jeito que sempre fica depois de um longo dia de trabalho no Museu Field de História Natural: cansada, porém feliz. – O que eu perdi?

Trish confere meu celular, os olhos amendoados praticamente saltando para fora. Obviamente está apavorada com as mensagens que mandei.

– Não perdeu muita coisa, só o Blaine enviando um monte de mensagens desesperadas para o Joey, das quais ele vai se arrepender daqui a meia hora.

– Ai, não. – Camilla estica o pescoço para ler também, franzindo as sobrancelhas de desgosto. – Eita!

— Se eu prometer que não vou mandar mais nada pra ele, você devolve o meu celular? — pergunto.

— Não! — as duas respondem em coro.

— Ele é um babaca, Blaine — diz Camilla. — Não vale a pena desperdiçar seu tempo, sua energia ou suas mensagens furiosas. Que se dane o Joey *Prodígio* Oliver.

Ela tem razão. Joey *Menino Prodígio* Oliver merece se danar.

Mas, mesmo assim, estou triste. Borocoxô, jururu e cabisbaixo.

De alguma maneira, hoje foi ainda pior do que aquela noite no Chaleira de Aço. Porque agora estou ainda mais perdido na Lagoa do Término sem um remo idiota para me ajudar, depois de colocar minha vida em jogo por causa desse cara. Parei de pintar murais e deixei a sra. Ritewood no vácuo só por causa do Joey. Estou competindo para ser presidente de classe do último ano só por causa do Joey. Estou usando sapatos de palhaço e uma gravata que caberia num elefante só por causa do Joey.

E ele está metendo a língua na boca do Zach Chesterton?

— Não vou me candidatar a presidente! — declaro em voz alta. — Não posso fazer isso agora.

— Não! — Camilla suspira. — Você não pode desistir por causa do Joey.

— Por que não? — pergunto, bebendo um gole do meu mocha. — Eu decidi concorrer por causa dele.

— Você conseguiu quase trinta assinaturas no intervalo, Blaine — diz Trish. — Vai conseguir cinquenta até quarta-feira facinho. O que você fez hoje causou impacto. Por que desistir agora?

— Peraí. — Dou uma piscada demorada para evidenciar minha surpresa. — Não era você que estava me dizendo agora há pouco que eu não deveria me candidatar à presidência só para reconquistar um ex-namorado?

— Sim. — Trish dá uma piscada igualmente demorada pra mim. — E?

Abro um sorriso, porque o raciocínio dela não faz sentido.

— Então, se eu estava entrando na eleição pelos motivos errados, não era pra você ficar feliz agora que decidi desistir?

Ela pensa por um instante, observando alguns pedestres apressados sob a chuva lá fora.

— Acho que eu também não quero que você desista pelos motivos errados. — Ela dá um gole na bebida, me encarando novamente. — E sinceramente? O refeitório todo estava falando sobre a sua mesa hoje, Blaine.

— É verdade — acrescenta Camilla.

— Tá bom, tá bom. — Reviro os olhos. — Mas isso só aconteceu por causa do *seu* cartaz de "Vamos conversar". Você merece o crédito pela maior parte das minhas assinaturas hoje.

Trish balança a cabeça para a frente e para trás, considerando a ideia.

— Mesmo assim, parece que o pessoal da nossa turma gostou da ideia de ter um aluno no comando perguntando sobre o que todo mundo está pensando, né? — Ela dá de ombros. — Sei lá, talvez você devesse ouvir o que eles têm a dizer, e aí entrar nas eleições pelos motivos certos.

O burburinho suave do Grão Grandão preenche o silêncio no nosso cantinho.

Ela pode até ter razão, mas estou esgotado mental e emocionalmente por causa do dia de hoje e, quanto mais falamos sobre essas coisas de conselho estudantil, mais eu imagino Joey e Zach trocando saliva.

— Vou pensar melhor — digo, arrumando a postura. — Podemos falar de outra coisa que não seja a eleição? *Qualquer coisa*. Como foi hoje no estágio?

Camilla suspira.

— Foi bom. Cheio. Estão remodelando as exposições de dinossauros para incluir algumas atrações mais interativas, e estou ajudando com isso.

— Que demais, amor, olha só você! — diz Trish, fazendo carinho nas costas dela.

— É bem legal mesmo — responde Camilla com um sorriso. — Sou a pessoa mais nova do programa de estágio, os outros alunos do ensino médio já estão quase se formando.

— Você é a melhor! — digo.

— Talvez. Mas isso também significa que fico o tempo inteiro me questionando. Essa coisa de Síndrome da Impostora é *real*.

— Camilla — digo, dando um chute de leve no sapato dela por baixo da mesa. — Você é uma das pessoas mais inteligentes e com futuro na área de ciência do colégio inteiro. Se tem alguém que merece esse estágio, é você.

– Habla mesmo! – Trish dá um beijo na bochecha da namorada.

– Ah, valeu, gente. – A expressão de Camilla se ilumina. – Ah! Já ia esquecendo. – Ela coloca a mão no bolso e puxa um cartão de visita. – Aqui estão os contatos do meu chefe. Abriu uma vaga no nosso departamento, e acho que seria perfeita para a tia Starr.

– Ah, sério? – digo, pegando o cartão. Camilla escreveu *Trampo legal para a sua tia!* acima do nome do cara.

Tia Starr mora na nossa casa desde o Dia de Ação de Graças, já que, depois que foi demitida, não conseguia mais bancar o aluguel do apartamento na Logan Square. Agora ela passa a maior parte dos dias fazendo faxina enquanto ouve podcasts, cozinhando com um audiolivro no último volume ou assistindo a todas as séries de todas as plataformas de streaming existentes, uma atrás da outra, geralmente com um vinho gelado e um lanchinho em mãos. Não sei ao certo quanto tia Starr tem amado dessa "temporada de mudanças", como ela mesma chama com otimismo, mas sei que eu estou amando cada segundo. Antigamente, com meus pais trabalhando horrores, eu ficava em casa sozinho com o Fondue na maioria das noites. E isso mudou quando a tia Starr chegou.

Se ela arrumar um novo emprego, terei que voltar a requentar sobras de comida só para mim.

– Qual é o cargo? – pergunto para Camilla.

– Tia Starr faz planejamento de eventos, não faz?

– É, acho que sim.

– A vaga é de direção de eventos para o público infantil – explica Camilla. – Então ela teria que organizar todos os eventos fofinhos e as atividades que o museu promove para crianças de até doze anos. Contei para o meu chefe como a tia Starr é incrível, e ele pediu para que ela mandasse um e-mail para marcarem uma entrevista. Perfeito, né?

Infelizmente sim. Isso parece *mesmo* perfeito para a tia Starr. Parte de mim quer jogar o cartão de visita no lixo e não falar nada sobre a vaga, só para garantir que terei mais alguns meses com ela lá em casa. Mas isso seria crueldade. Vou passar as informações (e, depois, desejar em segredo que o chefe da Camilla mude de ideia sobre a entrevista).

Terminamos nossas bebidas e dou a noite por encerrada. Decido ficar para agradecer ao Bao pela oferta para pintar a parede da fachada da loja, já que – apesar de eu não querer fazer – a oportunidade por si só merece um agradecimento. Não vejo ninguém trabalhando no balcão, então toco o sininho ao lado da caixa registradora, soltando um *ding* bem alto.

Alguém se levanta no susto atrás do balcão.

– Ah!

– Opa! – Eu também pulo.

Caramba! É o *Danny*.

O maldito Danny Nguyen.

– Tá de sacanagem! – solto.

Ele apoia a mão no peito e solta o ar, largando uma pilha de guardanapos que estava tirando de debaixo do balcão.

– Você adora me assustar, né, Blaine?

Olho ao redor para ver se estou sendo vítima de alguma espécie de pegadinha.

– E você está... em todo lugar? O tempo todo?

Ele franze a testa.

– Se por "todo lugar" você quer dizer "o lugar onde eu trabalho", então sim – ele responde. – Porém "o tempo todo" é um pouquinho extremo. No geral são só vinte horas semanais.

Meu cérebro ainda está tentando registrar o fato de que o Danny está atrás do balcão da minha cafeteria favorita como se fosse dono do lugar, com um avental sujo de farinha amarrado na cintura.

– Você começou a trabalhar aqui recentemente, então? – questiono.

Ele franze ainda mais a testa, como se estivesse adorando me confundir.

– Não... Trabalho no Grão Grandão desde que meu pai abriu a loja.

Fico boquiaberto.

– Você é filho do Bao?

Ele abre um sorriso maquiavélico enquanto coloca luvas de plástico.

– Por mais que eu odeie lhe informar, você não está perdendo a cabeça – diz ele, empurrando uma bandeja de bolinhos fritos para a frente da estufa, para que os clientes possam olhar bem. – Até alguns dias atrás eu só trabalhava na cozinha, então faz sentido que você nunca tenha me visto por aqui antes. – Ele cutuca cada bolinho para que o lado maior fique virado para a frente.

– O que é isso? – pergunto, apontando para a estufa. – Parecem deliciosos.

– *Bánh Tiêu* – responde Danny. – Donuts vietnamitas.

Eu o observo pegando uma bandeja com bolo de cenoura. Ele flutua de um lado para outro atrás do balcão na maior tranquilidade, como se fizesse aquilo há décadas.

– O Bao... hum... seu pai... está por aí?

– Ele saiu para resolver umas coisas – diz Danny, agora com uma bandeja de brownies recém-assados e muito cheirosos. – Ele volta daqui a uma hora, mais ou menos. Quer que eu te avise pra você pular do lado da porta e assustar ele também?

Abro a boca e olho feio para ele.

– Ou, melhor ainda, você pode atropelar meu pai com seu carrinho de tinta quando ele menos esperar.

– Ha-*ha*.

– Se você estiver com sorte, ele vai estar com uma bandeja de cookies e derrubar tudo no chão – diz Danny, sem pena. – Blaine ataca novamente.

– Tá bom, já entendi. Só queria agradecer. Ele me convidou para pintar a lateral da loja, e...

– Ahhhh. – Danny faz uma pausa e arruma a postura, como se estivesse tendo uma epifania. – Então *você* é o cara.

– Hum. – Aperto os lábios e cerro os olhos, sem saber quem é "o cara". – Talvez?

– Faz sentido. – Ele começa a separar um grupo de embalagens congeladas que possuem ingredientes coloridos e gosmentos dentro. – *Chè ba màu* – explica, depois de notar minha curiosidade. – Grãos de feijão vermelho e verde, gelatina, leite de coco e deliciosidade pura.

Estou praticamente salivando.

– Enfim – continua Danny. – Meu pai disse que um dos clientes fiéis dele queria pintar um mural na lateral da loja. Eu devia ter imaginado que era o garoto dos murais.

Garoto dos murais?

— Esse é mesmo o meu apelido no colégio? — pergunto, observando-o limpar o topo do balcão. — Garoto dos *murais*?

— Na minha cabeça, é — diz ele, falando sério, enquanto junta uma pilha de migalhas. — Na verdade. — Ele faz uma pausa para pensar. — Agora é o Garoto Que Ainda Está Me Devendo Uma Babosa.

Reviro os olhos.

— Pela milionésima vez, eu vou te dar a sua planta. Vou te dar uma *plantação* inteira só pra você parar de jogar isso na minha cara sempre que tiver a oportunidade.

Ele deposita as migalhas na lata de lixo.

— Então, quando você vai começar o mural? — pergunta ele.

— Bom, aí é que tá — digo, um pouco envergonhado por estar recusando a oferta. — Você pode avisar ao Bao, quer dizer, *ao seu pai*, que eu não vou conseguir fazer?

— Mas por quê?

— Estou muito enrolado.

— Por causa da eleição? — Ele se apoia no balcão.

Essa é uma resposta muito mais direta do que a verdade, então decido ir na dele.

— Sim. No fim das contas, a campanha dá muito mais trabalho do que você pode imaginar.

— Ah, eu sei bem — diz ele. — Por isso que nunca concorri a nenhum cargo do conselho estudantil, mesmo sendo membro há um tempo.

— Você é parte do conselho estudantil?

— Sim.

Danny me dá as costas para reorganizar um monte de potes de vidro com ingredientes de confeitaria.

— Não vou ficar te atrapalhando — digo, me afastando do balcão e me virando para ir embora. — Mas, por favor, avisa ao seu pai que eu agradeço pela oferta e...

— Aliás, eu gostei do seu cartaz no refeitório — diz ele, segurando um pote com açúcar mascavo.

Não sei se é um comentário sincero ou só mais uma tentativa de me zoar.

Eu o encaro.

Ele me encara também.

— Obrigado? – digo finalmente.

Ele baixa o tom de voz, como se me elogiar genuinamente fosse motivo de vergonha.

— Não assinei seu formulário para pegar no seu pé. Mas amanhã eu assino. "Vamos conversar"... É um jeito legal de lançar uma campanha.

— Você acha mesmo?

— Sim. É revigorante ver alguém se candidatar a presidente de classe com esse tipo de mentalidade. Mais focada no que os alunos pensam, sem deixar o ego comandar. Sabe?

Um candidato *revigorante*. Gosto de como isso soa. Sinto uma bolha de orgulho crescendo no meu peito. Abro a boca para agradecer a ele, mas...

— Quer dizer, não vamos exagerar também, né? – diz Danny, me interrompendo com um sorriso. – Está na cara o que você está fazendo, Blaine.

Paro um instante.

— Oi?

Os olhos dele se voltam para o açúcar mascavo, mas o sorrisinho não sai de seu rosto.

— Você só está concorrendo porque o Joey Oliver terminou contigo.

A bolha de orgulho estoura e vira uma cachoeira de vergonha.

— Quê? – Dou uma risada, como se a ideia fosse ridícula. – O que te fez pensar isso?

— É bem óbvio, cara – diz ele, transferindo o açúcar para outro recipiente com uma colher. – Por que *você*, uma pessoa que nunca chegou nem perto de uma reunião do conselho estudantil, do nada decidiria concorrer a sucessor do Presidente de Classe do Quarto Ano, Joey Oliver, poucos dias depois de ele terminar o namoro?

Estou sem palavras. Me sinto exposto. E um pouquinho humilhado.

Será que está tão óbvio assim?

É claro que Trish e Camilla sabem meus reais motivos. Mas seria inocência da minha parte achar que elas são as únicas? Será que todo o Colégio Wicker West consegue enxergar por trás da fachada?

– Ei. – Ele olha de novo para mim, suspirando e, provavelmente, percebendo quanto acabou de me arrasar e se sentindo mal por isso. – Como eu disse, vou assinar o formulário e apoiar sua candidatura com todo o prazer. – Um dos cantos de seus lábios sobe em direção à bochecha. – Só porque você está concorrendo para se vingar do Joey Oliver, não significa que sua campanha não possa valer a pena.

– Não estou concorrendo para *me vingar* do Joey – esclareço. – Estou concorrendo para reconquistar ele e... – Fecho a boca.

Mas é tarde demais.

Danny arregala os olhos de felicidade e fica de queixo caído.

– Eu sabia!

Balanço a cabeça com uma risadinha envergonhada, sentindo o calor tomar conta do meu rosto.

– Ai, tá bom, que seja. Só quero voltar com o Joey. Tá feliz agora?

Danny pensa na pergunta antes de assentir.

– Na verdade, sim.

– Como você disse – enfatizo –, só porque isso foi o que me motivou a entrar na eleição, não significa que minha campanha não vale a pena.

– Concordo.

O telefone da loja começa a tocar. Danny levanta o dedo indicador para pausar nossa conversa e atende.

– Cafeteria Grão Grandão.

Não quero ficar ali todo sem graça, esperando ele terminar de listar todas as opções sem glúten da loja. Então, silenciosamente, me despeço balançando a cabeça e saio pela porta, colocando meus fones de ouvido com um sorrisinho tímido.

Trish e Danny levantaram pontos excelentes sobre como eu posso ser um candidato que de fato conversa com as pessoas. Eu deveria ter ligado os pontos antes.

O melhor jeito de reconquistar o Joey é criando uma campanha inspiradora. Uma campanha que deixe tanto os veteranos do conselho estudantil, como Danny, quanto os alunos desinteressados, como Trish, empolgados com o futuro. Uma campanha feita por um Cara *Sério*.

Uma campanha que tem chances reais de vencer Zach Chesterton.

★ CAPÍTULO 8 ★

Jogo minha mochila e o casaco molhados sobre o balcão da cozinha fazendo barulho. Tia Starr percebe logo de cara que minha primeira segunda-feira de aula depois do recesso foi tão caótica quanto meu cabelo, pingando de tão molhado.

— Ai, não — diz ela, sentada numa cadeira ao lado da ilha da cozinha. Ela solta o Kindle e tira os óculos de leitura. — O que aconteceu?

— *Beeeem*... — Suspiro. — Está preparada?

— Nasci preparada.

— Joey está de namorado novo.

— Não brinca!

— Verdade.

— Quem?

— Zach Chesterton.

Ela para e pensa.

— Tá, não sei quem é esse garoto, mas não importa. Vem cá. — Ela levanta da cadeira e me puxa para que eu possa sentar. — Vou fazer café da noite pra gente.

– Sério?

– Aham.

O famoso café da noite da tia Starr (comida de café da manhã servida na hora do jantar) costumava ser um evento exclusivo do Natal. Mas ela tem ficado cada vez mais indulgente com as datas ao longo dos anos – principalmente depois que veio morar com a gente. Agora, tia Starr prepara café da noite praticamente uma vez por mês, sempre para comemorar uma ocasião que não pode passar em branco ou, como hoje, para afogarmos as mágoas com comidas amanteigadas, doces e salgadas. Quando minha mãe salvou sozinha um adolescente cuja chance de sobreviver era uma em um milhão? Panquecas com gotas de chocolate. Quando meu pai precisou levar cinco pontos depois de tentar pedalar sua bicicleta sem as mãos enquanto fazia trilha? Rabanada com Nutella.

– Sanduíches de ovo e bacon – anuncia tia Starr, abrindo o armário e pegando um saco de pão. – O que acha?

– Perfeito. Vai fazer para os meus pais também?

Ela abre um sorriso de pena.

– Eles vão trabalhar até mais tarde. Hoje somos só nós dois.

Pego meu celular e abro as mensagens que enviei para o Joey mais cedo, e que ele não respondeu. E, sim, elas parecem ainda mais desesperadas agora do que pareciam uma hora atrás no Grão Grandão, assim como Trish previra. Droga, queria que ela tivesse tomado meu celular um minuto antes.

– Me diz, o que esse tal de Zach Chesterton tem que você não tem? – O rabo de cavalo torto da tia Starr se desfaz ainda mais enquanto ela segura a porta da geladeira aberta. – Além do nome mais pretensioso da cidade inteira.

– Provavelmente uma média escolar bem mais alta e uma poupança universitária maior. – Apoio a cabeça sobre a bancada. – Ele é o presidente de classe atual e, pelo que ouvi dizer, o provável vencedor da disputa para o ano que vem. Além do mais, Zach é um Cara *Sério*.

– Um Cara Sério?

– Sabe como é, o tipo de cara que o Joey disse que ele precisa começar a namorar se quiser ser presidente um dia.

– Presidente? Dos *Estados Unidos*? – Tia Starr revira os olhos com tanta força que, por um segundo, acho que eles ficarão daquele jeito para sempre. São momentos como esse que me fazem perceber como somos tia e sobrinho mesmo.

Ela alinha uma fileira de tiras grossas de bacon numa frigideira, e aquele cheiro maravilhoso e intenso da carne fritando toma conta da cozinha em questão de segundos.

– E como você sabe que o Joey e o *Sr. Chesterton* – ela zomba do sobrenome do Zach usando um sotaque britânico horroroso – estão namorando oficialmente?

– Eles ficaram grudados durante o intervalo.

– Grudados? – Ela sacode uma mão enquanto passa manteiga no pão com a outra. – Isso pode significar um monte de coisas.

– Eles também se beijaram.

Ela se encolhe, fazendo careta.

– Bom, agora sim... Beijar parece algo bem mais concreto.

O celular da tia Starr apita – aquele toque específico para novos e-mails. Ela dá um suspiro empolgado, limpando as mãos com papel-toalha antes de pegar o telefone e deslizar o dedo pela tela.

– Deve ser do Zoológico Lincoln Park!

– Por que o zoológico te mandaria um e-mail?

– Tive uma segunda entrevista para a vaga de diretora de eventos ontem, e eles disseram que mandariam um retorno até... – O rosto dela perde a cor. Ela respira fundo antes de lentamente soltar o ar e jogar o celular de volta na bolsa roxa vibrante. – Deixa pra lá. Parece que fui uma ótima candidata, mas não ótima o bastante. – Ela olha para mim. – Enfim. Zoológico é lugar de bicho, né?

Abro um sorriso triste para ela.

– Posso usar esse café da noite pra animar nós dois? – pergunta ela.

– Com certeza.

Tia Starr arrasta os pés com pantufa até o fogão. Ela tenta retornar ao seu humor leve e animado cantarolando uma música e dançando sem sair do lugar enquanto quebra dois ovos dentro da panela, ao lado das tiras de bacon. Mas eu sei que é tudo teatro. Por mais que a tia Starr tente exalar alegria vinte e quatro horas por dia, sei que ela tem momentos tristes também. Sei quanto ela quer um novo emprego, um fim para sua "temporada de mudanças". Coloco a mão no bolso e toco o cartão de visita que Camilla me deu – mas paro por um segundo e repenso. Não puxo o cartão.

Decido que hoje é para lamentarmos juntos com nosso café da noite triste. Tia Starr pode se preocupar com trabalho amanhã. Além do mais, sou um lixo por achar que um dia a mais sem saber sobre a oportunidade de trabalho no Museu Field significa mais um dela morando na mesma casa que eu?

Tia Starr termina de fazer os sanduíches e coloca os pratos para nós dois na ilha da cozinha. Minha primeira mordida é gloriosa – pão tostado na manteiga, bacon caramelizado e ovo com a gema mole no ponto ideal, em cima uma saladinha de rúcula e fatias de tomate. Delícia vezes mil.

– Você se superou dessa vez – comento de boca cheia. – Não que eu esteja surpreso.

Ela dá uma piscadinha para mim e bebe um gole do suco de laranja (a única bebida aceitável para um café da noite).

– E aí? Qual é o seu plano? – pergunta ela.

– Plano para...

– Separar o Joey do *senhor Chesterton*. – Ela faz o sotaque britânico de novo. – E reconquistar o garoto que você merece.

Solto uma risada.

– Que foi?

– Você quer que eu tente separar os dois? – digo. – Andou bebendo, é?

– Bom, talvez, mas isso não vem ao caso. – Ela abaixa o queixo e me encara. – Você não pode ficar parado sem fazer *nada*. O *senhor Chesterton* roubou seu homem. Você tem que lutar pelo que é seu.

Engulo um pedação de sanduíche e penso nas minhas intenções.

– Sim, eu quero *reconquistar* o Joey – digo. – Mas não quero, tipo... *roubar* ele de volta agressivamente. Sabe?

– E qual é a diferença entre essas duas coisas?

Ela espera por uma resposta.

— Sei lá, tia Starr — digo, bebendo suco. — Mais cedo eu estava pensando em desistir da eleição de qualquer maneira, então...

Ela bate o copo na bancada com força.

— Oi?

— Sim.

— *Por favor*, me diz que você está brincando.

Dou outra mordida no sanduíche, balançando a cabeça.

— Blaine! — Ela me chuta por baixo do balcão.

— Ai!

— Nem *pense* em fazer uma coisa dessas!

— Por quê?

— Você não pode desistir da eleição só porque esse tal de *senhor Chesterton* está te intimidando. — Ela se estica por cima da bancada, segura minhas mãos (as minhas e as dela estão besuntadas de manteiga) e olha bem no fundo dos meus olhos. — Olha pra mim. Você é corajoso, inteligente, engraçado e compreensivo, e *todas as coisas* que os alunos do Wicker West merecem em um presidente de classe.

Desvio o olhar porque a coisa está ficando intensa.

— *Hum*... Quer dizer, eu...

— Não! — rebate ela, direta, soltando minhas mãos. — Você não pode fazer isso, Blaine.

— Fazer o quê?

Ela para por um segundo, os olhos fulminando os meus como lasers.

— Você não pode desistir só porque está com medo, meu anjo.

Meu estômago revira.

Porque já tivemos essa conversa antes.

— Lembra quando você desistiu da aula de Artes quando estava no primeiro ano por causa daquelas alunas mais velhas que eram melhores que você na cerâmica?

— "Melhores na cerâmica" é pouco — digo, me defendendo. — Eu não chegava nem perto de...

— E depois você desistiu das aulas de fotografia porque teve *um* dia ruim.

— Um *dia ruim*? Eu estraguei as fotos de todo mundo na câmara escura! — grito, ficando vermelho. — Eu não sabia que estavam usando a sala, daí abri a porta e…

— O que eu quero dizer — ela me interrompe — é que eu te amo mais do que bombom de amendoim gelado, o que já diz muito, mas você tem uma certa tendência a desistir quando o medo toma conta; seja o medo de ser inferior a um bando de alunas mais velhas na aula de Artes, ou de encarar os fotógrafos depois de estragar as fotos de todo mundo. — Ela solta o ar. — Você faz murais incríveis, Blaine, e, se quiser, pode ser um presidente de classe incrível também. Estou te dizendo, vai com tudo e reconquista o Joey!

Termino o sanduíche, dou o maior abraço do mundo na tia Starr e subo a escada para tomar um longo banho quente e mandar esse dia horrível ralo abaixo. Quando me deito, fico revirando de um lado para outro na cama, pensando nas minhas opções.

Tipo, de verdade. Será que eu tenho chances reais de convencer o Joey de que posso ser sério?

Será que tenho chances reais de vencer o Zach Chesterton?

Tia Starr claramente acha que sim. E parece que Trish também. Nossa, até mesmo Danny — que talvez me odeie — viu potencial na minha campanha. Talvez o colégio Wicker West esteja pronto para um candidato *revigorante*. Talvez eu tenha o que é preciso para reconquistar o garoto que partiu meu coração e, junto com isso, ganhar a presidência de classe do último ano.

Acordo na manhã seguinte sabendo exatamente o que preciso fazer.

Vou para o colégio, pego meu cartaz no armário e o levo comigo para a aula de Artes no primeiro tempo para alguns retoques. Três horas e muita ansiedade depois, chego ao refeitório mais cedo e penduro o cartaz antes que os outros alunos apareçam para o intervalo.

VAMOS CONVERSAR, diz o cartaz, e logo abaixo a frase que acrescentei hoje de manhã: SOBRE MUDAR O "MAIS DO MESMO".

Hoje tem ainda mais gente interessada em mim. Mais conversas sinceras. Mais confissões de alunos tímidos com quem eu nunca havia conversado. Mais estudantes curiosos do conselho estudantil que assinaram meu formulário de apoio, como Danny acaba fazendo — lápis numa mão e sanduíche de pernil na outra. Mais alunos da minha turma ansiosos por alguém – *qualquer um* – que esteja disposto a simplesmente escutá-los.

Quando o intervalo acaba, conto o total de assinaturas no meu formulário – todas as sessenta e oito – e passo pelo Zach ao sair do refeitório.

– Parece que você passou das cinquenta, né? – comenta ele.

Eu me viro, sorrio e balanço a cabeça.

– Legal – diz ele em um tom amigável até demais. – Bem-vindo à disputa, Blaine.

★ **CAPÍTULO 9** ★

Com os pés flutuando sobre o piso de madeira, me debruço sobre o balcão do Grão Grandão e olho para baixo, só para garantir que não há ninguém escondido ali estocando ingredientes. Porque imagine só que terrível seria assustar o Danny pelo segundo dia seguido – apenas alguns dias depois de matar aquela planta Barbosa (sei lá) dele.

Depois de confirmar que a barra está limpa, toco o sininho. *Ding.*

Bao surge de dentro da cozinha, com seu sorriso contagiante de sempre e uma bandeja cheia de cookies de chocolate fresquinhos. Seu avental chega a brilhar de tão branco – um detetive do FBI com uma daquelas lanternas de luz negra não encontraria uma manchinha, borrão ou sujeira que fosse –, e o cabelo preto, com alguns fios grisalhos perto da orelha, está cuidadosamente partido e penteado.

– Como vai, Blaine? – pergunta ele com animação, colocando a bandeja no balcão bem na minha frente. O aroma atinge minhas narinas como um trem-bala açucarado.

– Tudo bem – respondo. – E com o senhor?

– Tudo nos conformes. – Um por um, Bao começa a colocar os cookies (crocantes nas bordas e macios no meio) na vitrine. – Reparei que Trish e Camilla vieram aqui algumas vezes na semana passada sem o terceiro mosqueteiro. Viajou com seus pais durante o recesso, é?

– Não, só estava meio ocupado – minto, porque isso soa melhor do que "Passei o recesso choramingando no meu quarto feito um bebê". – Por que você nunca me contou que é pai do Danny?

Ele ri.

– Eu não sabia que você estudava no Wicker West, senão teria comentado antes. Ele me disse que você passou aqui ontem.

– Ele está por aí?

– Está lá dentro. Vou chamar.

– Obrigado. Ah, aliás, eu, hum... – gaguejo, de repente me sentindo envergonhado. – Caso ele não tenha mencionado, obrigado pela oportunidade de pintar o mural. Foi muita gentileza da sua parte me chamar.

Ele joga um pano de prato por cima do ombro.

– Danny me disse que você decidiu não aceitar o trabalho. Por quê?

– Só ocupado – digo. – De verdade.

Mas ele não acredita nem por um segundo que estou falando sério.

– Trish te disse que eu vou pagar, não disse?

– Não é por causa de dinheiro.

– E não tem prazo. Pode levar o tempo que for preciso para terminar.

– Sim, é só que...

– E nem precisa fazer a parede inteira. Só algo pequeno na esquina perto da entrada, só para dar uma enfeitada ali.

Minhas desculpas estão acabando! E ele está dificultando as coisas mais do que o necessário.

– Estou enrolado com muitas coisas no momento, Bao.

Ele coloca o último cookie de chocolate na vitrine e tira a bandeja vazia do balcão.

– Bom, a oferta continua de pé. É só me avisar. Vou chamar o Danny.

Nossa, que climão! Mas o que mais eu poderia falar para ele? A *verdade*? Que o ex-namorado que estou tentando reconquistar odeia como eu praticamente pago para manter um trabalhinho de merda e nem um pouco sério, então estou tirando um tempo para repensar todas as decisões da minha vida?

Danny surge da cozinha, e chega a ser engraçado como o avental dele está em condições diferentes das do pai. Parece que alguém derreteu chocolate, caramelo e marshmallow e esfregou a mistura pelo corpo dele.

− Minha nossa! − Dou uma risadinha, apontando para o peito dele. − Seu avental já viu dias melhores.

Ele olha para baixo antes de revirar os olhos.

− A gente trabalhou numa festa de aniversário infantil.

− Qual era o tema? O Massacre do Chocolate ao Leite?

− Que engraçadinho.

− Quantos marshmallows foram sacrificados na sua cozinha hoje?

Ele suspira. Sinto que Danny está segurando uma risada.

− Posso te ajudar com alguma coisa?

Percebo as pequenas plantas enfileiradas na janela, viradas para a calçada.

− Ah, olá, amiguinhas.

Ele olha para as plantas.

− Estou criando meu jardim de suculentas.

− Está ficando muito bonito.

− Obrigado. Só falta a... − Ele inclina a cabeça, esperando que eu termine a frase.

Mordo o lábio, todo sem graça.

− Por que eu sempre esqueço o nome? Quase disse "oliveira", mas com certeza não é isso.

− Babosa.

− Babosa! − Dou um tapa na testa. − Babosa, babosa, babosa − repito para mim mesmo. − Aquela que a gente passa nas queimaduras.

Ele assente, sem saber como lidar com a minha vontade de conversar.

− Gostei muito daquela ali − digo, apontando para uma com folhas rígidas com a cor meio rosada que parecem pétalas de uma flor. − É linda.

− Sim − responde ele. − Echeverias são minhas favoritas.

— Aham — digo, como se aquele nome fizesse sentido pra mim.

— Estou obcecado pela minha afelandra. — Ele aponta para uma planta maior, com folhas verde-escuras cheias de listras brancas. — Ela é nativa do Brasil e gosta de climas quentes, úmidos e iluminados.

— Então Chicago provavelmente não é o lugar ideal? — pergunto com um sorriso.

— Nem um pouco. Mas eu adoro um desafio. — Ele não sorri de volta. Danny sabe que estou tramando algo. — Você precisa de alguma coisa, Blaine?

— Sim. — Enfio as mãos no bolso, nervoso e sem saber o que mais fazer com elas. — Entreguei minhas cinquenta assinaturas hoje. — Espero ele responder.

Ele não responde.

— Ou seja, agora minha campanha é, tipo, *oficial* — continuo. — E estou querendo formar uma equipe de campanha das boas.

Ele segue me encarando sem expressão alguma.

— E, hum — prossigo. — Você é do meu ano, está no conselho estudantil e comentou que curtiu o meu cartaz escrito VAMOS CONVERSAR.

Ele assente.

— Então, parece que, *hipoteticamente*, você estaria aberto a apoiar alguém como eu para presidente de classe do último ano.

Ele pensa por um segundo, olhando para as suculentas.

— Talvez. Hipoteticamente, claro.

— Hipoteticamente, sim. — Pigarreio. — Então, digamos que você não odeie a ideia de me apoiar como presidente de classe. Será que você estaria disposto a, tipo… me ajudar com a campanha? Hipoteticamente?

— Você está me chamando para ser seu líder de campanha?

— Não, não, não — respondo, balançando as mãos e soltando uma risada. — Já chamei a Trish para ser a líder da campanha. É só que nem eu nem ela temos a experiência com conselho estudantil que você tem. E acho que você seria uma ótima adição à equipe.

Ele pensa mais um pouco.

— E o que eu ganho com isso?

– Ah. Bom... – Tá aí uma coisa que eu *não* sei. – Você poderia ajudar a criar a plataforma presidencial do próximo presidente de classe do Wicker West?

Ele arqueia uma das sobrancelhas. Não parece nada convencido.

Dou de ombros.

– Que tal – propõe ele – se fizermos assim: você arruma uma nova babosa pra mim, eu te ajudo com a sua campanha, e estamos quites.

Me animo.

– Sim! – exclamo. – Quer dizer, é claro que eu iria comprar uma planta nova pra você de qualquer modo. Mas, como agradecimento, vou comprar a mais perfeita que tiver. *Duas* até.

– Tudo bem. – Ele balança a cabeça. – Uma babosa já é o bastante.

– Sério? – digo. – Tem certeza?

– Sim.

– Fantástico!

– Só tenho mais um pedido – diz ele.

– Qualquer coisa! – grito. – Bom, não *qualquer* coisa, mas...

– Você precisa ir embora.

– Oi?

Ele aponta para trás de mim. Eu me viro e encontro uma fila de clientes irritados esperando para fazer seus pedidos, cada um me julgando de um jeito diferente.

– Ai, caramba, desculpa! – exclamo, ficando vermelho e saindo da frente do balcão.

Olho para Danny enquanto caminho de costas até a saída.

– Eu te aviso quando marcarmos a primeira reunião da campanha!

– Estarei lá – diz ele, e acho que está escondendo um sorriso. – Hipoteticamente.

★ CAPÍTULO 10 ★

Decido que simplesmente não posso passar mais um dia sequer com sapatos de palhaço e paletó em que cabem dois de mim. Por mais que isso seja inconveniente para mim mesmo e para as minhas escolhas de roupa, Joey tem razão: se eu quero me tornar presidente de classe, os alunos precisam me *ver* como presidente de classe. Ou seja: chega de roupas do meu pai.

O problema é que minhas opções são bem limitadas.

Decido esvaziar meu armário e jogar tudo em cima da cama, só para ver o que consigo aproveitar. Spoiler: quase nada. Tenho asas de anjo azul-turquesa, meias amarelas de cano alto e uma pilha enorme de pochetes em tons pastel, porém nenhuma gravata normal. Como posso ter oito pochetes – *oito pochetes* – e nenhuma maldita gravata?

Fondue está aninhado entre um travesseiro e minhas camisetas cropped, julgando as peças desastrosas a seu redor.

– Que foi? – pergunto na defensiva.

Ele late.

Suspiro, pegando o celular para mandar uma mensagem para Trish.

8 pochetes, escrevo. **Acha que isso é muito para o armário de um presidente de classe?**

Os três pontinhos aparecem imediatamente.

Acho pouco, bb, responde ela. **Tem que ter pelo menos 10 pra garantir meu voto, na real.**

Respondo com o emoji de caveira.

Aliás, sou oficialmente a líder da sua campanha?, pergunta.

Sim, respondo. **Entreguei as assinaturas pro sr. Wells e já passei seu nome. <3**

Ela reage com um monte de corações e arco-íris.

Já vou avisando que chamei o Danny para ajudar na campanha também, escrevo.

Danny?, pergunta ela.

Nguyen. Você sabia que ele é filho do Bao? Ele trabalha no Grão Grandão...

Uma pausa.

Ah, verdade, já o vi levando umas bandejas pra cozinha antes. Outra pausa. **Ele é meio gato, B...** Ela acrescenta um emoji sorridente.

Respondo: **kkkkkk. Não tem nada a ver, acredite. Acho que ele meio que me odeia por ter matado uma das plantas dele antes do recesso.**

Ela claramente não acredita em mim, já que envia um monte daqueles emojis com cara de safadeza. **E você sabe que ele se assumiu bi no ano passado, né?**, continua ela.

Sim. E daí?, respondo.

Mais uma fileira de emojis safadinhos.

Reviro os olhos e jogo o celular em cima da cama – parece que Trish está supermotivada a me fazer esquecer o Joey.

Depois de passar alguns minutos organizando as roupas que vou usar no meu discurso, num potencial debate e em todos os outros dias entre as datas importantes, é uma grata surpresa ver que tenho, *sim*, as peças básicas para criar vários looks convencionais de campanha. Claro que eles não são tão refinados quanto os do Zach, com seu paletó salmão e camisas de gola rulê, mas tenho o que é preciso para parecer presidenciável.

Assim espero. Veremos.

– O que você acha? – pergunto para o Fondue, levantando uma camisa de botão azul-clara e calça azul-marinho. Ele late, aprovando.

No fim das contas, a única peça essencial que eu não tenho é uma gravata. E me recuso a pegar a do meu pai que usei na segunda-feira. (Aquela lá pode ir com Deus.)

Desço para a cozinha, onde tia Starr está picando pepinos para a salada. Ela veste uma camisa de oncinha e legging estampada com sorvetes de casquinha. Meu pai, um pouco queimado de sol e ainda vestindo o colete laranja do trabalho no canteiro de obra, está montando uma assadeira de lasanha. É legal vê-lo em casa num horário normal.

– E aí, filho? – diz ele, me puxando para beijar o topo da minha cabeça como se eu tivesse dez anos. Tento resistir, mas a força dele acaba prevalecendo. – Como vai o colégio?

– Tudo bem – respondo, me inclinando por cima da assadeira de massa para sentir o vaporzinho no rosto. – Seria melhor se eu tivesse mais algumas gravatas.

Olho para ele.

Ele olha de volta.

– Diga o que quer de uma vez, Blaine.

– Podemos ir na William's Outfitters no fim de semana?

– William's Outfitters? – Meu pai solta uma risada ácida. – Por que você precisa de uma gravata de oitenta dólares?

– Dá pra encontrar algumas lá em promoção por uns sessenta dólares – comenta tia Starr, colocando uma rodela de pepino na boca.

Meu pai não diz nada, pegando uma concha de molho bolonhesa.

– Blaine é candidato a *presidente*! – continua ela, toda animada. – Kevin, isso significa que ele precisa de um look, como os jovens dizem hoje, *de milhões*.

Sorrio pra ela.

Sei que meu pai quer sorrir também, mas ele permanece em silêncio só de teimosia.

– Tudo bem, então – diz tia Starr com delicadeza. Ela abandona os pepinos e sai para a sala de jantar com uma tigela de queijo ralado e seu iPad. – Depois dessa eu vou embora.

Quando ela sai, meu pai olha pra mim.

– Sessenta dólares ainda é muito caro para uma gravata, Blaine.

– Eu sei – digo, ocupando um banco na ilha da cozinha e me sentindo um pouco culpado. – Talvez eles tenham algumas na faixa dos cinquenta dólares?

Meus pais evitam falar sobre isso comigo, mas sei que estão passando por um aperto financeiro nos últimos anos, o que explica todas as horas extras. Eles estão tentando economizar para a minha poupança da faculdade enquanto quitam algumas dívidas e lidam com o fato de que nosso bairro em Chicago está ficando cada vez mais caro. Claro que eu adoro quando novas lojas charmosas abrem por aqui, mas isso também significa que a coisa vai ficando mais complicada para famílias como a nossa. Os Oliver e os Chesterton podem até gostar das lojas de suco de dez dólares, mas meu pai com certeza não gosta. Em defesa dele, é fácil ver o porquê de uma gravata chique estar *bem longe* das prioridades da família ultimamente.

– Você não usou uma das minhas gravatas essa semana? – pergunta meu pai. – Por que precisa de mais uma?

– Aquela é larga demais para o meu pescoço. Fiquei parecendo uma criancinha fantasiada de adulto.

– Eu tenho outras.

– Todas têm o mesmo formato, pai.

Ele abre a porta do forno e coloca a assadeira na prateleira do meio.

– Estou sentindo que isso não é tanto sobre a gravata, e mais sobre outra coisa. – Ele se levanta de novo, seca o suor do rosto com o antebraço e me encara de cima a baixo. – Isso não tem nada a ver com o Joey, tem?

Escutamos a porta da frente se abrindo.

– Oiê – chama minha mãe da entrada. Ela aparece alguns segundos depois, ainda de uniforme, o cabelo loiro amarrado num coque no topo da cabeça, carregando uma baguete que é quase da altura dela. – Boas notícias: hoje eu não esqueci de trazer pão.

– Oi, mãe – cumprimento, enquanto ela dá um beijo na minha testa. Não me lembro de quando foi a última vez que tanto ela quanto meu pai estavam em casa para o jantar. Estava com saudade da sensação de cozinha cheia.

— Oi, mana! — grita tia Starr da sala de jantar enquanto assiste ao *Big Brother* no iPad. — Como foi seu dia lidando com gente doente? — Ela inclina a cadeira para trás para me ver na cozinha. — É muito horrível dizer isso? — sussurra ela.

Dou uma risada.

— Sim, é horrível dizer isso — responde minha mãe com um sorriso, pegando as louças no armário. — Hoje passei o dia com pessoas doentes *legais*, no geral. Você mandou e-mail para o Don sobre aquela vaga?

Tia Starr grunhe alto.

— Starr! — grita minha mãe. — Por que não?

— Porque eu prefiro arrancar minha sobrancelha fio por fio a trabalhar como recepcionista num consultório dentário.

Meu pai abafa uma risada.

— Starr! — repreende minha mãe, também segurando o riso. — Eu disse a ele que você entraria em contato.

— E a minha *sobrancelha*, mana?

— Um emprego é um emprego — intercede meu pai enquanto procura o queijo parmesão na porta da geladeira.

— Kevin, me diz: *você* gostaria de trabalhar como secretário do Don Drake, com aqueles quadros de flamingo pelas paredes e aquele bafo azedo? Onde já se viu *dentista* com bafo?

Meu pai olha para minha mãe e dá de ombros.

— Errada ela não está.

— Você pode pelo menos mandar um e-mail agradecendo pela oferta de emprego, Starr? — pergunta minha mãe com um toque de desespero na voz. — Mesmo se não aceitar a vaga, é de bom tom.

— Claro — responde tia Starr, antes de balançar a cabeça e fazer um *jamais* com os lábios para mim.

Sorrio — e então me dou conta de que o cartão de visita que Camilla me deu continua lá em cima, na minha cômoda. Sempre acabo esquecendo de falar com a tia Starr sobre a vaga de diretora de eventos no museu. Bom, ou estou esquecendo, ou estou convenientemente deixando de lembrar e adiando. Talvez um pouquinho das duas coisas?

Hoje, mais tarde, prometo a mim mesmo. *Vou contar para a tia Starr sobre a vaga de emprego.*

– O que mais eu perdi? – pergunta minha mãe.

– Nada de mais – responde meu pai, fazendo uma massagem rápida nos ombros dela enquanto atravessa a cozinha até a gaveta de talheres. – Só o seu filho pedindo uma gravata de oitenta dólares da William's Outfitters.

– Oitenta dólares? – Minha mãe fica de queixo caído para mim. – Essa gravata é feita de ouro?

– Tem umas na faixa dos sessenta dólares também, tá? – digo, roubando o argumento da tia Starr. – Sou candidato a presidente de classe, mãe. Preciso me vestir à altura.

– Meu amor. – Ela começa a fatiar a baguete. – Você sabe que estamos superempolgados com a sua candidatura, mas você não precisa de uma gravata de oitenta dólares para se eleger.

– O colégio pega pesado quando se trata dessas coisas, mãe. Você precisa ver como o Joey se veste, e ele é presidente de classe, e meu rival, o Zach Chesterton, que...

– Peraí. – Minha mãe para de cortar o pão e olha para mim. – Isso é por causa do Joey?

Ela troca olhares com o meu pai.

– Não! – respondo. – Claro que não.

Quer dizer, a resposta mais próxima da realidade seria *Sim, claro que sim* – mas só porque preciso ser levado a sério o bastante para me tornar presidente de classe e reatar nosso namoro. Só isso.

– Você não precisa de uma gravata para impressionar aquele pentelho encravado – comenta meu pai, separando os pratos e os talheres que vamos usar.

– Pentelho encravado? Sério mesmo? – Minha mãe olha para mim, claramente se sentindo a única adulta da casa. – Mas vou ter que concordar com seu pai. Qualquer garoto que te faça achar que precisa ter uma roupa cara só para impressioná-lo não merece seu tempo.

– Eu já disse que isso não tem nada a ver com o Joey – repito, frustrado com quanto eles me conhecem de verdade. – É por causa da eleição. Eu quero ser levado a sério.

— Que tal irmos ao shopping no sábado e escolhermos alguma coisa lá? — sugere meu pai. — Eu estou precisando de uma camisa social nova, de qualquer maneira.

— Você não ia trabalhar no sábado? — pergunta minha mãe.

Ele franze o rosto ao se lembrar.

— Ah, é. Minha folga é só no *oooutro* sábado.

— Eu posso te levar — sugere minha mãe com um sorriso hesitante. — Não sei se você queria que fosse um momento pai e filho, mas...

— Achei que você ia trabalhar também — diz meu pai, cruzando os braços.

Ela para e pensa.

— Vou?

— Foi o que você disse ontem.

— Acho que só trabalho no domingo.

— Tem certeza?

Os dois vão até o calendário pendurado na geladeira, que está completamente tomado por anotações em preto e vermelho que refletem a vida das duas pessoas mais viciadas em trabalho de toda a cidade.

Fecho os olhos e solto o ar bem devagar, sabendo muito bem que, sempre que a conversa recai na agenda de trabalho dos dois, não tem mais volta. É melhor eu pedir uma gravata pro Papai Noel, porque com certeza perdi a oportunidade de ganhar uma dos meus pais.

Que saudade de pintar meus murais...

O pensamento surge do nada, mas me parece tão urgente e verdadeiro que por um momento me questiono se não falei em voz alta. Apesar de saber que Joey prefere um namorado que use gravatas caras em vez de um bobão que pinta murais, o fato é: eu preferia estar pintando a fachada da Papelaria da Susan de azul-cobalto do que fazendo qualquer outra coisa nesse mundo. Sinto *muita* saudade de pintar meus murais.

Olha as suas mãos!, me lembro, apavorado. *Custava tirar essas manchas de tinta para o nosso aniversário de namoro?*

Volto à realidade num pulo.

Não tenho tempo para distrações — nem para mãos sujas de azul. Preciso manter o foco.

Preciso me manter Sério.

Fico de pé.

— Vou levar o Fondue para passear rapidinho antes do jantar — anuncio.

Juntando o barulho do *Big Brother* na sala de jantar e o dos meus pais ainda discutindo na frente da geladeira, acho que ninguém me escutou. Sinto muito. Parece que no ano que vem o Colégio Wicker West terá um presidente que não tem uma gravata no armário, e, bom, eles que lutem.

★ **CAPÍTULO 11** ★

— ORDEM NO TRIBUNAL! — BRINCO, BATENDO A CANECA DE MOCHA NA MESA. Camilla ri. Trish balança a cabeça com vergonha alheia e Danny parece não saber como lidar comigo. — Na minha cabeça isso foi mais engraçado. – Pigarreio.

Estamos reunidos no nosso cantinho na cafeteria. Danny está sentado na outra ponta do sofá, enquanto Trish e Camilla estão aninhadas nos pufes à nossa frente. Hoje o lugar está especialmente lotado, com famílias comprando doces em grandes quantidades e um time bagunceiro de futebol infantil brincando de pega-pega pela loja, derrubando migalhas e chá enquanto corre entre as mesas e cadeiras.

O caos não ajuda em nada minha ansiedade nesta primeira reunião de campanha.

Passar as tardes de verão pintando muros com mais ninguém, exceto os cantores cantando em meus fones de ouvido? Isso é totalmente a minha praia. Comandar uma reunião de lançamento de campanha onde as pessoas estão olhando para *mim* como a Pessoa Responsável? Eu não poderia estar mais fora da minha zona de conforto. Sei que são apenas três pessoas

— e duas delas são minhas melhores amigas —, mas a expectativa é diferente agora. Preciso despertar meu Joey Oliver interno, e isso não é nada fácil.

— Tecnicamente, a gente já se conhece, mas vamos fazer uma apresentação rápida, agora que somos uma equipe — digo, sentindo que é isso que uma Pessoa Responsável faria. Aponto para Trish. — Quer começar?

Ela ajusta as alças do macacão preto e me saúda.

— Trish Macintosh, líder da campanha, às ordens — diz ela com uma expressão séria. Ela já pegou no notebook, pronta para anotar tudo.

— Uau, que líder! — diz Camilla, enroscando o colar de tiranossauro Rex na ponta dos dedos. Ela olha para Danny. — A gente está na mesma turma de Geometria, mas acho que ainda não fomos apresentados formalmente. Eu sou a Camilla.

— Oi, Camilla. Prazer, Danny — responde ele, balançando a cabeça e sorrindo enquanto come um croissant de queijo e presunto. Logo de cara ele já é muito mais simpático com Camilla do que jamais foi comigo (talvez porque Camilla nunca matou uma das plantas dele). Eu nunca diria isso em voz alta porque deixaria a Trish toda animadinha, mas o Danny está tão bonitinho hoje que chego a me distrair, com uma camisa polo amarela bem justa por baixo do avental.

— Acho que o Danny vai nos ajudar muito, já que ninguém mais aqui tem experiência no conselho estudantil! — grito por cima dos barulhentos jogadores mirins de futebol. — E, falando nisso, vamos começar do começo: se eu quiser mesmo ganhar esse negócio, qual você acha que deve ser minha prioridade número um? — pergunto a ele.

— Zach Chesterton — responde Danny sem nem pestanejar.

Espero ele se aprofundar, mas ele não diz mais nada.

— Pode explicar melhor?

— Sei que existem outras pessoas concorrendo à presidência, mas pode esquecer todas elas — diz ele. — No momento, Zach é o nosso único obstáculo para a vitória. Ele é seu único rival.

— E como você tem tanta certeza disso? — pergunta Trish. — Até onde eu sei, o conselho não faz pesquisas de intenção de voto para saber quem está na frente.

Rio por um segundo.

– Peraí, o conselho faz isso? – pergunto.

Danny esconde um sorriso.

– Não. Olha, não quero soar arrogante, mas já estou no conselho estudantil há tempo suficiente para saber como as eleições funcionam no Wicker West. É tudo uma questão de números, e a gente precisa correr atrás de verdade, porque o Zach está usando os números a favor dele há anos.

– Como? – diz Camilla.

Danny dá a última mordida no croissant.

– O Wicker West é um colégio enorme. Nosso ano tem uns quinhentos e cinquenta alunos. Para conseguir uma quantidade boa de votos e vencer, é preciso uma estratégia clara e coerente. E, de todas as eleições que já vi em um colégio tão grande assim, todo vencedor faz pelo menos uma de duas coisas muito bem. – Ele levanta um dedo. – Um, você inspira as pessoas a te apoiar por causa da sua visão. – Ele levanta o outro dedo. – Ou, dois, você *panfleta a campanha sem parar* e se destaca porque todo mundo reconhece seu nome.

Escuto o som rápido das teclas do notebook da Trish e olho de canto para ela, anotando tudo como uma profissional. Nunca vi a Trish fazer a própria *lição de casa* com tanto foco assim. De onde vem essa determinação toda?

– Qual das duas é a estratégia do Zach? – pergunta ela.

Danny olha para ela como se a resposta fosse óbvia.

– Consegue citar para mim pelo menos uma coisa pela qual ele lutou como presidente da nossa turma nos últimos três anos? Uma nova regra ou ideia que ele tenha sugerido, qualquer coisa que ele defenda? Zach é o candidato que todo mundo conhece de nome, e *só isso*.

– Faz sentido – diz Camilla, dando um gole em sua bebida. – Caramba, acho que até *eu* votei nele ano passado só porque não sabia direito quem eram os outros candidatos.

– Viu só? – comenta Danny. – Quer dizer, ele fez por merecer. Zach sabe como o sistema funciona. Por que vocês acham que ele é assistente de direção?

Trish, Camilla e eu nos entreolhamos, sem a menor noção do que aquilo significa.

— Quando se é assistente da direção, você sabe de tudo o que está rolando — explica Danny. — Todas as fofocas, picuinhas entre professores, atualizações sobre as organizações estudantis; a direção é quem fica sabendo de tudo primeiro. Alunos que são assistentes podem até ver as imagens das *câmeras de segurança* do colégio todo. Zach tira vantagem de tudo isso. — Danny limpa as migalhas de croissant da calça. — Além do mais, ele ganha todo mundo na lábia; sempre andando com os atletas, tendo um relacionamento amigável com vários círculos sociais. Ninguém *ama* o cara, mas ninguém o *odeia*, sabe? Ano passado ele visitou todos os clubes extracurriculares do colégio pelo menos uma vez, só pra puxar saco. Tô te falando, em termos de política, ele é bom.

— E, em termos de mudar alguma coisa, ele é péssimo — acrescenta Trish.

— Exatamente — concorda Danny, assentindo com a cabeça. — O que ele fez como presidente? Na real, nada. Ele não se mantém no cargo para melhorar as coisas para os alunos, só para inflar o currículo para as universidades de elite.

— Parece até alguém que eu conheço — murmuro, pensando no Joey. Todos olham para mim. — Enfim. Como a gente faz pra competir com isso? Como competir com um garoto que está, basicamente, se preparando para este momento desde que nasceu?

Danny bebe mais um gole e suspira.

— Cara, não sei. Estou aqui pra ajudar mas, ao mesmo tempo, quero ser sincero com vocês. Ganhar do Zach? — Ele se encolhe um pouquinho. — Vai ser bem difícil.

Paramos para pensar, e os ganidos de pais estressados e seus filhos escandalosos enchem meus ouvidos.

— E se... — Camilla começa a dar ideias — a gente fizesse, tipo, *um milhão* de cartazes pra você, Blaine? Espalhasse pelo colégio inteiro. Seria bom pra fazer seu nome ficar conhecido, não acha?

Assinto enquanto penso antes de me virar para o Danny.

— Tem potencial — diz ele. — Cartazes podem ser parte de uma estratégia maior, mas não acho que só isso seja o bastante para vencermos a eleição.

— É, tem razão — diz Camilla, enrolando o colar no dedo. — Parece que, depois de alguns dias, as pessoas se acostumam com os cartazes. Eu, pelo menos, sou assim. Eles perdem o impacto.

— Acho que precisamos seguir o outro caminho que você mencionou, Danny — diz Trish, concentrada na tela do computador antes de olhar para mim. — Zach é megarreconhecido e, sinceramente?, acho que, a essa altura, não tem como vencermos num jogo em que ele já está na frente. Mas podemos seguir pela linha da *visão*. Qual é a sua visão? O que pode inspirar os alunos a apoiar *você* como presidente?

Danny e Camilla também se viram para mim. Imediatamente sinto minhas bochechas queimando. Eu já devia ter uma resposta bem elaborada para esta pergunta.

Por que eu estou concorrendo à presidência?

Bom, a resposta é bem simples, claro. Joey. *Eu preciso provar que tenho o que é necessário para ser um Cara Sério e reconquistá-lo*, é a resposta mais direta. Mas não quero falar isso em voz alta na frente do Danny. Embora saiba o motivo principal que me levou a entrar na eleição, ele merece uma razão mais digna para continuar aqui me ajudando a vencer.

— Hum... Bom... — murmuro, lambendo os lábios enquanto finjo pensar, mas minha mente não responde. — Acho que... sei lá. — As palavras escapam sem querer.

Viu só? É por *isso* que estou fora da minha zona de conforto. É por *isso* que sou melhor pintando paredes sozinho do que fingindo que posso ser o presidente de qualquer coisa. Como posso pedir aos meus amigos que façam campanha para mim quando eu mesmo mal consigo?

— Desculpa — digo, envergonhado, massageando as têmporas. — Eu já devia ter uma resposta para essa pergunta, sei disso.

— Não precisa pedir desculpas — diz Danny, balançando a cabeça. — É para isso que estamos reunidos aqui: pra encontrarmos uma resposta pra você.

Essa afirmação — o comentário mais cooperativo que ouvi dele desde que o atropelei perto da Papelaria da Susan — me pega de surpresa.

— Posso recomendar uma coisa? — pergunta ele.

— Você nunca precisa pedir permissão pra opinar, cara — responde Camilla, rindo e bebendo um último gole de latte.

— O que me atraiu em você no refeitório foi aquele cartaz dizendo VAMOS CONVERSAR — afirma ele. — Putz, quer dizer, tipo, me atraiu como candidato, não tipo, me *atraiu* atraiu.

Fico ainda mais vermelho, percebendo que Trish e Camilla estão trocando risadinhas.

— Enfim — continua Danny. — Acho que podemos partir daí, com a mesa que você montou com aquele cartaz. Algum tema que os alunos levantaram te tocou de algum modo? Será que alguma coisa pode se transformar numa visão maior para a sua presidência?

Isso faz muito sentido.

Claro, a intenção do cartaz era conseguir assinaturas dos alunos, sejamos sinceros. Mas, depois que Trish sugeriu mudarmos a mensagem para VAMOS CONVERSAR, eu meio que curti me conectar com outros alunos do meu ano com quem quase nunca conversei antes, E eles tinham muito a dizer.

Pego o celular e abro o aplicativo de notas.

— Escrevi tudo que os alunos me contaram. Aposto que algum desses tópicos vai nos motivar... — Encontro a lista. — Vamos lá... ansiedade pré-prova... exaustão com as redes sociais... o impacto dos trotes nos esportes... as complicações de ser imigrante... problemas de autoimagem...

— *Nossa*! — Camilla suspira. — Quanta coisa pesada.

— Pesada mesmo — diz Danny, respirando fundo.

— Mas essas são coisas que importam *de verdade* para os alunos — intervém Trish. — São as coisas reais que acontecem nos bastidores, os problemas silenciosos que os alunos gostariam que o presidente abordasse. — Ela ajusta a postura no pufe. Quase dá pra ver uma lâmpada se acendendo em cima da cabeça dela. — Que tal... saúde mental?

Nós paramos por um instante.

— Todas essas questões envolvem saúde mental — continua Trish enquanto o resto do grupo pensa em silêncio. — Ansiedade pré-prova? Autoimagem? Redes sociais?

– Ela tem razão – diz Danny, olhando para mim. – É o fio que conecta todas estas questões.

Camilla dá um tapinha na coxa da Trish em apoio.

– Uma campanha presidencial focada em saúde mental – diz ela. – Eu curti.

– Mesmo? – pergunto, olhando ao redor, ainda incerto. – Vocês acham que as pessoas vão levar isso a sério?

– Por que não levariam? – pergunta Danny.

– Sei lá – digo, ainda pensando. – Na maioria das vezes os candidatos prometem coisas tipo abaixar o preço dos ingressos para o baile ou conseguir cores mais divertidas para os armários.

– Ou, no caso do Zach, não prometem coisa nenhuma – aponta Camilla.

– É por isso que a maioria dos alunos não tem paciência para a turminha do conselho estudantil – diz Trish, antes de olhar Danny nos olhos. – Sem ofensa.

Danny dá de ombros.

– Tudo bem.

– As eleições do colégio geralmente são competições entre narcisistas metidos que não estão nem aí pra nada. Mas emplacar uma campanha que pode fazer de fato algo *bom*? – Trish arregala os olhos. – Se querem saber o que eu acho, saúde mental será nossa receita para a vitória.

Não consigo superar quão empolgada Trish está com isso tudo.

Posso contar nos dedos de uma mão quantas vezes ela ficou animada nesse nível para *qualquer coisa*. Teve aquela noite em que ela surtou porque o Chicago Bulls venceu uma partida eliminatória e acabou derramando Coca-Cola em cima do Fondue, coitadinho. Também teve aquela vez em que a Janelle Monáe curtiu um tuíte da Trish sobre como o álbum *Dirty Computer* é importante para garotas negras e queer, e a adrenalina da Trish durou uma semana inteira.

– Vocês dois sabem bem quanto eu cresci com minhas dificuldades pessoais – diz Trish baixinho, olhando para mim e para Camilla. – É um tema que me toca demais.

Trish começou a conversar com a psicóloga do colégio depois do breve término com a Camilla. Não foi *só* o relacionamento que a fez tomar a decisão – Trish enfrenta problemas com sua saúde mental desde que nos conhecemos –, mas as questões com a namorada ampliaram outras coisas que já não iam bem. Agora Trish faz terapia duas vezes por mês, e sempre aponta como isso mudou a vida dela.

– Danny! – Bao chama de trás do balcão, pedindo a ajuda do filho. A fila de clientes deve ter umas dez pessoas, e outro time de futebol está chegando com crianças ainda mais novas e descontroladas.

– Preciso ir – diz Danny, levantando do sofá e caminhando de costas em direção ao balcão, amarrando o avental no caminho. – Mas, só pra registrar, estou com a Trish nessa. Acho que uma campanha focada em saúde mental pode dar muito certo.

– Eu também – concorda Camilla. – Faz todo o sentido.

Respiro fundo.

– Tudo bem, então, líder de campanha – digo. Nós três sorrimos. – Vamos de saúde mental.

★ CAPÍTULO 12 ★

SAÚDE MENTAL. CERTO.

O que *eu* – candidato a presidente de classe do último ano, Blaine Bowers – posso oferecer aos alunos do Colégio Wicker West em relação à saúde mental deles?

Bom, para começar, sei que o assunto é importante. Sei que, hoje em dia, os adolescentes andam estressados pra caramba, o tempo inteiro. E sei que o Wicker West poderia estar fazendo um trabalho melhor em lidar com uma crise que está, obviamente, afetando a maioria dos alunos que andam pelos corredores do colégio todos os dias. Sei como é se sentir solitário. Pelo menos... acho que sei? "Solidão" é o melhor jeito de descrever as noites em que meus pais passavam trabalhando até tarde, antes de a tia Starr ir morar com a gente. Claro, eu não gostava de ver a casa vazia e parada, mas o isolamento físico não me afetava tanto quanto os pensamentos que vinham com ele.

Também conheço bem a ansiedade complexa que as redes sociais conseguem plantar no fundo do nosso cérebro, como Maggie, Tracy e Elle mencionaram no refeitório. Você precisa sempre postar *alguma coisa* em *algum* app para não perder completamente a relevância. Mas aí você é obrigado a passar por uma foto do seu ex curtindo as férias no México enquanto você está soterrado por uma montanha de cobertores (e pelo peso esmagador da rejeição). Acho que isso também representa um tipo singular de solidão.

Saúde mental.

Como posso transformar um assunto tão pessoal em propostas políticas claras e objetivas?

Talvez, se eu começar a pensar em quem eu quero enfrentar, possa acabar tendo algumas ideias.

– O que vocês acham que podemos esperar dos discursos dos outros seis candidatos? – pergunto de trás do meu notebook, sentado de pernas cruzadas no chão da sala de estar ao lado de Danny.

– Concordo com o Danny sobre focarmos nossa atenção no Zach – diz Trish da tela do meu celular, que está apoiado numa vela no meio da mesinha de centro. Eu disse que ela não precisava fazer uma chamada de vídeo direto do museu, onde Camilla está trabalhando num evento, mas ela insistiu. (Agora, vez ou outra conseguimos avistar algum mamífero empalhado ou um sarcófago atrás dela.) – Se conseguirmos usar sua candidatura para apontar como o Zach nunca fez nada nos mandatos dele e batermos na tecla de como falar sobre saúde mental vai fazer toda a diferença, temos boas chances.

Reduzo o brilho da tela do notebook, porque meus olhos estão começando a arder.

– Entendi, mas ainda sinto que preciso ter uma ideia geral do que os outros vão falar, sabe? Tipo, a Miranda Cumberbatch. – Paro no nome dela enquanto analiso a lista dos meus oponentes. – Nunca troquei nem *duas palavras* com ela, que dirá saber o que ela pretende defender.

– Fiquei sabendo que o mote da Miranda é "unir a nossa turma" – diz Trish, revirando os olhos. – Nada contra a Miranda, ela é uma fofa, mas essa ideia é meio idiota.

– Sim, a Miranda é ótima, mas essa não é uma mensagem impactante – comenta Danny. – Parece vazia, sabe? Nenhum contraste evidente com o Zach.

Digito uma anotação ao lado do nome da Miranda.

– E o Dustin? Melissa?

– Não se preocupe com o Dustin – diz Trish.

– Ele decidiu se candidatar de última hora porque acha que vai ganhar uma moral com a Lacey Binder. – Danny balança a cabeça. – Héteros...

Fecho os olhos tentando lembrar do rosto dessa garota.

– Lacey quem?

– Uma aluna do segundo ano que faz parte do conselho estudantil e em quem ele tem um crushzinho – explica Danny. – Não importa. A questão é: Dustin não é um candidato sério.

– Ouvi um boato durante a aula de inglês de que o discurso da Melissa é supercurto e foca em, juro por Deus, pintar o estacionamento com as cores do colégio – diz Trish.

– Sério mesmo? – Danny solta uma risada debochada.

– Sim – responde Trish com um risinho, caminhando por uma exposição cheia do que acredito serem crânios de macacos. – Posso estar errada, mas isso não me parece um tema urgente que deva ganhar a atenção dos alunos.

Trish comenta também que, apesar de não ter ouvido nada específico sobre o discurso do Bryce, ela duvida muito que um topzera como ele possa convencer alguém com argumentos. E Nancy, como Danny aponta, tem entre os membros do conselho a reputação de sempre faltar às reuniões – foi por isso que ela não conseguiu ser eleita nas últimas três vezes que se candidatou à presidência.

– Nosso foco em saúde mental só surgiu porque você *ouviu de verdade* os alunos – Trish me lembra. – Nenhum outro candidato está fazendo isso.

– Principalmente o Zach.

– Beleza. – Suspiro, terminando as anotações e sentindo o peso da responsabilidade. – Tá bom.

Decidimos fazer uma breve pausa para eu poder procurar o Fondue, porque gosto de ficar agarrado com ele quando minha cabeça está prestes a explodir. Ele se aninha sobre a minha coxa enquanto vou revisando meu discurso.

Trish e Danny deram a maior parte das ideias. Minhas mãos se esticam em direção a uma caneta e a um bloquinho de post-its, onde eu comecei a desenhar o que seria um mural mostrando o significado de saúde mental para mim: um grande cérebro pálido flutuando na troposfera. Ou, como murmuro para mim mesmo depois de terminar:

– Uma mente perdidinha no espaço.

– Hã? – pergunta Danny.

Volto à realidade.

– Ah. Nada, não. Tô só rabiscando.

Ele sorri, empurrando uma lata de refrigerante na minha direção.

– Que tal mais um pouquinho de cafeína, soneca?

Danny tem sido *muito* mais gentil comigo desde a nossa primeira reunião de campanha. E, não vou mentir, gosto dessa nova versão dele.

Concordo com a sugestão, levando a lata de alumínio até os lábios.

Foco, Blaine, digo para mim mesmo, empurrando o mural para longe da minha cabeça. Meia hora e dois sonhos acordados com murais depois, meu discurso está surpreendentemente bom – não graças a mim. Não sei se ele vai chamar a atenção do conselho, mas pelo menos nós tentamos.

– Acho que já temos o básico todo pronto, né? – Passo os olhos pelas cinco páginas de anotações no Google Docs, os olhos cerrados contra a luz azul. – Qual foi mesmo aquele nome de que a gente gostou, Trish?

– Iniciativa de Bem-Estar do Wicker West – responde ela.

– Isso mesmo – digo, assentindo enquanto digito. Leio em voz alta o mote que escolhemos juntos, só para me certificar de que todo mundo está de acordo. – Iniciativa de Bem-Estar do Wicker West: uma abordagem abrangente em três pontos para, enfim, começarmos a falar sobre saúde mental no nosso colégio.

Olho para Danny, que está fazendo joinha.

– Anotei umas citações bem impactantes que a gente pode inserir no discurso também – diz Trish. – Amanhã eu mostro tudo pra você.

– Trish. – Solto o ar. – Não sei o que deu em você com toda essa coisa de conselho estudantil, mas você está se mostrando a melhor líder de campanha que um futuro presidente de classe poderia querer.

— Eu sei — diz ela, fazendo biquinho e mandando beijo. — Bem melhor que a Eve Beesbopper.

— Peraí — digo. — Zach escolheu a Eve pra ser líder de campanha dele?

Danny assente.

Faz sentido. Ela é a mais inteligente do nosso ano e, sem dúvida, será oradora da turma — a pessoa perfeita para ajudar a vencer uma eleição. Sinto um aperto no peito. Eve estar no Time Zach é só mais um problema que terei que contornar se quiser vencer essa coisa toda.

— Tenho que ir — anuncia Trish, tirando um dos fones de ouvido. — Camilla vai me matar se eu perder a revelação do pterodáctilo. — Ela faz uma pausa. — Ou do braquiossauro? De qualquer maneira... Tchau, gente.

— Boa noite.

— Valeu, Trish — diz Danny.

A chamada de vídeo termina.

Ficamos só Danny e eu.

É de imaginar que seria desconfortável, já que nossa amizade recente (se é que dá para chamar de amizade) é baseada num acidente de calçada envolvendo latas de tinta e um vaso de planta quebrado. Mas não me sinto nem um pouco desconfortável.

Na verdade, me sinto estranhamente de boa quando estou com ele.

Grilos cantam do lado de fora da janela, alguns motores rugem com os carros que passam na frente da casa e uma brisa quente de primavera sopra as cortinas. Fecho o notebook, esgotado de tanto usar a parte do cérebro responsável por habilidades de liderança pela primeira vez na vida.

Danny começa a recolher as embalagens de salgadinhos, latas de refrigerante e caixas de chocolate que tia Starr trouxe para devorarmos durante a reunião.

— Não, não — digo com um bocejo, acenando para que ele pare. — Deixa que eu limpo.

— Tem certeza?

Assinto, pegando as tigelas e as latas. Levantamos e ele me segue até a cozinha à meia-luz, onde coloco os doces no armário ao lado da geladeira e termino de guardar algumas louças.

Danny senta num banquinho na ilha.

— Onde estão os seus pais? — pergunta ele, olhando em volta.

— Trabalhando — digo, me virando para ele e recostando na pia.

— Até esta hora?

— Sim. Normal.

— O que eles fazem?

— Minha mãe é enfermeira e pega uns turnos bizarros, e meu pai trabalha com construção civil, uma área que fica supermovimentada durante a primavera.

— Entendi.

— Ultimamente tem sido só eu, o Fondue e a tia Starr sozinhos nesta casa — digo. — E você? Nunca vi sua mãe trabalhando no Grão Grandão. Ela trabalha em algum outro lugar?

Ele abre a boca para dizer alguma coisa, mas fecha em seguida. Depois de um momento esquisito, ele finalmente põe pra fora:

— Minha mãe morreu quando eu estava no ensino fundamental.

— Ah. — Um nó se forma no estômago. — Sinto muito. Eu não fazia ideia.

— Tudo bem. Câncer. Não tinha como você saber. — Ele puxa a gola da camiseta para baixo, mostrando um desenho floral em tinta preta em seu ombro direito. — Meu pai acabou de me deixar fazer esta tatuagem em homenagem a ela.

Eu me afasto da pia e me inclino sobre a ilha para olhar mais de perto.

— Eu amei.

— É uma peônia, a flor favorita dela — diz Danny com um sorriso tímido. Ele solta a gola da camisa, e o tecido volta para o lugar, cobrindo sua pele. — Foi ela quem me ensinou a gostar de plantas, flores e tal. A gente fazia jardinagem junto.

— Bom — digo, lembrando do canteiro de suculentas do Danny no café —, aposto que ela ficaria superorgulhosa por você não ter matado suas plantas.

— Sim. Também gosto de imaginar que ela estaria orgulhosa.

É estranho pensar que os Nguyen perderam uma mãe e uma esposa. Eles não parecem uma família enfrentando o luto. Não os conheço *tão bem* assim para ter certeza, mas, durante minhas idas frequentes ao Grão

Grandão desde que o café foi inaugurado no início do ensino médio, Bao sempre foi gentil e animado, mesmo em meio à loucura de times de futebol infantil gritando, engravatados exigentes e pais necessitados de cafeína. Como pode uma coisa tão trágica ter acontecido com duas pessoas de coração tão bom? Talvez ele esconda a tristeza atrás da felicidade – como minha mãe diz que tia Starr costuma fazer.

– Enfim... – Ele alonga os braços, girando o torso e ocupando metade do espaço da cozinha (pelo menos é o que parece). – Desculpa. Não quis pesar o clima com todo esse papo de "minha mãe morreu" e tal.

– Você não pesou o clima – respondo, balançando a cabeça. – Fico feliz que tenha me contado.

– Desculpa também pelo jeito como te tratei lá no começo – diz ele.

Giro a cabeça para o lado.

– Como você me tratou?

– Você sabe. – Ele curva os ombros um pouquinho, envergonhado. – Eu devia ter sido mais de boa contigo em relação ao negócio da planta...

Eu me debruço sobre a ilha da cozinha.

– Bom, eu matei sua Barbosa...

– *Ba*-bosa.

– Eu sei, eu sei – respondo. – Tava só brincando.

Nós dois rimos.

– Eu não queria ter enchido tanto o seu saco, só isso – continua ele. – Às vezes eu fico meio arisco quando conheço pessoas novas, ainda mais quando gosto delas.

Ainda mais quando gosto delas?

Já entendi tudo, mas ele continua falando, e eu decido não interrompê-lo.

– Eu devia ter sido mais compreensivo desde o início – conclui ele.

– Tá tudo bem – digo. – Não precisa pedir desculpas.

– Isso é algo que preciso trabalhar melhor em mim.

– Danny. – Eu o encaro com um sorriso. – É sério. Não foi nada de mais.

O silêncio toma conta da cozinha. Escuto o barulho das patinhas do Fondue passeando pelo chão de madeira em algum cômodo perto, e o som abafado de uma ambulância passando a distância.

– Enfim... – digo, fingindo limpar migalhas no balcão. Não tem nada ali, mas sinto que o ambiente está paradão demais. – Aposto que sua mãe adoraria ver o que o Grão Grandão se tornou. É, tipo, um dos cafés mais populares de Chicago.

Ele ri.

– Te garanto que isso não é verdade.

– Bom, mesmo com o Grão Grandão de lado, tenho certeza de que ela estaria feliz por você *e ponto* – digo.

– Queria ter saído do armário pra ela antes de ela morrer – acrescenta Danny com uma pontada de arrependimento. – Sabe, só pra que ela pudesse me conhecer *por inteiro*.

– Sim. – Paro um instante. – Quer dizer... gosto de pensar que, onde quer que ela esteja, ela te conhece por inteiro. Não acha?

Às vezes um olhar pode dizer muito mais do que qualquer palavra. E, entre uma piscada e outra, consigo ver uma espiral de luto e gratidão flutuando nos olhos cor de mel do Danny.

– Posso te dizer uma coisa? – pergunta ele.

Fico tenso, mas tento não demonstrar.

– Claro.

Ele analisa a bancada por um momento, pensando com cuidado nas próximas palavras.

– Estou muito feliz por você ter me convidado pra ajudar na sua campanha, Blaine.

– Ai, para com isso! – digo, radiante. – Eu que te agradeço por ajudar. Está na cara que eu não conseguiria fazer nada dessa história de campanha sem você, Trish e Camilla.

Ele fica corado.

– Acho que você conseguiria, sim.

– Bom, achou errado.

Danny recosta na cadeira e coloca as mãos nos bolsos.

– Estou muito animado pela Iniciativa de Bem-Estar Wicker West – diz ele. – Esse tipo de coisa é muito importante para alunos como eu.

– Alunos como você?

– Tive que enfrentar muita coisa, assim como a Trish. Como eu disse, quando conheço gente nova... tenho crises de ansiedade bem intensas desde que a minha mãe morreu.

– Sério?

Ansiedade? Danny?

Ele sempre me pareceu *super* de boa (bom, exceto quando quase foi morto por um carrinho de tinta). "Ansioso" é a última palavra que eu usaria para descrever o Danny.

– Por essa eu não esperava.

– Por quê?

– Bom... sei lá. – Balanço as pernas de leve. – Você sempre me pareceu tão calmo e seguro...

– Por fora, claro – diz ele. – Mas aqui dentro tem muita coisa rolando. – Ele cutuca a lateral da cabeça enquanto sorri. – Coisas *demais*, até.

Retribuo o sorriso.

– Entendo. Desculpa, eu não quis, tipo, presumir nada sobre você.

Ele balança a cabeça.

– Deve ser difícil – acrescento.

– É, sim. Bom, às vezes. Tem dias, tipo hoje, em que estou bem. Já em outros, parece que o mundo está acabando sem nenhum motivo aparente. – Ele ri. – É assim que a minha ansiedade funciona. Esquisito, eu sei.

– Não é nada esquisito – digo, observando minhas mãos na bancada porque não sei bem para onde mais olhar. – É por isso que estamos fazendo essa iniciativa, não é? Todos nós temos essas batalhas invisíveis. A minha é que ultimamente eu... – Hesito em tocar no assunto, mas metade das palavras já saiu da minha boca, então continuo: – Estou sofrendo por causa do término. Parece tão banal, e, olhando para o resto do mundo, eu sei que é. Mas acho que o Joey ter terminado comigo afetou muito o jeito como eu me enxergo.

Eu nem tinha me ligado disso antes de dizer em voz alta. Mas é exatamente o que está acontecendo: Joey ter terminado comigo – e ter feito do *jeito* como fez – acabou com a minha autoestima.

– Como assim? – pressiona Danny.

Agora sou eu quem fica vermelho.

— Acho que, tipo, o Joey é "O Cara" do colégio. — Reviro os olhos. — É idiota, eu sei, mas acho que sempre tive medo de ele ser bom demais pra mim; uma insegurança que se confirmou quando ele me trocou pelo Zach. — Faço uma pausa para respirar fundo. — Tenho medo de que essa eleição seja tipo uma extensão do nosso relacionamento, sabe? Tipo, os votos serão contados e eu serei derrotado por um Cara Sério com quem eu nem deveria ter me metido, pra começo de conversa.

Danny sorri para mim.

— Cara Sério?

Dou de ombros.

— Bom... sim. Um cara que não fica perambulando por Chicago com latas de tinta e mãos sujas.

Ele se levanta, dá a volta na ilha e apoia o quadril na bancada, ficando ao meu lado. Apesar de Danny estar sem seu avental, ainda consigo sentir o aroma doce e reconfortante da cafeteria.

— O Joey não é bom demais pra você — diz ele com os olhos cheios da mais pura bondade. — Aliás, é o contrário disso.

— *Ha-ha*. Tá bom.

— Tô falando sério. — Ele se aproxima ainda mais, e suas mãos também. Sinto a mesma energia de quando estou enrolado em um daqueles cobertores pesados da tia Starr. — Você vai vencer essa eleição, Blaine. Eu sinto isso no fundo do coração.

Nossos rostos estão a centímetros de distância.

Peraí. O que está rolando? *Estou prestes a beijar o Danny?*

O celular dele vibra sobre a bancada. Nós dois pulamos.

— Foi mal — diz ele, pegando o aparelho e olhando para a tela. — Droga. É meu pai. Eu já devia estar em casa. — Antes mesmo que eu consiga registrar os últimos trinta segundos, Danny me puxa para um abraço longo, apertado e muito bem-vindo.

— Obrigado pela conversa — diz ele. — E desculpa mais uma vez pelas grosserias. A gente se vê amanhã.

Ele corre até a sala, pega a mochila e desaparece pela porta do nada.

★ CAPÍTULO 13 ★

Nunca me senti tão nervoso na vida. *Nunca.* Se eu conseguir fazer este maldito discurso sem despejar um jato de vômito em metade do conselho estudantil do Wicker West, já vou considerar uma vitória.

— Tá nervoso? — pergunta Camilla com um risinho, estourando uma bola de chiclete e já sabendo a resposta.

— Não muito — minto, secando o suor da testa. — Por quê? Eu pareço nervoso?

Ela se encolhe um pouquinho, como se quisesse dizer que não, só que ela não consegue, com honestidade, insinuar que eu pareço estar qualquer coisa que não seja absolutamente apavorado.

Trish, Camilla, Danny e eu estamos no corredor ao lado do auditório do colégio, a área de espera para todos os sete pré-candidatos à presidência de classe do último ano antes do discurso. Cada time de campanha está a uma sala de aula de distância do outro, para que ninguém consiga bisbilhotar os preparativos finais de cada grupo. Joey e Ashtyn estão no ponto mais distante da gente, numa conversa animada com Zach, que — sim, eu admito — está com a maior cara de presidente com seu terno cinza-escuro e gravata preta. Eu também não estou nada mal, com minha calça de veludo marrom, paletó azul-marinho e uma gravata azul-bebê que Danny me emprestou.

Tenho pensado naquele momento pouco antes de ele ir embora da minha casa. Tipo, *muito*.

O Danny estava dando em cima de mim? Será que ele teria me beijado se o pai não tivesse mandado mensagem naquele *exato* segundo? Será que eu *queria* aquele beijo?

O sr. Wells vem saltitando em nossa direção, segurando uma prancheta. O rosto dele derrete de preocupação ao olhar para mim.

— Como você está se sentindo, Blaine? — pergunta ele, esticando o pescoço para trás e me encarando pela parte de baixo das lentes bifocais. — Você me parece um pouquinho nervoso.

— Por que está todo mundo dizendo isso? Eu estou bem — declaro, um pouco mais alto do que gostaria.

Ele salta para trás.

— Desculpa — digo.

— Ele vai arrasar! — diz Trish em minha defesa. Ela segura minha cabeça para que eu a encare bem no fundo dos seus olhos castanho-escuros e supersérios. — Blaine, repete comigo.

— Tá.

— Eu estou gato — diz ela.

— Eu estou gato — repito.

— Preparei um discurso fantástico.

— Preparei um discurso fantástico.

— E serei um presidente de classe excelente.

— E, provavelmente, serei um presidente de classe mais ou menos.

— *Blaine*.

— E serei um presidente de classe excelente.

Ela faz carinho na minha bochecha e sorri.

— Lembre-se: ninguém lá espera que você seja o próximo Barack Obama — diz Camilla, cutucando meu ombro com o dela. — Então, não se cobre tanto assim.

— Apenas sorria e tire os olhos da tela do computador vez ou outra — completa Danny, me cutucando do outro lado.

— E se você gaguejar... — Trish continua.

— Eu sei, eu sei. Nada de pânico — completo, soltando a maior expiração de toda a minha vida. Então, jogo a cabeça da esquerda para a direita, depois da direita para a esquerda, estalando o pescoço.

— Tenho uma notícia que pode ser boa ou ruim, dependendo de como você vai encarar — diz o sr. Wells, conferindo a prancheta. — Fizemos um sorteio para determinar a ordem dos discursos. Você é o último, Blaine.

— Isso é bom! — anuncia Trish de imediato, interrompendo meus pensamentos negativos. — Você fará o *encerramento*, fechando com chave de ouro.

— Concordo — diz Danny, otimista, assentindo com confiança.

— Sério? — pergunto, hesitante.

— Só não fica nos bastidores pensando demais enquanto os outros falam — orienta Camilla. — Porque aí pode dar *muito* errado.

— Por que você está dizendo isso pra ele? — pergunta Trish com um sorriso forçado, sem mover os lábios.

— Quando você menos esperar, já terá acabado, Blaine. — O sr. Wells dá um tapinha no meu braço, em apoio, antes de ir embora.

Tem muita coisa passando pela minha cabeça agora. Em primeiro lugar, o que eu estou fazendo da minha vida? Tipo, sério mesmo... *o que eu estou fazendo?*

Como consegui convencer a mim mesmo de que me candidatar a presidente seria uma boa ideia? Será que vale a pena esse nível todo de estresse só para impressionar o Joey? Quer dizer, claro que eu acho meu discurso bom e, sim, acredito na nossa Iniciativa de Bem-Estar Wicker West — ainda mais depois de ver quanto ela é importante para Trish e Danny. Mas nada disso terá importância se eu não conseguir que metade do conselho — quarenta e sete dos noventa e quatro membros — vote "sim" para a minha candidatura, me colocando oficialmente entre os candidatos elegíveis. E, com outros seis pré-candidatos elevando o nível antes de eu chegar lá respingando suor em todo mundo da primeira fileira, minha chance pode acabar se tornando uma em um milhão.

— Preciso beber água — digo, caminhando até o bebedouro na outra ponta do corredor.

Não consigo escutar muita coisa do que os times dos outros candidatos estão dizendo, exceto quando passo por Zach, Joey e Ashtyn, que estão perto do bebedouro. Quando inclino o corpo para beber um gole d'água, não consigo evitar escutar um pouquinho.

— Lembre-se, evite os "hum" e "hãs" entre as frases — diz Joey, pressionando seu novo namorado.

— E deixe seus olhos passearem pelo público o tempo todo — instrui Ashtyn. — Se você só olhar os mesmos alunos da frente, os outros vão perceber. Não pega nada bem.

— Você está um pouco curvado — diz Joey. — Lembre-se de ficar com a coluna reta atrás do microfone.

Seco a boca com a palma da mão e volto até o meu time. Joey, Ashtyn e Zach — que não haviam reparado que eu estava ali dez segundos atrás — se calam imediatamente quando passo por eles na volta.

Joey se recusa a fazer contato visual comigo. Zach parece envergonhado. Ashtyn é a única a falar.

— Boa sorte, Blaine — diz num tom seco.

Retribuo com um sorriso genuíno. Peraí... por que a Ashtyn está aqui mandando uns papos motivacionais para o Zach? Ela nem é amiga dele, e também não é líder de campanha. E, estranhamente, a Eve não está em lugar nenhum.

O sr. Wells começa a acenar, chamando a atenção de todo mundo para a outra ponta do corredor.

— Atenção! — grita ele. — Já vamos começar. Todos os candidatos, por favor, fiquem perto de mim na ordem de apresentação dos discursos. Quanto aos *não* candidatos, se você for do conselho estudantil, por favor entre no auditório. Qualquer líder de campanha que *não* seja do conselho também pode ficar no auditório, mas lembrem-se: vocês não votam nos candidatos nessa etapa. E aos que não são nem candidatos, nem membros do conselho, nem líderes de campanha — ele aponta para a saída —, tchau!

Trish, Danny e Camilla se viram para mim, os três sorrindo.

— Você vai arrasar — diz Danny.

— Não esquece: você não precisa ser o novo Obama — diz Camilla, após se aproximar de mim. — É só não desmaiar que já tá no papo.

Suspiro.

— Valeu, Camilla.

Trish me entrega o notebook, que contém o discurso baixado e pronto para ser reproduzido num aplicativo de teleprompter.

— Acaba com eles, amigo!

Damos um rápido abraço em grupo e dispersamos. Meu coração está tão acelerado que consigo sentir sua vibração na minha garganta. Caminho para o fim da fila — o sétimo de sete candidatos. Percebo que Zach será o terceiro.

— Iniciativa de Bem-Estar Wicker West — ensaio para mim mesmo, torcendo para não enrolar a língua quando chegar a hora. — Iniciativa de Bem-Estar Wicker West...

— Todos prontos? — pergunta o sr. Wells, de pé no começo da fila e observando todos os candidatos.

Todos nós murmuramos uma variação de "sim".

— Muito bem — diz ele. — Vamos lá.

Ele nos guia pela porta dos fundos do auditório, onde é frio, empoeirado e escuro. Em fila única, seguimos o sr. Wells até a cortina alta, brilhante e vermelha — a única coisa que nos separa dos noventa e quatro membros do conselho que aguardam para nos julgar por, literalmente, cada palavra dita.

— Você começa, Miranda — indica ele, abrindo uma fresta na cortina para que ela consiga encontrar o caminho até o outro lado.

Miranda desaparece em meio às luzes brilhantes na nossa frente, e a fresta da cortina se fecha de novo, nos deixando nas sombras. No momento seguinte, ela começa a discursar. Por causa da acústica esquisita do palco, é bem difícil ouvir o que ela está dizendo daqui de trás. Mas quer saber? Não estou nem aí. Nem um pouquinho.

Não quero que as palavras dos outros fiquem martelando na minha cabeça.

Cerca de três minutos depois, a plateia começa a aplaudir, sugerindo que Miranda conseguiu entregar um discurso decente. Uma onda de inveja toma conta de mim. Queria estar no lugar dela agora. Preciso esperar por mais *cinco* candidatos até chegar a minha vez.

O sr. Wells abre a cortina de novo, e Dustin, o segundo da fila, segue a ordem. A julgar pelos aplausos que ouço minutos depois, o discurso dele parece ter sido, no mínimo, bom também. Então, chega a vez do Zach.

O discurso dele é o que mais me deixa curioso, é claro, mas me forço a não ficar tentando escutar. Em vez disso, fico pensando nas fotos de quando o Fondue ainda era um filhotinho, no donut vietnamita que quero devorar no Grão Grandão depois disso aqui, como um prêmio por ter sobrevivido, e tento lembrar das piadas de toc-toc ridículas da tia Starr – qualquer coisa que me distraia daquilo que acredito ser o discurso mais maravilhoso já feito acontecendo a poucos metros de mim.

Os aplausos para o Zach são os mais altos até o momento.

Droga. Eu já esperava por isso, mas mesmo assim...

Droga.

Então, chega a vez de Nancy. Depois de Melissa. Depois de Bryce.

E finalmente a minha.

Respiro fundo uma última vez, seco a testa e lembro do que Camilla me disse: *você não precisa ser o novo Obama*, digo a mim mesmo. *É só não desmaiar no palco, Blaine.*

– Por último, mas não menos importante... – O sr. Wells se vira para mim e sussurra gentilmente enquanto os alunos do conselho terminam de aplaudir Bryce: – Pronto, Blaine?

Sorrio e assinto.

Ele abre a cortina e eu a atravesso.

★ CAPÍTULO 14 ★

— Boa tarde, conselho estudantil do Wicker West — digo ao microfone, a voz trêmula. Uma onda rápida de aplausos atravessa o auditório cavernoso, mas eu continuo como se nada tivesse acontecido. — Obrigado pela oportunidade de estar aqui hoje. Sou o Blaine Bowers, candidato a presidente de classe do próximo ano.

Levanto os olhos do discurso que desliza lentamente na tela do notebook. Os holofotes são mais intensos do que eu esperava, e não consigo identificar nenhuma silhueta em meio às mais de cem pessoas me encarando.

Continue a nadar. Continue a nadar.

Apoio as mãos sobre o púlpito, ao lado do meu computador.

— Sei que muitos de vocês não me conhecem — continuo lendo. — Não sou membro do conselho, muito menos um dos nossos atletas de sucesso. Não tiro notas espetaculares, e com certeza não sou dos mais populares. Alguns até podem me reconhecer como o garoto que pinta murais pelo bairro, mas nada além disso. — Faço uma pausa, pigarreando. — Então, por que um garoto como eu iria querer se eleger presidente de classe?

Bom, acho que estamos com uma crise séria em nossas mãos aqui no colégio. Uma crise de saúde mental.

Um grupo de garotas ri em algum lugar.

Qual é a graça?

Então alguém imediatamente faz *xiu* para elas. O auditório fica em silêncio de novo – mas a distração foi o bastante para ferrar com meu ritmo.

– Alguns... hum... alguns dias atrás... – gaguejo um pouco e preciso pausar o teleprompter para não me perder. *Respira, Blaine,* penso. *Só respira, cacete!* Aperto o enter, e as palavras voltam a deslizar para cima. – Alguns dias atrás, eu coloquei um cartaz no refeitório com a frase VAMOS CONVERSAR, para poder me conectar com outros alunos do meu ano sobre as questões do colégio que fossem importantes para eles – digo. – Para minha surpresa, fiquei completamente chocado com as respostas que recebi. Os alunos não vieram reclamar comigo sobre a nova receita de macarrão com queijo da cantina, ou sobre como nosso time de futebol mandou mal na partida contra o Naperville East no começo do ano; embora tivessem todo o direito de desabafar sobre essas coisas. Não. Os alunos precisavam se abrir sobre questões envolvendo saúde mental.

Respiro fundo e lembro a mim mesmo, mais uma vez, que devo falar mais devagar. Ensaiei isso aqui na frente do espelho um milhão de vezes ontem à noite. Eu sei que consigo dizer tudo em menos de três minutos sem precisar correr.

– Ataques pessoais na internet. A pressão exaustiva das redes sociais. Inseguranças com o corpo. A ansiedade cada vez maior por causa de provas importantes – continuo. – Quase toda vez que alguém se abriu comigo, o assunto estava relacionado a um problema pessoal. Já passou da hora de a nossa e de *todas* as turmas do Colégio Wicker West terem líderes comprometidos em fazer da saúde mental dos alunos uma prioridade.

"É por isso que, se eu tiver o privilégio de me tornar o próximo presidente de classe, vou trabalhar com o restante dos líderes de turma e com o conselho estudantil para implementarmos o que chamo de 'Iniciativa de Bem-Estar Wicker West: uma abordagem abrangente em três pontos para, enfim, começarmos a falar sobre saúde mental no nosso colégio'.

Com novos meios de arrecadação de fundos e realocação de orçamentos desperdiçados, vou liderar a implementação de três programas que vão ajudar todos os alunos do último ano a se sairem bem."

Levanto a cabeça.

Agora que meus olhos já se acostumaram com as luzes fortes, começo a enxergar rostos específicos na minha frente. Avisto Joey e Ashtyn na primeira fila, alguns assentos à direita de Dustin e Melissa. Eles estão sem expressão, mas acredito que os quatro estejam torcendo para que eu tropece no cadarço e caia do palco de cara no chão. Ainda bem que vejo Trish e Danny logo depois, algumas fileiras ao fundo. Apesar de estarem em um lugar mais escuro, mais distantes dos holofotes, consigo reconhecer os sorrisos dos dois. Imediatamente já me sinto mais tranquilo.

Se eles estão sorrindo, não estou mandando *tão mal* assim.

– Em primeiro lugar, vou criar o Espaço dos Alunos – continuo. – Será uma área silenciosa e com luz baixa, para os alunos do nosso ano usarem durante os intervalos e descansarem um pouco de todo o caos diário. Podemos decidir o local exato juntos, mas o que não falta são opções. Como a banda marcial conseguiu um novo depósito para os instrumentos e a sala antiga deles está vaga, acho que seria o local perfeito. Meu objetivo é colocar algumas redes para que alunos consigam cochilar um pouco. Vídeos relaxantes serão exibidos por um projetor, caso os alunos queiram meditar ou simplesmente esvaziar a mente em paz. Não serão permitidas conversas nem uso de celulares. Poderemos desconectar de várias formas.

Respiro com maior facilidade, encontrando meu ritmo e seguindo em frente.

– Em segundo lugar, vou criar o Chat dos Alunos, um serviço de e-mails anônimos comandado por um grupo de estudantes voluntários. Se você precisar de alguém para conversar, estaremos lá. E, se seus problemas exigirem um profissional de saúde mental, podemos conectá-lo com o especialista que você merece. Estaremos de ouvidos abertos o tempo todo.

"E, por último – digo, meu pulso desacelerando agora que já estou na reta final –, vou apresentar o Domingo dos Alunos. Quando o fim de semana acabar, eu e/ou outros membros da liderança da classe faremos uma live na conta oficial da turma no Instagram para falarmos sobre as ansiedades e os desafios que nos aguardam na semana seguinte. Idealmente, os espectadores poderão fazer perguntas, compartilhar suas ideias e opinar com toda a honestidade nos comentários. Mais para a frente, espero que outras pessoas possam apresentar o Domingo dos Alunos também, criando um espaço onde nossa turma possa compartilhar com coragem e sem estresse, num lugar virtual que ofereça segurança e apoio.

"Não sou ingênuo – afirmo, olhando para a plateia. – Sei que a Iniciativa de Bem-Estar Wicker West não vai resolver todos os desafios de saúde mental da nossa turma no ano que vem, muito menos no colégio inteiro. Mas acredito, sim, que vai auxiliar na criação de uma cultura onde alunos priorizem o autocuidado, peçam ajuda quando precisarem e se conectem com os outros de maneira significativa.

"Se eu tiver o privilégio de me tornar presidente de classe no ano que vem – digo, arrumando a postura –, podem contar comigo, Blaine Bowers, para colocar os alunos em primeiro lugar. Obrigado pelo seu tempo, conselho do Wicker West. Tenham uma ótima tarde."

Dou um passo para trás e abaixo a cabeça.

Os aplausos começam. Não é nada muito grandioso, mas também não é horrível. Parece com... os aplausos que todo mundo recebeu, sei lá?

Exceto o Zach.

Desço a escada lateral do palco e sento ao lado de Trish e Danny. Não tenho a menor ideia de quanto minhas palavras impactaram o conselho (posso ter recebido aplausos por pena, no fim das contas). Mas pelo menos acabou.

– Você arrasou – sussurra Trish enquanto me acomodo ao lado dela.

Danny estica o braço por trás dela e dá um tapinha no meu ombro.

– Concordo – diz ele baixinho.

– Sério mesmo? – pergunto, as bochechas ainda quentes por causa dos holofotes. – Vocês não estão falando da boca pra fora?

Os dois balançam a cabeça veementemente.

– Por que as pessoas riram, então? – pergunto.

Danny dá de ombros, e Trish revira os olhos.

– Não liga pra isso. Não foi nada – diz ela. – Sou suspeita pra falar, mas acho que seu discurso foi o melhor.

– *Nosso* discurso – corrijo.

O sr. Wells sobe ao palco.

– Obrigado, candidatos! Quantos discursos maravilhosos, com ideias incríveis para o futuro do nosso colégio. – Ele puxa uma última salva de palmas, e o conselho estudantil o acompanha. – Agora, se você for um membro do conselho, por favor saia pelas portas principais do auditório. Há uma mesa lá fora, onde vocês podem votar nos candidatos que acham que merecem entrar na cédula de votação. Lembrando que vocês devem votar em no mínimo dois; mas podem votar em todos os sete se assim quiserem. Qualquer dúvida, estou à disposição. Podem ir!

Todos começam a caminhar rumo à saída. Seguimos o fluxo, já que Danny precisa votar e Camilla está esperando no corredor. Algumas pessoas assentem e sorriem para mim no caminho. Alunos com quem nunca conversei antes dizem que fiz um bom discurso. Ei, talvez Trish e Danny não estejam mentindo.

Talvez eu *consiga* entrar nessa maldita eleição.

Digo que preciso ir ao banheiro e me separo do grupo de alunos do conselho e candidatos conversando no corredor. Mas, na real, só preciso de um minuto a sós para processar o doce alívio de não ter provocado nenhuma tragédia no palco.

Por sorte, o banheiro está vazio. Apoio a cabeça contra o espelho, segurando as bordas da pia de cerâmica acoplada à parede. Solto o ar com força, deixando a ansiedade do dia inteiro sair do meu corpo. *Consegui*, me parabenizo com um sorriso.

Eu consegui, caramba!

Ouço o som da descarga em uma das cabines do outro lado, longe do meu campo de visão. Dou um salto, ajeito a postura e começo a lavar as mãos para não parecer um bobão olhando para o meu reflexo.

Pelo espelho, avisto de canto uma pessoa caminhando na minha direção. É o Joey.

Será que esse nervosismo nunca vai passar? Ele volta com tudo em menos de um segundo.

– Oi – diz ele, se aproximando. Há um monte de pias que Joey poderia usar, porém ele vem até a pia do meu lado.

Ele ensaboa as mãos.

– Como vai? – pergunto, tentando parecer de boa.

– Bem – responde ele.

Nós dois lavamos as mãos sob as implacáveis luzes fluorescentes do banheiro.

Quero aproveitar o momento e virar uma nova página. Começar um novo capítulo. Deixar os horrores do Chaleira de Aço para trás e dizer a ele – aqui e agora, nesta rara ocasião em que estamos sozinhos – que eu *sei* como ser Sério. Que eu *posso* ser o cara para ele.

Mas, antes que eu consiga organizar meus pensamentos e botar tudo para fora, ele já secou as mãos, jogou o papel-toalha na lixeira e está caminhando para a saída.

– Até mais – digo com um sorriso sutil.

Ele se vira para mim, apoiando a mão na maçaneta da porta do banheiro.

– Você mandou bem, Blaine – diz ele, assentindo para me parabenizar. – Um discurso impressionante. Principalmente para um novato.

E então vai embora. Fecho a torneira e encaro meu reflexo de novo, sentindo o coração vibrar dentro do peito.

★ CAPÍTULO 15 ★

Trish, Camilla e Danny vêm tomar café da noite em casa hoje, para comemorarmos que sobrevivi ao primeiro discurso sem soltar um jato de vômito no conselho estudantil do Wicker West. Porém, não estou muito empolgado. Meu discurso foi melhor do que eu esperava, mas, como Danny apontou, é tudo uma questão de números. Outras cinco pessoas também fizeram bons discursos, a julgar pelos aplausos que ouvi depois de cada um. E teve outro candidato que, claramente, mandou bem demais.

Por mais que eu queira ficar de boa, toda essa comemoração prematura pode sair pela culatra em uma questão de dias. Nossa, pode até ser em uma questão de *horas*, dependendo de quanto tempo o sr. Wells vai levar para contabilizar os votos do conselho. Porém, tia Starr nunca deixa uma vitória passar despercebida, e hoje foi um dia de vitória, ou seja, um café da noite especialmente gorduroso, com queijo extra nas fritatas.

Tia Starr, com seu largo suéter laranja e calça de moletom combinando, está dançando na frente do fogão enquanto uma música do The Weeknd toca na playlist da Camilla.

— Queria que todos vocês já fossem maiores de idade para beber comigo — diz ela, mexendo a cabeça no ritmo da música enquanto se serve de uma taça de vinho branco. Fazer tudo isso ao mesmo tempo não é tarefa fácil, então metade do vinho cai sobre o balcão.

— Bem que você podia ser uma tia legal e deixar a gente beber uma tacinha, né? — diz Danny com um sorriso, todo lindo com sua camisa de flanela vermelha e um boné virado para trás. — A gente não conta pra ninguém.

— Você não tem dezesseis anos, Danny! — exclama tia Starr, pegando um pedaço de papel-toalha para limpar o vinho derramado. — Você é um bebê! Todos vocês são bebês! Fiquem só na água até chegarem aos trinta. Confiem em mim.

Trish está no modo líder de campanha depois do discurso, olhando a hashtag #DiscursosNoWW no Twitter e coletando todos os vídeos que os membros do conselho postaram no Instagram e no TikTok.

— Todas as publicações que incluem você são positivas.

— Quantas são sobre mim? — pergunto, esperançoso.

— Hum... — Ela faz uma conta rápida, deslizando o dedo pela tela e ajustando os cordões do casaco de moletom. — Três.

— Quantas sobre o Zach?

Ela para.

— Um pouco mais.

Olho sério para ela.

— Umas vinte — esclarece ela.

Mordo o lábio inferior, ansioso.

Não é como se o burburinho nas redes sociais significasse apoio direto, mas me parece cada vez mais provável que o Zach já tenha se qualificado. Grande apelo entre os membros do conselho? Confere. Aplausos fortes depois do discurso? Confere. Apoiadores que o adoram e estão dispostos a fazer dancinhas de TikTok para a campanha dele? Confere. Estou perdendo de três a zero.

Mas sei que conquistei, *sim*, o respeito de pelo menos uns cinco membros do conselho, que curtiram meu discurso. E, mais importante que isso, Joey ficou impressionado.

Isso tem que garantir minha qualificação.

Assim espero.

— Achei a parte do discurso da Miranda sobre união da classe bem interessante, mas de um jeito meio superficial — opina Danny como se fosse um jornalista político enquanto ajuda tia Starr a quebrar um monte de ovos dentro de uma grande tigela ao lado do fogão. — E, por incrível que pareça, o Bryce mandou bem naquela parte sobre como as políticas de atraso do colégio são inconsistentes. Mas se tratando de substância mesmo? — Ele se vira para mim. — Você foi o melhor.

— Danny, você também tinha razão sobre o Zach ser reconhecido pelo nome — acrescenta Trish. — O discurso dele foi sobre ele mesmo, cheio de conversinha motivacional. Profundo como um pires. Zero visão.

— Acredite — diz Danny. — Um monte de gente do conselho percebe essa encheção de linguiça do Zach. Não é todo mundo, talvez nem mesmo a maioria, mas as pessoas estão em busca de uma alternativa ao Zachismo. Acho que você preencheu esse espaço muito bem, Blaine.

— Jura que nossa iniciativa não soou esquisita? — pergunto.

— Nem um pouco — afirma Danny.

— Pode parar de bobeira. — Trish larga o celular, sabendo qual é a fonte da minha insegurança. — Aquelas risadinhas no começo vieram de umas alunas do primeiro ano que provavelmente estavam rindo de alguma coisa nada a ver.

— As pessoas riram no seu discurso? Me diz quem foi pra eu correr atrás! — pede tia Starr, procurando algo na porta da geladeira. Ela encontra o que precisa e volta para o fogão, onde Danny está mexendo uma frigideira com vegetais salteados como um profissional. — Nossa! — exclama ela, de queixo caído. — Temos um participante do *MasterChef* aqui hoje?

— O pai dele é dono do Grão Grandão, tia Starr — digo. — Cozinhar não é nenhuma novidade para o Danny.

Tia Starr assente, impressionada. Ela despeja um grande punhado de queijo ralado na mistura de ovos.

— Você planeja assumir os negócios da família um dia?

Danny congela.

– Hum... talvez? Não sei ainda.

– Bem – diz tia Starr, decidindo se mais um punhado generoso de queijo é apropriado –, a boa notícia é que você não precisa decidir agora. Essa é a melhor parte de ter dezesseis anos. Claro, você não pode tomar umas numa noite de semana como sua tia Starr. – Ela bebe um gole de vinho. – Mas pelo menos ainda tem tempo antes de ter que decidir sobre essas grandes questões da vida.

Danny concorda, balançando a cabeça.

– Se não for cuidar do Grão Grandão, o que você gostaria de fazer? – pergunta Trish.

Ele se vira para ela, com uma espátula cheia de óleo na mão.

– Nunca contei isso pra ninguém, mas acho que abriria meu próprio viveiro de plantas – diz ele. – Eu amo trabalhar com jardinagem e sujar as mãos de terra. Me ajuda a lidar com a ansiedade. E me faz lembrar da minha mãe.

Tia Starr leva as mãos ao peito, como se aquela fosse a coisa mais linda que ela já ouviu.

– Somos as primeiras pessoas pra quem você conta isso? – pergunta Camilla, dando a volta na ilha para conferir o progresso da comida no fogão. – Você não está com vergonha, né? Porque ter seu próprio viveiro de plantas seria demais.

– Dizer em voz alta faz com que se torne mais real, sei lá – explica Danny. – É assustador.

– Por quê? – pergunta tia Starr.

Ele pensa por um segundo.

– Eu vi de perto como foi difícil para o meu pai começar um negócio do zero. Vocês nem imaginam quantas pessoas duvidaram que ele conseguiria. Os amigos dele diziam que os moradores de Chicago vão para as partes mais ricas da cidade quando querem comida vietnamita, que não existia demanda para as *opções asiáticas* do café neste bairro. Mas meu pai trabalhou pra caramba e provou que eles estavam errados, e este ano nosso *bánh tiêu* começou a vender mais do que o cookie de chocolate, e nosso... – Ele faz uma pausa, respira fundo e deixa um sorriso tomar conta do rosto. – Foi mal, eu fico todo empolgado falando sobre isso. Mas o que quero dizer é: apesar de respeitar meu pai por tudo o que ele conquistou, também não quero me sujeitar a uma vida de estresse.

– Bom, meu conselho é sempre se jogar de cabeça – diz Camilla, cutucando o ombro dele carinhosamente. – Um dia ainda vou descobrir uma nova espécie de dinossauro escavando a Argentina, e você será o dono de um viveiro de plantas bem-sucedido com filiais em todo o Meio-Oeste. – Ela joga um pedaço de queijo na boca. – É fato.

Eles trocam um sorriso.

Tia Starr começa a explicar as últimas etapas da fritata para Danny e Camilla. Estou prestes a me juntar a eles no fogão, mas Trish segura meu braço antes que eu consiga me mexer.

– Ei – diz ela num sussurro, tirando os olhos do celular e me encarando. – Viu a mensagem do senhor Wells?

Ai, meu Deus. Já?

Vamos descobrir quais discursos foram qualificados?

Pego meu celular e abro o Gmail. *Uma (pequena) atualização sobre a eleição para presidente de classe!*, diz o assunto. Percebo que a mensagem foi enviada para os sete candidatos e seus líderes de campanha.

– Ashtyn vai tomar o lugar de Eve Beesbopper como líder de campanha do Zach? – digo, lendo o e-mail. Olho para Trish. – Que esquisito.

– Né? – responde ela.

Essa me parece uma atitude peculiar para Zach. Eve é a escolha mais óbvia de líder de campanha para ele. Será que ela desistiu? Será que os dois discutiram? Ela foi demitida? E o que motivou Ashtyn a tomar o lugar dela?

– Não sei, não – murmura Trish, lançando um olhar suspeito para mim. – Mas isso não me cheira nada bem.

★ CAPÍTULO 16 ★

Eu devia estar prestando atenção na minha aquarela na aula de artes — quem diria que pintar uma Torre de Pisa realista seria tão difícil? —, mas toda hora meus pensamentos se voltam para o suspeito novo papel da Ashtyn na equipe do Zach.

Não faz sentido algum.

Claro, ela é uma veterana no conselho estudantil que sabe basicamente tudo o que acontece no colégio e, sim, ela conhece as demandas de uma eleição melhor do que qualquer um. Mas ela e Zach nunca foram amigos. Tipo, nem colegas!

Tem alguma coisa aí.

Foco, Blaine, digo a mim mesmo, tentando misturar os tons corretos para o gramado em frente à torre. *Esse cartão-postal não vai se pintar sozinho.*

Alguém bate à porta aberta.

— Senhora Green? — diz o sr. Wells, botando a cabeça para dentro. — Posso pegar o Blaine Bowers emprestado rapidinho?

O burburinho da sala morre de uma vez só.

— É claro — responde a sra. Green, os olhos acinzentados me encontrando no fundo da sala. Todos os alunos se viram também, sabendo que o sr. Wells está aqui para selar meu destino eleitoral.

Mesmo fingindo de um jeito que deixaria Joey impressionado, não estou bancando o inocente aqui; sei que as probabilidades estão contra mim. Sete candidatos nunca entrariam na cédula de voto. Os finalistas geralmente são três ou quatro, cinco no máximo, como Danny comentou ontem durante o café da noite. A ideia de quarenta e sete daquelas silhuetas inquietas e sem rosto espalhadas pelo auditório acharem que eu mereço me qualificar? Não sou bom em estatísticas, mas sei identificar um perdedor quando vejo um.

Atravesso a fileira de carteiras até a saída, sentindo o olhar intenso de toda a turma a cada passo. Queria que o sr. Wells tivesse mandado as novidades por e-mail, ontem à noite, logo depois de nos informar sobre a Ashtyn, em vez de toda essa convocação dramática.

Acompanho o sr. Wells pelo corredor deserto. Ele para e vira, pronto para compartilhar o resultado dos votos do conselho, enquanto me apoio numa fileira de armários.

— Oi, Blaine — diz ele, olhando para a mesma prancheta que carregava antes dos discursos. — Como você está se sentindo depois de ontem?

Penso.

— Bem, eu acho? — digo, meio incerto. — Acredito que fiz um bom discurso.

— Eu achei seu discurso *fantástico* — diz ele, enfático, abaixando a prancheta, os olhos especialmente esbugalhados atrás dos óculos. — Memorável de verdade.

Ai, não. Isso não é nada bom.

Porque ele está fazendo aquela coisa que os professores fazem, sendo superlegal antes de dar notícias horríveis. Tenho um *déjà-vu*. Como na vez em que a srta. Julliard me chamou no canto na aula de Álgebra e elogiou meus tênis *segundos antes* de avisar que minha mãe tinha ligado para o colégio avisando que o Fondue havia sido levado às pressas para o veterinário. (No fim das contas ele ficou bem, mas a tigela de uvas que ele devorou, não.)

Arranca logo esse band-aid, penso. Vamos acabar com isso.

O sr. Wells coça a barba.

– Este ano o conselho pegou bem pesado com os discursos – diz ele em um tom mais sombrio. – Parece que estavam bem exigentes.

Lá vem.

– Ah, sério?

– Sim. Apenas dois alunos conseguiram os quarenta e sete votos.

– Nossa.

É pior do que eu imaginava.

Zach e Miranda, aposto. Ou talvez Zach e Bryce? Zach e Melissa também não está fora de cogitação – consigo ver uma novata como ela ocupando uma vaga improvável.

– Sendo orientador há dez anos, aprendi que é sempre difícil imaginar como o conselho vai responder aos discursos – diz ele. – Mas este ano em particular foi bem improvável.

– Tudo bem, senhor Wells – digo a ele num sussurro, me aproximando com um sorriso. – Não precisa fazer isso.

Ele parece confuso.

– Fazer o quê?

– Você sabe, essa coisa toda de... – Não sei como explicar, então levanto as mãos e balanço os dedos, como se eu fosse um artista de circo ou qualquer coisa assim. Paro, percebendo que ele parece mais confuso do que antes. – O que estou tentando dizer é: não precisa me explicar tudo e ser bonzinho comigo.

– Blaine...

– Já sou um garoto grandinho. Eu aguento.

– Sim, sim, eu sei que você é, mas...

– Eu sei que não consegui quarenta e sete votos.

– Não mesmo. – O sr. Wells me interrompe. – Você conseguiu cinquenta e nove.

Congelo.

Os lábios dele se abrem num sorriso.

– Tá falando sério? – pergunto, embasbacado.

— Sim, Blaine — diz ele, fazendo de novo aquela coisa de dar uma batidinha no meu braço com a prancheta. — Parabéns. Seu nome estará na cédula de votação.

Meu queixo fica completamente caído por uns três segundos antes de eu entender o que está acontecendo e cobrir a boca com as mãos.

— Eu... o quê? Tem certeza? — murmuro entre as mãos. — Não é melhor fazer uma recontagem?

Ele ri.

— Sim, tenho certeza. E não, não é preciso fazer uma recontagem.

Meu coração acelera.

— Eu recebi cinquenta e nove votos?

— Você recebeu cinquenta e nove votos.

— E meu nome estará na cédula? — Estou repetindo o que ele disse, eu sei, mas não sei mais o que dizer.

Ele assente, claramente se divertindo.

Puta merda. Puta, puta, *puta merda*.

— Quem é a outra pessoa? — pergunto, abaixando as mãos.

— Zach.

Eu já sabia. Mas, ainda assim, sinto um calafrio descendo pela coluna. Eu *versus* Zach. Mais ou menos como um Davi contra Golias do conselho estudantil.

— Quantos votos ele conseguiu? — pergunto. — Peraí, acho que você não pode me contar, né?

O sr. Wells balança a cabeça.

— Faz sentido.

— Você ainda tem aquela pasta com documentos da eleição que eu te dei quando você se inscreveu, certo? — pergunta ele, falando sério. — Todas as informações sobre os próximos passos estão lá. O debate acontece na semana que vem. Será para todo o colégio, e vocês terão vinte minutos. Eu recomendo fortemente que você se prepare. — Ele diz como se a preparação para um debate fosse algo que todo mundo sabe como fazer.

Sorrio e assinto, com a cabeça ainda girando feito a roda de um carro.

– Mas, antes, comemore. – Ele dá uma piscadinha e se vira para ir embora. – Você merece, Blaine.

Ai, meu Deus. Ai. Meu. *Deus*.

Cinquenta e nove votos. Meu nome estará na cédula. Estou concorrendo a uma *eleição* para presidente de classe contra Zach Chesterton.

Melissa não é a candidata improvável dessa disputa. *Eu* sou.

★ **CAPÍTULO 17** ★

Ter amigos que acreditam em você pode ser uma faca de dois gumes.

Trish, Camilla e Danny não estão nem um pouco surpresos que eu tenha me qualificado, já que acreditavam genuinamente nas minhas chances depois do discurso. Fico lisonjeado, mas é impossível não se decepcionar com as reações anticlimáticas deles. Trish só falou "Eu disse, não disse?", Danny mandou um "Show!" antes de sair correndo para o segundo período e Camilla fez um joinha meio chocho. (Como falei, faca de dois gumes.) Mas tia Starr compensa as respostas blasés dos meus amigos, gritando pelo telefone com euforia pura, como se tivesse acabado de ganhar cem milhões na loteria.

A empolgação me lembra de que preciso falar com ela sobre a vaga de emprego no museu. A eleição tem tomado tanto espaço na minha cabeça que quase não consigo lembrar das outras coisas. Prometo a mim mesmo que vou fazer isso mais tarde, assim que chegar em casa.

O resto do dia de aula passa voando num borrão de felicidade, e eu saio correndo para o Grão Grandão depois do último período. Uma Trish especialmente determinada corre comigo até o nosso cantinho na cafeteria, lendo a pasta sobre as eleições que o sr. Wells me entregou quando me inscrevi. Antes, eu só tinha dado uma olhada rápida. Mas agora estou lendo linha por linha, com os olhos grudados nas páginas como se precisasse memorizar cada palavra. Preciso muito saber como isso tudo funciona, já que agora estou oficialmente concorrendo.

Estou oficialmente concorrendo. A ficha ainda não caiu.

– O dia da eleição vai ser uma doideira – diz Trish, lendo o documento. Ela tirou uma cópia da pasta na secretaria do colégio. – "Na sexta, 22 de abril, no começo do primeiro período, os alunos de todas as séries vão votar para eleger tesoureiros, secretários, vice-presidentes e presidentes de classe do ano seguinte" – lê Trish, bebendo seu chai latte entre uma frase e outra. – "Os líderes de campanha representando cada candidato devem coletar as cédulas nas salas de aula durante os últimos trinta minutos, juntamente com os líderes de campanha dos candidatos rivais, para garantir que não haja fraude." – Ela solta a pasta e olha para mim com uma careta de frustração. – Em outras palavras, vou ter que ficar passeando por aí para coletar as cédulas com a *Ashtyn*?

Dou de ombros com compaixão.

– Fico te devendo uma.

– Você vai me dever muito mais do que *uma* depois que essa eleição acabar.

Danny vem correndo de trás do balcão e se joga no sofá na nossa frente. Uma nuvem de açúcar de confeiteiro se forma no ar quando ele cai, e eu percebo uma camada muito mais grossa de massa do que o comum cobrindo seu avental; deve estar sendo um turno bem movimentado.

– Cadê a Camilla? – pergunta ele a Trish.

– Estágio – responde ela, olhando para o avental dele com um sorriso. – Dia agitado na cozinha?

– Na real, um *mês* agitado na cozinha. – Ele suspira, ajustando a postura e bebendo um copo d'água.

– É bom para os negócios, pelo menos? – pergunto, otimista.

– Talvez? – responde ele, inclinando a cabeça para pensar. – Se ao menos meu pai me pagasse pelas calorias que eu queimo e não pelas horas que eu trabalho... — Ele olha para as pastas. — Como vão os preparativos para o debate?

Sinto um nó no estômago só de ouvir a palavra "debate".

— Ah, era isso que a gente devia estar fazendo? — pergunto, todo inocente.

— Ele só está enrolando desde que chegamos aqui — diz Trish, expondo a minha procrastinação. — Combinamos de dar uma lida no documento antes. E *depois* começar a nos preparar para o debate. — Ela diz mais como uma ameaça do que como uma ordem.

— E a culpa é minha de estar sentindo esse peso apavorante? — pergunto. — Sou péssimo em debates. Você sabe muito bem, Trish. Toda vez que eu começo a discutir com a tia Starr sobre quem é a melhor queen de *Drag Race*, ela sempre consegue me fazer mudar de ideia.

— Zach manda bem nos debates, não vou mentir — admite Danny. — Ele nasceu para os palcos, de um jeito meio político convencional, sabe? Mas as pessoas enxergaram a autenticidade do seu discurso, não foi? Isso pode te ajudar. Mantenha a mensagem clara, não se preocupe em ser o candidato perfeito, e vai conseguir.

Ele sacode o boné para limpar mais um pouco do açúcar de confeiteiro e sorri para mim através da névoa branca flutuando entre nós.

— Bom, ainda temos tempo para nos preparar — diz Trish, virando uma página do documento. — Vamos alinhar todos os pontos da nossa Iniciativa de Bem-Estar, mapear como vamos pagar cada centavo com o orçamento da turma, *sem* aumentar o valor do ingresso do baile, e garantir que o Zach não vai ter nada para nos criticar.

Trish continua falando sobre o debate, mas eu me distraio com a coisa horrorosa que acabou de entrar no café.

Zach.

Droga.

— Falando no diabo... — murmura Trish.

Meu pulso acelera. Agora que sei que somos só nós dois competindo, só de *ver* Zach já sinto meu rosto queimando com aquela energia de ou vai ou racha. Ele abre a jaqueta azul e passa a bolsa marrom com o computador para o outro ombro, encarando a lousa com o menu pendurada ao lado das suculentas de Danny. Acho que ele ainda não nos viu.

– Acham que eu devo ir lá dar um oi?

– *Oi?* – Trish parece indignada. – Pra que você ia querer dar um oi?

– Sei lá – rebato, ficando nervoso. – Porque é a coisa educada a fazer?

O olhar dela sugere que estou falando besteira.

– Blaine. Ele é seu rival. Tipo, ele já era seu rival antes, mas agora ele é rival *de verdade*.

– Tem razão, tem razão – digo.

Trish pigarreia.

– Como eu estava dizendo… – continua ela.

– Já volto – digo, levantando num salto e caminhando na direção de Zach.

– Blaine! – Ouço Trish chiando atrás de mim.

Ele só me nota quando estou a uns dois passos de distância.

– Oi, Zach – digo, com um aceno e um sorriso hesitante. – Como vai?

– Ah – diz ele, surpreso. – Bem. E você?

– Bem, bem. Pegando uma bebida antes de voltar pra casa depois da aula?

– Torta de limão para o meu pai.

– Legal. Estou sentado ali. – Aponto para o nosso cantinho. – Com minha equipe de campanha.

Trish e Danny, olhando na nossa direção, desviam o olhar imediatamente, fingindo que estão ocupados.

Zach abre um sorrisinho.

– Você, hum… tem uma coisa no seu… – Ele aponta para o meu peito.

Olho para o peito.

Cacete.

O açúcar de confeiteiro do Danny criou uma camada bem inconveniente sobre minha camiseta preta, como neve sobre o asfalto.

– Opa – digo, limpando a roupa com uma risada forçada e sentindo minhas bochechas corar. – Valeu.

– Sem problemas. – Ele volta a encarar o cardápio, como quem diz que a conversa chegou ao fim.

– Olha, Zach – digo, mais nervoso do que deveria. – Sei que nossa relação não começou exatamente, hum, com o pé direito, digamos assim.

Ele espera um momento antes de olhar na minha direção novamente.

– Justo.

– Sei que a coisa toda com o Joey deixa a gente meio sem jeito, mas, agora que estamos competindo pela presidência, só queria... – Nem sei ao certo o que quero dizer. – Acho que só... boa sorte. – Abro um sorriso genuíno e assinto.

Ele olha para mim com desconfiança.

Clima tenso entre os candidatos.

– Tô falando sério – digo, para preencher o vazio. – Eu respeito que você seja membro do conselho estudantil há tanto tempo e espero que a gente tenha uma boa disputa e nada saia do ringue. Quer dizer, do palco do debate. Sei lá. – Estendo a mão para ele. – O que me diz?

Ele olha para baixo por um segundo antes de decidir se minha pele é ou não venenosa, e completa a outra metade do aperto de mão.

– Tudo bem.

Silêncio.

Não sei mais o que dizer, e estou certo de que Zach odeia respirar o mesmo ar que eu, então me viro para ir embora.

– Enfim, tenha uma boa...

– Seu discurso foi bom, aliás – diz ele de maneira apressada.

Torno a me virar para ele.

– Não é todo dia que um candidato de primeira viagem entrega um bom discurso, mas você conseguiu – continua Zach com uma timidez que não combina com ele. *Será que estou mesmo deixando Zach Chesterton vermelho?* – Sua iniciativa sobre saúde mental parece promissora.

Eu me balanço na ponta dos pés, todo sem graça.

– Valeu. Muito obrigado por dizer isso.

– Não tem de quê.

A conversa morre de novo. Estou prestes a ir embora de vez, mas agora é o rosto maquiavélico de Ashtyn que aparece na minha mente.

— Posso te perguntar uma coisa? — digo.

Ele fecha o zíper da jaqueta e assente.

— Por que você substituiu a Eve pela Ashtyn como líder de campanha?

Ele me encara.

Eu o encaro de volta.

— Você está mesmo me perguntando isso? — diz ele.

Que foi? É uma pergunta ofensiva?

— Não quero me intrometer — digo. — Não é como se eu estivesse, tipo, *procurando* fofoca nem nada do tipo. Só estou curioso.

Ele olha ao redor do Grão Grandão antes de dar um passo na minha direção.

— Essa é uma pergunta meio inapropriada para um candidato fazer ao outro, não acha?

Paro um instante.

— Sei lá... Não? Líderes de campanha são de conhecimento público. A mudança foi anunciada num e-mail do senhor Wells. Como eu disse, só fiquei curioso...

— Eu nunca te perguntaria sobre sua escolha para líder de campanha. Por que você está questionando a minha?

— Não estou *questionando* nada. — Solto uma risada e dou um passo atrás, deixando mais espaço entre nós dois.

— O que foi, então?

— Ai, Zach, faz favor...

— Por que você está tão curioso sobre a Ashtyn?

— Porque não acho que você devia confiar nela.

Opa.

Não planejei ir *tão fundo* nessa conversa, mas cá estamos nós.

Ele sorri.

— Eu não devia *confiar* nela, é?

— Não — respondo. — Acho que não devia. Depois de namorar o Joey por um ano, eu a conheço bem mais do que você.

— O que você está insinuando?

Hesito, decidindo quão honesta deve ser a resposta.

— Bom, só estou dizendo que ela é um pouquinho traiçoeira! — exclamo. — Sem falar que ela só é leal ao Joey e ninguém mais. Se você se importa com a integridade da sua campanha, e eu acredito que este seja o caso, eu não teria a Ashtyn na equipe.

Posso não ser o maior fã do Zach — e ele pode estar na presidência só para ajudar com suas inscrições para a faculdade —, mas aceitar uma pessoa falsa como a Ashtyn ainda me parece baixo demais, até para ele.

Ele encara. Nenhum de nós pisca.

— Estou dizendo isso como seu rival amigável que quer campanhas boas e honestas para nós dois — digo, quebrando o silêncio. — Não estou aqui pra te provocar.

Ele abre um sorriso — um sorriso perspicaz, maníaco e bem assustador.

— E se fizermos assim, Princeso da Saúde Mental? — diz ele, limpando um pouco do açúcar que ainda resta no meu ombro. — Você faz a sua campanha, e eu faço a minha. Combinado?

— Combinado, mas eu não queria causar nenhum climão, Zach, juro que...

Mas ele já está a caminho da porta.

— Ei, e a torta de limão do seu pai? — grito enquanto a porta se fecha com o som do sino.

★ CAPÍTULO 18 ★

Estou dando voltas pelo quarto, papel e caneta na mão, pensando em todos os possíveis ataques que Zach pode lançar contra mim durante o debate – políticos *e* pessoais. Agora que, aparentemente, eu o deixei puto da vida ao perguntar sobre a mudança de líder de campanha, não tenho dúvida de que ele vai querer derramar sangue no chão do ginásio. Preciso estar preparado.

Sinto um par de olhos em mim, vindos de baixo da cama. É o Fondue, com as orelhas em pé, encarando minha alma.

– Que foi? – pergunto.

Ele começa a abanar o rabo.

– Você tem algum conselho para a minha preparação para o debate? – Estendo o punho fechado na frente dele, segurando um microfone imaginário.

Ele late.

– Isso é um sim ou um não?

Ele se levanta, empolgado por receber atenção.

– Beleza, já entendi – digo, pegando a coleira. – Hora do passeio.

Descemos a escada e passamos pela sala, onde tia Starr, vestindo uma roupa de ginástica toda cor-de-rosa, tenta fazer agachamentos como a youtuber fitness na televisão.

– Aonde você vai? – pergunta ela, ofegante, falando mais alto que a playlist de exercícios.

– Vou levar o Fondue pra passear. Preciso esfriar a cabeça. Talvez eu demore.

– Beleza! Se é assim – diz ela, fazendo uma pausa para recuperar o fôlego –, pode passar no Stan's e trazer uns donuts? Estou morrendo de vontade. Mas só se você estiver indo para aquelas bandas.

Chegar no Stan's do Parque Wicker é uma baita caminhada – que leva a uma parte mais lotada e pretensiosa da cidade –, mas Fondue precisa do ar fresco, e eu também.

– Sim, sem problemas.

– Ótimo! Vou querer um de doce de leite! Você tem dinheiro?

– Sim.

– Que bom – responde ela. – Porque eu não tenho.

– Ah! – Arquejo, lembrando da vaga de emprego no museu.

– Que foi? – pergunta ela, assustada.

Faço uma pausa.

Será que agora é o melhor momento para falar com ela? Se eu comentar, ela vai fazer um monte de perguntas sobre a vaga, e vou acabar ficando preso numa conversa de uma hora sobre todos os detalhes. E eu preciso muito dar uma volta agora.

– Nada de mais – digo, decidindo que, quando voltar, darei o cartão de visita a ela. – Só lembrei de um trabalho de casa que preciso fazer. Tchau! – Coloco os fones de ouvido, boto Lil Nas X para tocar e saio pela porta com Fondue na coleira.

O céu está azulzinho, sem nenhuma nuvem. A cada quarteirão, sinto um cheiro diferente, seja de um jardim florido ou de um restaurante acendendo o forno. Tento absorver ao máximo essa energia de primavera em Chicago, torcendo para que ela limpe todo o estresse causado pelo debate.

E todo esse esforço para reconquistar o Joey.

Sinto saudade dele. Muita, muita saudade mesmo. Claro que nós dois somos diferentes em um milhão de aspectos, e o que ele fez no Chaleira de Aço foi imperdoável – sem a menor dúvida. Mas e aquele friozinho que senti na barriga quando nos encontramos no banheiro? E o jeito como ele olhou para mim, sorrindo, e disse que meu discurso tinha sido *impressionante*? Isso tem que valer alguma coisa.

Peraí. Ai, meu Deus.

Olha ele ali.

Tiro os fones de ouvido, sentindo a pele arrepiar. É uma miragem?

Joey está no quarteirão da frente, de pé diante do Banana Gulosa com seu par de óculos aviador favorito e uma jaqueta de couro preta. Ele está ao lado do pai e da mãe, vestidos de modo impecável como sempre.

E também do *maldito* Zach.

Olho para a minha roupa: short velho com manchas de tinta vermelha das fatias de pizza que pintei na fachada do restaurante do Reno no verão passado, chinelos que já estão caindo aos pedaços e uma regata podre. Não é exatamente o tipo de roupa que eu gostaria de estar vestindo para mostrar aos Oliver o que o filho deles está perdendo. Eles devem achar que eu acabei de sair de uma caçamba de lixo.

Nenhum deles me viu, acho, então posso dar no pé e fingir que nunca estive aqui. Sim. É isso que vou fazer. Voltar correndo para casa e torcer para que a tia Starr não fique chateada por eu não levar os donuts dela. O que pode acontecer de bom num encontro com o cara que acabou de terminar comigo, os pais e o namorado novo dele – que por um acaso também está se preparando para acabar comigo na eleição do colégio?

Giro na ponta dos pés numa tentativa de me afastar sem ser notado, mas Fondue avista Joey no pior momento de todos e começa a latir loucamente.

– Blaine? – escuto Joey me chamar.

Eu me viro lentamente.

– Nossa, oi! – Abro a boca, fingindo surpresa. Atravesso a rua e me aproximo do grupo, com Fondue saltitante ao meu lado, todo feliz, sem a menor noção do caos que acabou de causar. – Como vai?

– Bem – responde Joey.

Zach abre o sorriso mais fingido que já vi em alguém enquanto mexe no seu relógio de pulso prateado.

– Vamos comer aqui no Banana Gulosa – diz ele. – E você? O que está fazendo por aqui?

– Levando o Fondue pra passear. O dia está muito bonito. – Me viro para os pais do Joey. – Olá, senhor e senhora Oliver.

Mas eles *não* estão a fim de papo.

O sr. Oliver assente, porém evita o contato visual. A sra. Oliver pigarreia e bufa, se balançando para a frente e para trás sobre o salto alto.

– Blaine – diz ela, como se só o fato de reconhecer que eu existo tivesse acabado com o dia dela.

A conversa morre, e eu não sei o que dizer em seguida, já que é nítido que estou sobrando horrores aqui.

A tensão fica insuportável de imediato.

– Ei, posso falar com você rapidinho? – interrompe Joey. Não é um pedido amigável, é mais como uma demanda urgente, e ele segura meu braço e me puxa até a esquina antes que eu possa responder.

– Nossa, parece que seus pais me odeiam *mesmo*, né? – pergunto, rindo um pouquinho para aliviar o desconforto. – Apesar do que você me disse lá no Chaleira de Aço, me parece mesmo que este é o caso.

Ele leva um dedo até a boca, me pedindo para falar mais baixo.

– É só que... eu não sei.

Ele não *sabe?* O que diabos isso quer dizer? Essa interação não parece nem de longe com aquela energia de flerte que senti no banheiro depois dos discursos. Aquela pessoa sumiu – este aqui na minha frente parece muito mais com o Joey do Chaleira de Aço de novo.

– No nosso aniversário de namoro, você me disse que eles ainda gostavam de mim e que eu não devia levar o término para o lado pessoal – insisto, enquanto Joey permanece em silêncio. – Mas isso não é verdade, né? Eles me detestam, e você está mesmo deixando eles ditarem sua vida amorosa. Ditarem sua vida *inteira*, na real...

– Tá bom, é isso. Meus pais me mandaram terminar com você. Feliz agora?

Dou um passo para trás.

— Nossa, caramba! Tá bom, então.

Ele dá um passo à frente.

— Blaine, por favor, não seja assim.

— Assim como?

— Não fique todo nervosinho sem motivo.

Pressiono os olhos e abro a boca.

— Nervosinho *sem motivo*? Joey, você está basicamente confirmando que seus pais acham que eu sou um fracassado, e que você, tipo... meio que concorda com eles.

— Você está sendo ridículo.

— E você não está tendo nenhuma responsabilidade emocional comigo.

— Responsabilidade emocional? — Ele abre um sorriso maldoso. — Que foi? Acha que pode sair por aí jogando essas expressões só porque se tornou o *defensor* da saúde mental? — zomba ele.

Fondue está cheirando as pernas de Joey, esperando um carinho. Eu o puxo para perto de mim.

— Você pareceu bem interessado na minha iniciativa de bem-estar quando nos encontramos no banheiro depois do discurso! — rebato. — O que mudou?

— Eu só estava tentando ser educado, Blaine — diz ele, todo sério de novo. — Estava com pena de você.

— Por quê?

— Porque, sendo bem sincero, não achava que você tinha chance de se qualificar. E ainda estou chocado que tenha conseguido.

Meu sangue começa a ferver.

— Vai se ferrar, Joey.

Ele para na minha frente, bloqueando a passagem.

— Sai da minha frente...

— Vamos direto ao ponto — diz ele. — Está na cara que você só está concorrendo pra se vingar de mim, ou pra me impressionar, ou pra conquistar *qualquer coisa* que tenha a ver comigo. O colégio inteiro já percebeu. É hora de parar de palhaçada e pular fora, querido.

Parar de *palhaçada*?

Pular fora, *querido*?

Estou prestes a explodir.

— Joey, eu juro por Deus — murmuro com os dentes cerrados. — Se você me chamar de "querido" mais uma vez...

— Blaine...

Eu me esgueiro pela lateral e não olho para trás, com Fondue saltitando ao meu lado.

★ CAPÍTULO 19 ★

É BEM DIFÍCIL ME CONCENTRAR EM QUALQUER COISA QUE NÃO SEJA O JOEY zombando de mim na frente do restaurante.

É hora de parar de *palhaçada*, disse ele.

Pula fora, querido, zombou ele.

Começo a formular uma resposta mais debochada do que a que dei na hora, mas a voz de Camilla me traz de volta ao planeta Terra.

Ou melhor, à sala quase vazia do sr. Wells durante nossa preparação para o debate.

— Blaine Bowers possui *zero* experiência no conselho estudantil! — grita ela de trás de um púlpito improvisado que fizemos com livros e caixas de papelão. — Por que os próximos formandos deveriam confiar em alguém que nunca participou das governanças estudantis e muito menos esteve numa posição de liderança antes?

Pigarreio, tentando voltar para a performance.

— Não vejo a inexperiência como uma fraqueza. Vejo como uma força — respondo, limpando sutilmente o suor do queixo. — Precisamos de novas ideias e uma nova liderança aqui no Wicker West; uma liderança que se importe com a saúde mental.

– Boa! – intervém Danny, que está sentado numa carteira na primeira fileira da sala de aula. Nosso ensaio para de repente. – Opa, não quis interromper sua empolgação.

Dou uma risada, lisonjeado.

– Esse foi um ótimo exemplo de réplica, pegando um ataque em cheio e transformando num argumento a seu favor – diz ele. – O Zach vai te encurralar amanhã, tenho certeza, então se prepare para desviar.

– Concordo com isso tudo, mas uma dica importante – acrescenta Trish da carteira ao lado de Danny, olhando para as anotações: – Evite dizer "inexperiência" quando se trata de você.

– Por quê?

– Você não quer lembrar aos alunos que é... bom, inexperiente – diz ela, mordendo a tampa da caneta. – Entendeu?

Esfrego as têmporas.

– Mas você não disse que isso era um ponto forte?

– De certa maneira, é – explica ela. – Mas a palavra em si carrega uma conotação negativa. – Ela força uma expressão animada, ajustando a gola alta do suéter. – Você está provocando uma estrutura engessada, Blaine! Está trazendo ideias novas para a presidência. Porém, você não é... – ela muda a expressão, falando com um tom seco – um novato inexperiente que vai destruir o baile e bagunçar o planejamento da formatura porque é amador. Viu a diferença?

– Beleza – digo, sentindo meu cérebro derreter depois de quase duas horas desse bate-boca entediante. – Acho que entendi.

– Em vez de endossar por descuido um dos principais argumentos do Zach contra você, use outra palavra que transforme o negativo em positivo – diz Trish, elaborando melhor ao perceber que não estou entendendo direito. – É melhor dizer que você é, tipo... um *recém-chegado* ou *um novo tipo de líder*.

– Um *revolucionário* – acrescenta Camilla.

– Isso! – Trish aponta para a namorada. – Assim que se fala. Você será todas as coisas boas que um candidato como o Zach jamais seria.

– Você é o anti-Zach – diz Danny.

Assinto, pegando meu fichário para fazer uma anotação. Já está coberto de outras ideias que tirei das dicas da Trish para o debate. Encontro um espaço livre no canto inferior esquerdo e anoto: *não dizer "inexperiente" – novo tipo de líder, recém-chegado, revolucionário*. Então, minha mente começa a viajar. No espaço em branco da página, começo a rabiscar o mural da sra. Ritewood; os anéis, o fundo estrelado, os cílios e...

– Blaine? – chama Danny. Levanto a cabeça e encontro os três me encarando com níveis diferentes de preocupação.

– Que foi?

Quer dizer, eu sei o *que foi*. Eles acham que estou cedendo à pressão, aposto – principalmente depois da minha conversinha com o Joey. E quer saber? Talvez eu esteja mesmo.

Talvez ser chamado de *palhaço* pelo cara que eu achava que me amava tenha me abalado mais do que eu gostaria de admitir, tá? Além disso, tenho que me lembrar de tanta coisa – tantos ataques em potencial que o Zach pode usar contra mim... Eu o deixei furioso semana passada no Grão Grandão ao perguntar sobre a Ashtyn, e depois joguei gasolina num incêndio que já estava intenso na frente do Banana Gulosa. Zach vai revidar. E vai revidar com *tudo*.

– Você parece estressado – diz Trish.

Camilla vai direto ao ponto.

– Eu diria que ele parece mais em pânico. – Ela se apoia sobre o púlpito, quase derrubando tudo antes de pegar o livro que caiu do topo da pilha.

– Não estou em pânico. – Forço uma risada, tentando esconder meu pânico. Solto a caneta em cima do desenho. – Só estou um pouco, bem pouquinho mesmo, sobrecarregado.

– Tudo bem – diz Camilla. – É realmente muita coisa.

– E você está imitando o Zach tão bem que só piora as coisas – digo a ela. – Tão vilanesco, tão cruel! É como se eu estivesse debatendo com o Zach de verdade.

Ela dá de ombros com um sorriso.

– Talvez eu deva seguir carreira no teatro, e não na ciência.

— Olha — diz Trish, se inclinando para a frente e apoiando os cotovelos na carteira —, todos nós chegamos agora nessa coisa conselho estudantil; bom, exceto você. — Ela olha para o Danny. — Eu nunca criei uma campanha antes. Você nunca se elegeu a nenhum cargo, que dirá a presidente de classe. Tá tudo bem aceitarmos o fato de que, sim, estamos atarefados até o pescoço.

— Sua intenção é fazer com que eu me sinta melhor? — Eu me encolho.

— *Mas* — continua ela — olha só pra gente. Olha aonde já chegamos.

— Você venceu outros cinco candidatos — aponta Camilla com um ganido.

— E seu nome está naquela maldita cédula de votação! — exclama Trish.

— E você está provando que sua candidatura não tem a ver só com o Joey — diz Danny.

A sala fica em silêncio.

— Que foi? — pergunta ele quando ninguém diz mais nada. — Não deixe aquela conversa no Banana Gulosa alugar um triplex na sua cabeça, Blaine — continua ele. — É isso que ele quer. Ele quer te desestabilizar. Quer que você se sinta um *palhaço*. Porém, sabe o que ele *não quer*? Ele não te quer focado nas suas ideias e na sua plataforma sobre saúde mental. Porque é assim que você vai derrotar o Zach.

— Ele tem razão. — Trish me olha nos olhos e fala baixinho. — Porque, tá bom, vai. Talvez o colégio inteiro *tenha achado* que você só estava concorrendo porque o Joey terminou contigo e, sejamos sinceros, as pessoas não estavam erradas — diz ela. — Mas isso já passou. Você fez um discurso incrível, apresentando ideias ótimas que justificam seu lugar na eleição, Blaine. Ninguém mais acredita que isso é tudo por causa do Joey.

— Concordo cem por cento — diz Camilla.

Espero que Trish esteja certa. Espero que os alunos percebam minha candidatura como algo legítimo, mesmo que eu não consiga perceber.

Mas e se ela estiver errada?

— Bom — pigarreio e olho para o Danny —, você está certo. Quero vencer essa eleição, e isso não tem mais nada a ver com o Joey.

Trish sorri.

— Perfeito, vamos nessa, então — diz ela, virando a página de seu caderno de anotações.

Continuamos por mais vinte minutos — e por uns dez a Trish me explica com toda a paciência o que significa "falácia do espantalho" — antes que Danny tenha que sair para ajudar a cobrir o turno de uma colega de trabalho e Camilla precise ir ao museu para catalogar dados sobre a alimentação dos tigres dente-de-sabre. Trish e eu ficamos mais um pouquinho, só para revisar algumas vulnerabilidades da iniciativa de bem-estar e limpar a bagunça que fizemos na sala do sr. Wells.

— Esse foi seu melhor ensaio — diz Trish para mim, empilhando algumas cadeiras. — De longe.

— Sério? — pergunto, desmontando os púlpitos de papelão que eu e Camilla usamos. — Não sei se acredito nisso.

— Você vai arrasar. — Ela suspira, fecha os olhos e apoia a mão sobre o peito. — E eu vou parecer uma mamãe coruja, toda orgulhosa, quando acontecer.

Dou uma risada, colocando um livro de Geometria de volta na mesa do sr. Wells e, acidentalmente, derrubando um lápis, que cai no vão entre a mesa e a parede.

— Opa — murmuro, esticando o braço para recuperar o lápis.

Suspiro.

Ai, meu Deus. Elas estão aqui.

As cédulas estão empilhadas e organizadas numa caixa que o sr. Wells claramente estava tentando esconder. Cada cédula eleitoral é impressa em papéis coloridos mais ou menos do tamanho de uma carteira de identidade; as da nossa turma são laranja. Meus olhos passeiam pelas pilhas de cédula até encontrarem as de presidente de classe do último ano.

— Trish! — solto um grito sussurrado, chamando-a para chegar mais perto enquanto meu coração bate forte no peito. — Olha só!

Ela corre para perto de mim, e nós observamos juntos.

       PRESIDENTE DE CLASSE: QUARTO ANO
       BLAINE BOWERS
       ZACH CHESTERTON

Não parece real.

— Puta merda — diz ela.

— Né?

— Puta. Merda.

— Eu sei!

A porta da sala de aula se abre.

Trish e eu pulamos para longe da mesa imediatamente.

— Nossa! — diz Kim, a zeladora, segurando uma vassoura, surpresa ao nos ver. — Eu não sabia que esta sala estava sendo usada hoje.

— Desculpa, Kim — digo rapidamente, soando culpado. Muito, muito culpado. — Já estamos quase acabando.

— Posso limpar aqui amanhã. Fiquem à vontade — diz Kim, prestes a sair. Ela para na porta. — Vocês estão bem?

Nós dois assentimos, com sorrisos forçados grudados na cara.

— Sim — respondo.

— Aham — confirma Trish.

Kim se afasta lentamente e fecha a porta ao sair.

Solto o ar, pego o lápis do chão e o coloco de volta na mesa.

— Por que o senhor Wells deixaria as cédulas dando mole por aí? — digo, juntando minhas coisas aos tropeços.

— Sim, que burrice!

— Pra que *imprimir* as cédulas antes do dia da eleição, com chance de um candidato encontrar?

— Eu…

— Isso me parece bem inconsequente. O melhor seria imprimir tudo na manhã das eleições e depois, tipo, deixá-las trancadas num cofre até chegar a hora de votar.

— Blaine.

— Tipo, o senhor Wells precisa seriamente…

— *Blaine*. — Trish se aproxima e me segura pelos ombros, olhando bem no fundo dos meus olhos. — Tá tudo bem?

Mordo as bochechas, ansioso.

— Sim? Acho?

— Nós não fizemos nada de errado. Você só encontrou as cédulas por acaso. Nada de mais. Por que você está todo tenso?

– Não sei.

– Respira. Só… *respira*. – Ela me dá uma sacudida e sorri. – Parece que o nosso Espaço do Aluno seria uma boa agora.

– Né? – Esfrego os olhos, tentando impedir que o furacão de pensamentos ansiosos perca o controle.

Tipo, sério que vou estragar toda a campanha no palco do debate amanhã?

Será que a sra. Ritewood vai me odiar para sempre se eu não terminar o mural dela?

A tia Starr vai surtar quando descobrir que eu vivo esquecendo de falar com ela sobre a vaga de emprego no museu?

– Ei. – Trish me dá uma cutucada carinhosa com o cotovelo, um gesto que a esta altura mais parece um abraço. – Sério. Tá tudo bem mesmo?

– Estou tenso, só isso – respondo. – Ainda quero repassar todas as suas anotações para o debate, e…

– Não. Não faça isso.

– Isso… o quê?

– Não repasse as anotações hoje. Ensaiamos três vezes. Você está pronto.

– Acha mesmo?

Ela assente.

– Sua mente precisa de um descanso. Tenta dormir um pouco.

Faço uma careta e reviro os olhos.

– Ah, sim… dormir. Até parece que isso vai rolar.

– É sério – enfatiza ela, arregalando os olhos. – Vai pra casa. Relaxa. Faça o que seu discurso de amanhã prega e dê prioridade à sua saúde mental. Veja *Big Brother* com tia Starr e Fondue.

– Você já assistiu ao *Big Brother* com a tia Starr alguma vez na vida? – pergunto. – A experiência não é *nem um pouco* relaxante.

– Você entendeu o que eu quis dizer – responde ela. – Não seja um candidato hoje à noite. Seja simplesmente o Blaine.

Simplesmente Blaine?

Isso não é tão simples quanto parece.

★ CAPÍTULO 20 ★

O DIA DO DEBATE CHEGOU.

Estou de pé na frente do meu guarda-roupa, piscando forte para ver se acordo e decido logo o que vestir. Nenhuma novidade, né?

Ontem a Trish me aconselhou a usar algo simples. Assim, os alunos vão escutar o que tenho a dizer, sem se distrair com minha camisa ou os sapatos. Aparentemente essa é a regra número um dos debates.

Simples. Tá bom.

Parece *simples* o bastante. Só que não.

Não dormi nada durante a noite. Talvez uma horinha mais ou menos, mas longe do que preciso para me sentir uma pessoa de verdade. A ansiedade por causa do debate contribuiu para a minha insônia, é claro – as regras infinitas, as frases que Trish me mandou evitar e meia dúzia de tópicos girando na minha cabeça feito uma máquina de lavar. Mas eu também fiquei me revirando na cama por causa da culpa; de como eu evitei a sra. Ritewood e seu mural inacabado, minha relutância egoísta a contar para a tia Starr sobre o emprego dos sonhos dela – que, conforme decidi, nem vou mais comentar, já que a esta altura a vaga já deve ter sido preenchida.

E aí também tem o comentário que o Danny fez ontem.

Sua candidatura não tem a ver só com o Joey, disse ele. E com razão. Não é mesmo – principalmente depois que o Joey do Chaleira de Aço reapareceu na frente do Banana Gulosa, provando de uma vez por todas que nosso namoro acabou oficialmente.

Mas, se é assim, minha candidatura tem a ver com *o quê*?

Eu acredito na nossa Iniciativa de Bem-Estar. Acredito de verdade.

Mas ainda assim... Falta alguma coisa. Algo nisso tudo me parece estranho.

Sinceramente? Queria mais do que tudo estar decidindo qual short velho usar para pintar um novo mural em vez de ter que escolher um look para o debate.

– Oi, bonitão.

Dou um pulo, levando a mão ao peito. Fondue, assustado, solta um latido de cima da minha cama.

– Desculpa! – diz tia Starr da porta do quarto, com uma caneca de café em uma mão e um bagel integral na outra. – Não quis te assustar.

– Tudo bem – digo, voltando a encarar o abismo no meu armário.

Ela entra no meu quarto com suas pantufas de patinho amarelo.

– Nervoso?

– Imagina.

Ela senta na cama ao lado do Fondue, que começa a cheirar o bagel dela com inveja.

– No que você está pensando?

Eu me viro para ela.

– Além do fato de que estou prestes a subir num palco ao lado do Queridinho do Colégio, onde, com certeza, vou parecer um completo amador?

– Sim, *além* disso – diz ela sem pestanejar. – Tem alguma coisa mexendo com você. Dá pra sentir.

Como ela sabe? Como a tia Starr é tão *boa* em ler nas minhas entrelinhas?

Suspiro, sem saber por onde começar com meu furacão de pensamentos.

– Tive um pequeno momento *eureca* ontem, acho.

– E...

— E me dei conta de que não estou mais na eleição para provar ao Joey que posso ser um Cara Sério. Quer dizer, imagina que patético eu *continuar* correndo atrás dele depois de tudo o que rolou na frente do Banana Gulosa.

— Entendi — diz ela. — Mas competir por um motivo que não seja reconquistar seu ex não é necessariamente... uma coisa ruim, Blaine. — Ela levanta as mãos na defensiva. — Mas, sim, eu admito que fui provavelmente a que mais te incentivou a fazer isso.

Dou uma risada.

— Falando sério, agora — diz ela, se enrolando no roupão. — Parece que agora você está competindo por você mesmo e pelo negócio do bem-estar.

— A iniciativa de bem-estar — corrijo.

— Isso, sua iniciativa de bem-estar.

Eu me viro para o armário de novo.

— A iniciativa é importante, mas ainda assim eu sinto que... sei lá...

— O quê?

— Tipo, eu não tenho um bom motivo para os alunos *me* escolherem. De todos os outros alunos da turma, por que eu deveria ser o presidente? Toda a coisa de saúde mental foi muito mais ideia da Trish e do Danny, pra ser sincero. E, se nem eu sei se votaria em mim mesmo, como eu posso chegar lá e pedir que os outros façam isso? Entende?

Tia Starr assente, olhando para o Fondue. A cidade lá fora fica quieta por um instante — nenhum avião no céu, nenhum carro buzinando, apenas uma pausa momentânea numa manhã calma —, antes de a tia Starr se levantar e deslizar até mim, ficando de frente para o armário. Com a mão, ela corta um pedaço do bagel, que está coberto de cream cheese, e o entrega para mim.

— Quer um conselho? Tudo bem se não quiser.

— Eu quero. Quero *muito mesmo*.

Ela apoia o cotovelo sobre o meu ombro, olhando para mim no espelho.

— Quase todas as coisas que valem a pena na vida são assustadoras e confusas — diz ela. — Pelo menos de primeira.

Assinto.

– Talvez você não saiba o porquê de estar competindo, e tudo bem – continua ela. – Mas com certeza existem alunos, *vários* alunos, que acham que você daria um excelente presidente. Tente dar seu melhor hoje por eles, e a resposta que você procura virá depois. – Ela joga o último pedaço do bagel na boca e bagunça meu cabelo, se virando para ir embora. – E se você quiser mais um conselho...

– Sempre.

– Acho que a roupa que você usou no Chaleira de Aço seria a escolha *perfeita* para o debate. – Ela dá uma piscadinha antes de desaparecer pela porta.

– Sério?

– É só a minha humilde opinião! – grita ela do corredor.

Eu me viro de volta para o armário e avisto a, agora infame, camisa – aquela que venho evitando em meio às minhas roupas só por causa daquela noite. A camisa xadrez branca e amarela.

Ela tem razão. É uma camisa linda *mesmo*. E eu fico bem com ela.

Tiro a peça do cabide, junto com a calça de veludo, os suspensórios e a gravata-borboleta. Talvez a Trish me mate – essa roupa pode ser qualquer coisa, menos simples –, mas é a primeira opção de look que de fato me fez sorrir esta manhã.

Minutos depois, desço a escada correndo até a entrada.

– Obrigado, tia Starr!

Do canto do sofá, ela me avista, já vestido.

– Isso aí! – grita ela, a boca cheia de cereal.

Caminho para a escola dando pulinhos de empolgação. Nos fones de ouvido, Lizzo canta sobre como se sente "bem pra cacete", e a música me traz um pico de adrenalina, mas preciso apertar o passo porque o debate acontece no primeiro período. Imagina só como a Trish ficaria puta da vida comigo se eu perdesse meu próprio discurso de abertura.

O nervosismo volta com tudo assim que chego ao colégio.

– Boa sorte hoje, Blaine – diz Carly Eggman ao passar por mim, fazendo joinha com os polegares.

– Tô torcendo por você – diz Bobby Wilson momentos depois, me cumprimentando com um soquinho.

Isso é real. Estou prestes a debater com o Zach. Bom, isso se a Trish não me matar antes por causa da minha escolha de roupa. Dou um tapinha no ombro dela enquanto ela fecha o armário, e então Trish se vira para mim.

Nós dois nos encaramos.

– E aí? – pergunto, franzindo os lábios. – Sei que não é um look simples, mas...

– Não é mesmo – interrompe ela, me olhando de cima a baixo. Um sorriso se abre no rosto dela. – E eu adorei!

Solto o maior suspiro de alívio.

– Achei que você ia odiar.

Ela olha pra mim como se eu tivesse perdido a cabeça.

– Esse look é cem por cento *você*. Isso é tudo o que importa.

Dou uma olhada na roupa dela.

– Ai, meu *Deus*, você também está maravilhosa.

– Sério? – Ela dá um passo para trás, seguido por uma voltinha.

Ela está com um terninho verde-folha, brincos de gotas douradas e um batom vermelho-arroxeado que amarra todo o look com perfeição.

– Você está linda, líder – digo, balançando a cabeça desacreditado. – Era *você* quem devia subir naquele palanque hoje.

Trish dá de ombros timidamente antes de mudar de assunto do nada.

– Sem tempo pra essa rasgação de seda. Vamos para o ginásio.

– Mas cadê o Danny e a Camilla? – pergunto, olhando ao redor.

– Primeiro que só líderes e candidatos são permitidos na área de espera – explica Trish, saltitando pelo corredor enquanto eu me esforço para acompanhá-la. – Mas, além disso, eu te conheço. E sei que você vai ficar mais nervoso ainda se encontrar os dois antes. – Ela olha para mim com um brilho no olhar, baixando o tom de voz. – Principalmente o Danny.

– Quê? Nada a ver.

– Blaine...

Tá bom, tudo a ver.

– Que seja – murmuro.

– Pedi aos dois que ficassem longe antes do debate começar. Não me odeie. Parte da minha responsabilidade como líder de campanha é garantir que você esteja o mais preparado possível antes da hora H. – Ela abre a bolsa e puxa um cookie de chocolate do Grão Grandão, junto com um envelope. É um cartão de boa sorte, com recadinhos escritos à mão pelo Danny e pela Camilla. – Eles pediram para te entregar isso.

Quase começo a chorar.

Seguindo as instruções, encontramos o sr. Wells, todos os candidatos que vão debater hoje e seus respectivos líderes de campanha reunidos no corredor atrás do ginásio, que foi fechado e reservado para o conselho estudantil. Já consigo escutar o burburinho dos alunos se reunindo nas arquibancadas do outro lado da parede.

É um som assustador.

– Todos aqui? – pergunta o sr. Wells, olhando ao redor enquanto segura sua prancheta.

Respiro fundo e penso pela milionésima vez em tudo o que pode acontecer na próxima hora.

Tirando a presidência, nenhum outro cargo de liderança precisa de debate, e, segundo aquele documento sobre as eleições, a turma do primeiro ano do ensino médio só vota nos seus líderes no meio do semestre, já que no momento eles ainda são alunos do nono ano. Ou seja, os debates de hoje só acontecem entre candidatos à presidência que no próximo ano letivo estarão no segundo, terceiro e quarto anos.

Para que todas as turmas terminem seus debates antes de o primeiro período terminar, cada classe possui um tempo de debate diferente. Os futuros segundanistas só têm doze minutos, o suficiente para as apresentações e, tipo, uma ou duas perguntas do sr. Wells. (Estou *morrendo* de inveja deles agora.) Os alunos do terceiro, que entram na sequência, recebem dezesseis minutos. E, por fim, eu e Zach, futuros formandos do quarto, subimos no palco frente a frente por vinte minutos inteiros. Mil e duzentos segundos (sim, eu fiz as contas ontem à noite enquanto tentava dormir).

Vinte minutos que podem durar uma eternidade.

O sr. Wells chama os primeiros candidatos e seus líderes de campanha. Sei que não deveria me sentir assim, mas ao perceber que não pareço tão apavorado quanto os alunos mais novos – um deles está *literalmente* tremendo – me sinto um pouquinho melhor. Depois que termina de responder as dúvidas, o sr. Wells os guia pela porta do ginásio, como um guarda acompanhando os guerreiros que serão massacrados no Coliseu.

Por breves três segundos, as portas do ginásio se abrem, e o zumbido vindo dos alunos se transforma num rugido absurdo. Então, as portas se fecham de novo. Meu estômago dá uma cambalhota.

Cerca de doze minutos se passam. A julgar pelos aplausos altos, o primeiro debate terminou.

O sr. Wells volta ao corredor e chama os próximos candidatos para a mesma conversa, e então eles desaparecem ginásio adentro juntos.

Ficamos só eu, Trish, Zach e Ashtyn.

"Climão" é pouco para descrever a situação.

O tempo se arrasta. Sinceramente, só quero que isso acabe logo. Darei meu melhor pelos alunos que acreditam na minha candidatura e na iniciativa de bem-estar, como tia Starr sugeriu hoje de manhã, e depois só quero sentar e esperar a votação amanhã.

Queria poder adiantar minha vida em mais ou menos uma hora.

Trish me puxa para longe de Zach, para que ele não possa nos ouvir, e começa a listar os últimos detalhes de que não posso esquecer. Mas a essa altura já sou basicamente uma pilha inútil de nervos, e tudo entra por um ouvido e sai pelo outro.

– O Zach está bonitão, né? – digo entre uma pergunta e outra, encarando-o na outra ponta do corredor com seu terno vinho e a gravata creme. – Vi essa roupa num manequim da William's Outfitters. – O cabelo dele está meticulosamente penteado para parecer bagunçado (de um jeito bonito, e não desleixado), e a fivela do cinto dele tem um... Peraí, aquilo é um...

– A fivela dele tem um *feiticeiro*? – pergunto. – Igual ao mascote do colégio?

Trish abre a boca e gira o pescoço para poder ver.

– Isso mesmo – confirmo. – Ele está com um cinto de feiticeiro. Estou ferrado.

– Para com isso – diz ela, se virando de volta pra mim. – Aquele cinto é o maior exagero. E ninguém vai nem reparar. Que idiotice.

As portas se abrem no fim do corredor, e o Joey aparece.

— Mas que droga é essa? — murmura Trish, enojada. — Aqui é só para candidatos e líderes.

Joey se aproxima do Zach e dá um selinho nele antes de notar minha presença. Ele fecha a cara.

— Sério mesmo? — grita ele.

Tento me fazer de sonso, olhando ao redor.

— Tá falando comigo?

Ele faz uma careta.

— Essa camisa? Esses suspensórios? — Ele aponta para mim. — Esse look inteiro?

— O que está rolando? — pergunta Ashtyn para Zach.

Zach dá de ombros, parecendo confuso.

— Por que você decidiu vestir isso? — questiona Joey, caminhando na nossa direção.

— Vestir o quê? — pergunto, examinando minhas roupas. — Roupas do meu próprio armário?

— Você sabe bem o que está fazendo. — Ele para a alguns passos de distância. — Blaine, qual é? — sussurra ele, como se fosse uma tortura me ver vestindo assim. — Você está fazendo isso só pra me machucar?

Trish dá um passo para ficar entre nós dois.

— Você nem devia estar aqui, Joey — diz ela. — Só candidatos e líderes têm permissão para...

— Sim, eu sei as regras — rebate ele. — Eu *criei* as regras.

— Se é assim — chia ela de volta, sem medo algum —, você devia saber melhor do que qualquer um que está na hora de ir embora.

O corredor fica silencioso.

— O que está acontecendo, amor? — pergunta Zach da outra ponta.

— Nada — diz Joey, se virando e caminhando até o namorado. — Blaine só está tentando mexer com a minha... com a *sua* cabeça. Não deixe ele fazer isso.

Um momento depois, as portas do ginásio se abrem e o sr. Wells aparece saltitando.

— O que você está fazendo aqui, Joey? — pergunta ele.

— Desculpe, senhor Wells – diz Joey com um sorriso fingido, entregando uma folha de caderno para Zach. – Zach esqueceu uma página das anotações do debate e eu vim aqui entregar, só isso. Já estou indo!

Zach aceita o papel com um sorriso e dá mais um selinho no namorado antes de Joey desaparecer corredor afora.

— Os últimos dois – diz o sr. Wells, chamando nós quatro para formarmos um círculo ao redor dele.

Respira fundo, Blaine. Respira fundo.

Trish, de pé ao meu lado, alisa minhas costas.

— As regras são aquelas explicadas no documento das eleições, mas, só para garantir, aqui vai um resumão do que vocês precisam saber – diz o sr. Wells, olhando para mim e para Zach. – O debate vai durar vinte minutos no total. No cara ou coroa, determinamos quem começa a rodada de dois minutos de apresentação. Cada um também terá direito a um argumento final de dois minutos. Antes do encerramento, teremos uma pausa de um minuto para que possam deliberar com suas líderes de campanha. Faz sentido?

Antes que a gente possa responder, ele continua:

— Para os outros doze minutos do debate, entre as apresentações e as palavras finais, eu farei perguntas que os membros do conselho estudantil mandaram para cada um. Não interrompam o seu oponente na vez dele de responder. Certo? E, se um candidato atacar diretamente o outro, o candidato atacado terá o direito de réplica. Estamos entendidos? – Ele respira fundo, cansado por fazer o mesmo monólogo pela terceira vez. – Certo, vamos lá.

O sr. Wells abre as portas do ginásio. O falatório retumbante dos alunos do Wicker West me dá vontade de correr para a direção oposta.

— Tá pronto, gatão? – pergunta Trish, sorrindo.

— Não – respondo. – Nem um pouco.

O sr. Wells nos leva para o ginásio. Não parece real.

Nada disso parece real.

As arquibancadas – do chão até o alto em todos os lados da quadra – estão lotadas de alunos. Joey e os outros líderes estão amontoados na primeira fileira à esquerda, mas, além deles, não consigo identificar nem um rosto conhecido sequer em meio à multidão. Tudo é um borrão de vários tons de pele e cores de cabelo.

Queria saber onde o Danny está sentado.

Kim, a zeladora, e um membro do conselho estão arrastando um púlpito usado no debate anterior para a lateral do palanque. Agora há apenas dois púlpitos próximos à cesta de basquete, separados por uns dez passos. O púlpito à direita tem uma plaquinha com meu nome. Entre eles está uma mesa comprida coberta por uma toalha branca, onde o sr. Wells senta. Ele assente para nós dois, confirmando que estamos prestes a começar.

– Ei – diz Zach, parando na minha frente antes que eu possa tomar minha posição atrás do púlpito.

Eu me viro para ele.

– Boa sorte, Blaine – diz ele, estendendo a mão na minha direção.

Eu o cumprimento.

– Obrigado. Pra você também.

Ele abre um sorriso enorme.

– E, sério mesmo... *muito obrigado*.

Eu o encaro.

– Pelo quê?

Nossas mãos ainda estão grudadas, e ele me puxa, colocando a boca a centímetros do meu ouvido.

– Por deixar suas anotações do debate pra gente lá na sala do sr. Wells ontem à noite.

Minha boca fica seca. Ele deve estar vendo meu rosto perdendo a cor.

– Você não sabia que tínhamos reservado a sala logo depois de vocês, sabia?

Foi isso que o Joey entregou para o Zach.

As *minhas* anotações para o debate.

– Cavalheiros – diz o sr. Wells ao microfone. A voz dele ecoa pelo ginásio. – Por favor, cada um no seu púlpito para começarmos.

Zach solta minha mão e flutua para longe.

Eu também caminho até o meu púlpito, agora tremendo mais do que qualquer aluno novato.

★ CAPÍTULO 21 ★

— Sentem-se, todos — diz o sr. Wells com seriedade ao microfone. — Sei que já estamos quase no fim, mas vamos nos comportar para o último debate.

Sorria, Trish me aconselhou. *Durante cada segundo em que você estiver atrás do púlpito, sorria.*

Então eu sorrio. É tão forçado que os músculos da minha bochecha tremem para manter meus lábios abertos. Mas é melhor sofrer por causa de uma expressão facial forçada do que começar a chorar no palco do debate.

Zach está com as minhas anotações. É a única coisa que eu consigo pensar.

— Nosso último debate é entre os alunos Blaine Bowers e Zach Chesterton, competindo pela presidência de classe do quarto ano — o sr. Wells explica depois que os alunos se aquietam. — Antes de começarmos, uma salva de palmas para os dois por terem chegado até aqui nesta eleição bem concorrida.

Aplausos meia-boca enchem o ar.

— Cada candidato terá dois minutos para suas apresentações — continua o sr. Wells. — Vamos jogar a moeda agora para determinarmos quem vai primeiro. Em ordem alfabética, Blaine escolhe primeiro. Cara ou coroa?

— Hum — digo, e minha voz ecoa pelo ambiente. Me assusto. *Segura a onda, Blaine.* — Coroa.

O sr. Wells joga a moeda.

— Cara. Zach, você prefere ir primeiro ou segundo?

— Primeiro, por favor, sr. Wells — diz ele com o tom mais puxa-saco do mundo.

Quero revirar os olhos, mas continuo sorrindo.

— Certo — diz o sr. Wells. — Seu tempo começa em três, dois, um... — Ele aponta para o Zach.

— Olá, alunos do Colégio Wicker West — começa Zach. — Sou o Zach Chesterton, presidente de classe do terceiro ano. Sou candidato a presidente do quarto e último ano, e acredito que sou uma escolha excelente. Permitam-me explicar o porquê.

A voz dele é clara, confiante e tem o volume perfeito para o ambiente. Parece que ele já fez isso dezenas de vezes antes.

— Para os colegas da minha turma: fui o presidente de vocês nos últimos três anos. Durante todo esse tempo, passamos por muita coisa juntos. Os altos... como quando a nossa turma ganhou a competição de culinária no primeiro ano, arrecadando milhares de dólares para o hospital infantil... e os baixos... como quando nosso carro alegórico de boas-vindas furou o pneu no meio do desfile ano passado e nós quase não chegamos a tempo no jogo de futebol. Mas nós conseguimos e ainda levamos o primeiro lugar! — Ele solta uma risada superforçada, porém inegavelmente charmosa.

Algumas pessoas da plateia assoviam e aplaudem em apoio.

— Vocês já me conhecem bem — continua Zach, num tom mais sério agora. — Sabem que visitei todos os clubes extracurriculares para demonstrar meu apoio. Sabem que fui em pelo menos um jogo de cada time esportivo para poder torcer pelos Feiticeiros de Wicker West. Sabem que me importo profundamente com o colégio, com os alunos e com a turma de 2023. — Ele para e respira fundo, mudando de tom. — Porém, acho que a maioria de vocês não sabe quem é Blaine Bowers.

Lá. Vamos. Nós.

Não se intimide com os ataques dele, lembro de Danny me alertando ontem.

Isso está se provando bem desafiador, agora que é o Zach de verdade na frente de um monte de alunos, e não a Camilla atrás de um monte de caixas de papelão, mas tento manter o sorriso.

— Blaine Bowers nunca participou do conselho estudantil, muito menos se elegeu para algum cargo administrativo – diz Zach. – Nunca se envolveu em nenhum clube extracurricular ou time esportivo por mais tempo que um semestre. Os registros mostram que Blaine entrou no clube de Artes do primeiro ano e saiu pouco tempo depois.

Ai, meu Deus. Ele cavoucou meu histórico escolar inteiro?

— Tentou Fotografia no segundo ano – continua Zach. – Mas só durou uma semana.

Respira, Blaine. Respira.

— Blaine Bowers mostrou ao Colégio Wicker West que ele é bom em uma coisa, e só uma... desistir.

O ginásio fica em silêncio. Consigo sentir meu coração pulsando até na ponta dos dedos.

Mas continuo agindo como se não estivesse escutando nada.

— Agora, aposto que o Blaine vai chegar aqui hoje e distorcer sua completa falta de experiência nos cargos estudantis como se isso fosse algo positivo. Ele vai alegar que é um *novo tipo de líder*, um *recém-chegado*, o *revolucionário* que vocês estão esperando. – Zach balança a cabeça. – É assim que políticos fazem. Eles torcem para que vocês sejam fáceis de manipular.

Puta merda.

— Colegas de turma, eu imploro... não se deixem enganar – conclui Zach. – Com o baile, a formatura e todos os eventos importantes que estão chegando no nosso último ano, vocês querem mesmo entregar essas responsabilidades nas mãos de um novato? Uma pessoa acostumada *a desistir*? Alguém que um belo dia acordou e decidiu se candidatar por uma motivação, imagino, egoísta e talvez até mesmo *vingativa* envolvendo um relacionamento pessoal? – Ele pausa e olha para mim. – Ou vocês querem que *eu* seja o presidente de classe, um líder cheio de experiência, que está ao lado de vocês desde o começo?

Ele abre um sorrisão, olhando para as arquibancadas.

– Turma de 2023. Vocês me *conhecem*. Vocês *confiam* em mim. E sabem que, juntos, vamos criar um ano de formatura para ficar na memória para sempre. Amanhã de manhã, por favor, votem no seu campeão, Zach Chesterton. – Mais uma pausa. – Vamos, Feiticeiros!

A plateia vai à loucura.

Por uns dez segundos, todo o ginásio se enche de aplausos. E, a cada segundo que passa, sinto minha alma deixando o corpo.

O que diabos vou dizer agora?

Sério. O começo da minha apresentação foca em esquecer o mais do mesmo para tornar a iniciativa pela saúde mental uma realidade. Foca em como eu sou o *revolucionário* que vai mudar o sistema! Zach acabou de destruir completamente meus argumentos.

Olho para Trish, que está assistindo a tudo perto da porta, apavorada.

O sr. Wells se aproxima do microfone de novo.

– Obrigado, senhor Chesterton. Blaine? – Ele olha para mim. – Seus dois minutos começam em três, dois, um…

– Olá, Wicker West – digo, todo nervoso. Ao contrário da voz do Zach, a minha ecoa de um jeito horroroso nas paredes desse lugar amplo e úmido, como unhas arranhando uma lousa. Olho para as minhas anotações. – Hum… Então, eu sou o Blaine Bowers, presidente do último ano e… *Opa*, não é isso. – Solto uma risada.

Cri… Cri…

Silêncio total no ginásio.

– Sou o Blaine Bowers, aluno do terceiro e *candidato* a presidente do quarto ano.

Isso aqui já está um desastre.

Olho de novo para as minhas anotações. As primeiras cinco linhas vão soar completamente diferentes, agora que o Zach já definiu minha posição "revolucionária" como uma jogada política. Continuo descendo os olhos pelo papel, tentando achar outro ponto de partida, mas o tempo está passando e nenhuma frase me parece boa o bastante…

Que se dane. Vou improvisar.

Levanto a cabeça.

Todos os olhos estão grudados em mim. Sinto o peso de uma tonelada dentro do peito.

— Então, hum... pois é. — Digo, com dificuldade de articular qualquer coisa que faça sentido. — Eu sou o Blaine Bowers, candidato a pres...

— Você já disse isso! — Alguém grita das arquibancadas.

Algumas pessoas começam a rir.

— Ei! — o sr. Wells grita ao microfone, encarando na direção de onde me interromperam. — Isso não será tolerado aqui! — Ele lança um olhar ameaçador para a plateia por mais um momento antes de se virar para mim. — Continue, Blaine.

— Bom, hum... você não está errado. — Rio na direção da pessoa que me interrompeu. — Sei que eu já disse isso. Desculpa, gente. Só estou um pouco... — Embaralho minhas anotações. — Me perdi aqui.

Quando posso começar a falar sobre a nossa iniciativa do bem-estar? Se eu deslanchar falando sobre isso, talvez ainda consiga salvar o debate.

Olho para o Joey. Ele me encara como se eu fosse um acidente de carro impossível de parar de olhar.

Chega de palhaçada, ele me alertou na frente do Banana Gulosa.

E talvez ele tenha razão.

Viro a página e continuo procurando, determinado a encontrar a primeira frase apresentando a iniciativa do bem-estar, mas uma gota de suor cai nos meus olhos, me cegando. Pisco o mais rápido que consigo, mas, quando volto a enxergar direito, não tenho ideia de quanto tempo já perdi. Trinta segundos?

Um minuto?

Meu tempo já está acabando?

— Deixa eu dizer só uma coisa — finalmente consigo falar, imaginando a areia de uma ampulheta caindo grão por grão. — Eu *também* me importo com o colégio. Eu amo o Wicker West. Tipo, muito mesmo. E, como presidente, vou lutar todos os dias para transformar esta escola num lugar melhor.

Isso só pode ser um pesadelo.

Deus, por favor, faz isso ser um pesadelo e me acorda a qualquer momento.

O ginásio está quieto. Ninguém aplaude.

– Só isso, Blaine? – o sr. Wells pergunta num sussurro, conferindo o relógio.

– Sim – digo, sorrindo e balançando a cabeça. Me aproximo do microfone. – Obrigado. – O som agudo de microfonia atravessa o ginásio, e todo mundo se contorce de susto. – Opa, foi mal! Eu, hum... – Eu me inclino para trás. – Obrigado, Wicker West.

O sr. Wells, provavelmente envergonhado por mim, começa a aplaudir alto e perto do microfone, tentando convencer os alunos a acompanhá-lo. Um grupo pequeno de alunos me aplaude rapidamente antes de o som acabar morrendo.

Não tem como piorar.

– Blaine, a primeira pergunta é para você. – O sr. Wells continua tocando o debate.

– Ah. – Pigarreio, surpreso. – Certo.

– Você nunca fez parte do conselho estudantil antes – lê o sr. Wells num post-it. – Quais habilidades ou experiências prévias te qualificam para ser presidente de classe do último ano?

– Bom – digo, suspirando no microfone com a mente a mil. Sei que Trish me preparou para esta pergunta, provavelmente umas dez vezes. – Vejamos. Apesar de nunca ter participado do conselho, acho que posso ser um líder. Hum, melhor dizendo, eu *sei* que posso ser um líder. Eu, hum... Só preciso de uma oportunidade para provar, acho?

Engulo em seco.

Sentindo que terminei, o sr. Wells continua:

– Obrigado, Blaine. Zach. – Ele dá as costas para mim, lendo outro post-it. – Você foi presidente de classe nos últimos três anos. O que diria para os alunos que estão sedentos por uma mudança de liderança?

– Antes de qualquer coisa, eu mostraria empatia a eles – responde Zach de imediato, claramente preparado para a pergunta. – Sei muito bem como é ver as mesmas pessoas aqui ano após ano. Mas nos bastidores, longe dos holofotes do debate, a maioria dos alunos quer uma pessoa conhecida por saber o que está fazendo, não alguém que vai desistir quando ficar difícil. Os alunos querem um líder real e confiável, que sabe o caminho do sucesso. Sei que posso ser esse líder porque *já sou* esse líder.

A plateia aplaude.

Que desastre. Este é o maior desastre na história dos desastres.

O sr. Wells faz mais duas perguntas para nós dois antes da pausa de um minuto, mas minha mente virou mingau na hora de responder a ambas. As palavras saem emboladas da minha boca, e o Zach se aproveita disso. A apresentação dele me desnorteou, e eu ainda não me recuperei. Eu não *consigo* me recuperar.

Caminho aos tropeços pela quadra quando o sr. Wells nos dispensa. Trish me guia até o corredor lateral.

— Ei, ei, olha pra mim — diz ela, sabendo que estou surtando. — Não foi tão ruim assim.

— Trish. — Estou quase chorando. — Foi... *horrível*.

— Não foi, não.

— Ele encontrou minhas anotações do debate! — digo, olhando para o fundo do corredor para garantir que Zach e Ashtyn não podem me ouvir.

Ela suspira.

— Imaginei.

— Depois que você me encorajou a descansar durante a noite, me desliguei totalmente e esqueci as anotações na sala do sr. Wells.

Trish estica o pescoço, jogando a cabeça para trás.

— Quer dizer que a culpa é minha?

— Não, *não* — digo, fechando os olhos e me arrependendo de como eu me expressei. — Nem um pouco. É só que... — Cubro o rosto com as mãos. — É *muito* intenso naquele palco, Trish.

— Eu sei.

— Sinceramente, acho que não consigo voltar pra lá.

Ela arranca minhas mãos da frente do rosto e me encara bem no fundo dos meus olhos. Nunca a vi tão determinada assim antes.

— Você vai voltar pra lá, Blaine.

— Mas...

– Você precisa terminar forte. Você deve isso a todos os membros do conselho que votaram em você depois do discurso, e deve a si mesmo também. – Os olhos dela estão em chamas. – Não deixe eles acharem que você desistiu disso também.

– Blaine? Zach? – diz o sr. Wells, passando a cabeça pela fresta da porta. – Vamos lá. Considerações finais.

– Mas, *sério*, eu não sei se consigo – digo, enquanto Trish me puxa pelo corredor. Posso sentir as lágrimas se acumulando sob os meus olhos. Eu decepcionei todo mundo. Trish. Camilla. Tia Starr.

Danny.

Trish me empurra pela porta do ginásio.

– *Vai.*

Zach e eu tomamos nossos lugares atrás dos respectivos púlpitos, e os alunos cansados mal veem a hora de isso acabar. Assistir a este debate deve ter sido tão doloroso quanto participar dele. (Se é que dá para chamar isso aqui de debate.)

– Como o Zach escolheu ir primeiro nas apresentações, agora você escolhe se quer ir primeiro ou por último para as considerações finais, Blaine – explica o sr. Wells.

Pigarreio.

– Vou por último.

– Ótimo – diz ele. – Zach, é com você em três, dois, um...

– Obrigado, sr. Wells – começa Zach. – E obrigado a *vocês*, alunos do Colégio Wicker West.

Zach começa toda aquela ladainha sobre *experiência* e *confiança* e *blá-blá--blá*, enquanto vejo Joey de novo na fileira da frente, assistindo a seu novo namorado. Ele parece tão metido sentado ali, admirando o Garoto Sério dos sonhos dele enquanto Zach arrasa nesta competição aparentemente muito superestimada.

Quer saber? Que se dane o Joey Oliver.

Se ao menos eu pudesse ver o...

Danny.

Lá está ele. Algumas fileiras atrás. Sentado com a Camilla.

Os dois usando camisetas iguais que dizem vai, blaine!

Meu coração derrete.

Todinho. Cada ventrículo, veia e artéria. *Ploft*.

Uma única lágrima escapa do meu olho, de tanta emoção ao ver minha pequena torcida. Seco a lágrima rapidamente e engulo o resto do choro. Danny percebe que eu o avistei e sorri.

Eu consigo...

A plateia aplaude, sinalizando que Zach terminou suas considerações finais. Depois que os aplausos cessam, o sr. Wells se vira para mim.

– Blaine? – pergunta ele, visivelmente nervoso por mim. – Pronto?

Respiro fundo e assinto.

– Três, dois, um... – Ele aponta.

Olho para Danny uma última vez. Seus olhos – mesmo de tão longe – me confortam. Minha respiração se acalma pela primeira vez esta manhã.

– Oi, gente – digo, fazendo uma pausa e olhando as arquibancadas com um sorriso. – Tá bom, sejamos sinceros. – Suspiro. – Eu mandei mal pra caramba nisso aqui.

Nem um pio.

– Sério, podem rir se quiserem. Eu provavelmente vou rir mais tarde, depois que parar de chorar. Nem preciso dizer que este debate foi muito, *muito* ruim pra mim. Bem pior do que os piores cenários que eu inventei na minha cabeça.

Várias pessoas *de fato* riem, e isso faz com que eu me sinta melhor.

– Está na cara que não sou um político engomadinho – continuo. – Aqui, na frente de todos vocês, me sinto completamente apavorado. Não costumo fazer isso aqui e estou a quilômetros de distância da minha zona de conforto. Me dá um pincel e uma parede em branco, e eu tô de boa. Mas me coloque atrás de um púlpito desses aqui, e aparentemente não consigo botar uma frase coerente pra fora. Certamente não sou nenhum Zach Chesterton – digo, olhando para ele com um sorriso. Ele não sabe como reagir. – E não digo isso como um insulto, Zach. Você mandou muito bem hoje e merece todo o reconhecimento.

Pauso para respirar fundo.

— Estou muito decepcionado comigo mesmo agora. Tenho uma iniciativa sobre saúde mental muito legal sobre a qual eu queria falar hoje, mas o nervosismo acabou me vencendo. Minha incrível líder de campanha, Trish — aponto para ela trás de mim —, e meus amigos Danny e Camilla — aponto para eles na plateia — deram duro me ajudando no planejamento. Agora não tenho mais tempo para entrar em detalhes, o que é uma pena.

Levo um segundo para engolir em seco.

— Futuros formandos, o que posso dizer a vocês é que eu não serei um presidente perfeito. Claramente preciso de ajuda para aprender a falar em público. — Risadas, mais do que antes, enchem o ginásio. — E, quer dizer, o Zach está... certo. Eu *sou* um novato nessa coisa toda. Vou errar. Estarei sempre na curva de aprendizado. Mas se tem uma coisa que eu *posso* prometer — lembro de uma das frases de efeito que ensaiei com a Trish —, é que eu serei seu presidente pelos motivos certos.

Alterno o peso do corpo de uma perna para outra atrás do púlpito, quase correndo no lugar.

— Diferentemente de muitos presidentes de classe, não estou concorrendo para enfeitar minhas inscrições pra faculdade, ou pra escalar socialmente no Wicker West. Não. Quero ser um presidente de *soluções*. Não quero só vencer competições de carros alegóricos, quero lutar pra que a experiência de vocês neste colégio seja melhor. Mais realizada, mais recompensadora, mais conectada, mais *feliz*.

Respiro fundo pela última vez, sentindo uma tensão silenciosa se formando na plateia.

— Então, não, eu não sou a escolha *mais segura*. Se você quer um presidente que fale bem e tenha uma média, tipo, 1.000, esse não sou eu. Mas se você está procurando um presidente que se importa *de verdade* em melhorar as coisas por aqui, vote Blaine Bowers para presidente da classe de 2023.

Há um segundo de silêncio antes de o ginásio ir à loucura. Os alunos se levantam. Aplaudindo de pé.

Eu. Sendo *aplaudido de pé*.

A sensação é tão intensa que meus joelhos quase cedem enquanto tento absorver o momento.

– Obrigado, turma! – grito ao microfone por cima dos aplausos. – E *vamos, Feiticeiros!*

Danny está radiante, e Camilla assovia com os dedos na boca. Caminho até o púlpito de Zach e estendo a mão para cumprimentá-lo, antes de sair do ginásio zumbindo feito uma abelha.

Trish me dá um cutucão com o cotovelo antes de nos jogarmos no abraço mais gratificante de toda a minha vida.

– Você conseguiu – sussurra ela no meu ouvido.

★ CAPÍTULO 22 ★

O resto do dia passa como um borrão. Recebo um monte de sorrisos nos corredores, alguns elogios de professores no começo das aulas e, talvez o mais inacreditável de todos, um "parabéns" do guarda que organiza o trânsito na frente da escola, que eu nunca vi antes e com quem muito menos conversei. Aparentemente, ele também ficou sabendo das minhas considerações finais.

– Ei, garoto do debate! – grita ele. – Mandou bem hoje!

– Obrigado? – respondo em choque, atravessando o cruzamento.

Todos estão ocupados com compromissos familiares depois da aula – até mesmo a tia Starr saiu de casa pela primeira vez em dias, para tomar uns drinques com uma antiga colega de trabalho –, então tenho a casa toda só para mim.

Depois dessa manhã caótica? Um alívio muito bem-vindo.

Tiro a gravata-borboleta, desabotoo a camisa e jogo os sapatos no canto antes de mergulhar na cama com um suspiro. Fondue, que nunca dispensa um carinho, apoia o queixo no meu peito, implorando por um cafuné.

Consegui.

Eu sobrevivi ao debate. Claro, os primeiros noventa por cento foram um desastre caótico que mais parecia um pesadelo provocado por pura ansiedade. Mas ver o Danny com VAI, BLAINE! naquela camiseta?

Fez toda a diferença do mundo.

Eu me distraio olhando para cima, sentindo todo o estresse do dia indo embora. O teto branco vira o mural da Papelaria da Susan por um breve momento, antes de o Saturno com o rosto da sra. Ritewood se transformar no semblante de Danny.

Imagino como eu daria vida a ele em forma de pintura. Seus olhos fascinantes, os lábios arredondados, o cabelo preto bem curtinho.

– Blaine – diz o Danny do Mural, os lábios rosados ganhando vida. – Quer ir para Cabo comigo?

Assinto com empolgação.

– Blaine? – diz ele novamente.

Blaine?

– Blaine? – O rosto animado da tia Starr aparece. Ela me cutuca. Eu me sento na cama, morrendo de vergonha do meu sonho.

Por sorte, tia Starr está distraída demais para reparar como fiquei todo sem graça.

– Alô? – diz ela, me cutucando ainda mais forte. – Como foi? – Ela vai entrar em combustão se eu não responder logo.

Depois de me sacudir para sair da fantasia, conto tudo desde o começo da manhã: como Zach roubou minhas anotações; como eu virei uma tigela de mingau durante a maior parte do debate; como Danny e Camilla vestiram as camisetas dizendo VAI, BLAINE!; como minhas considerações finais podem, talvez, ter me dado alguma chance de vencer.

– Estou tão impressionada com o meu sobrinho... – diz ela, chegando mais perto para me abraçar. – Mesmo tendo mandado mal na maior parte do tempo, você voltou lá e *conseguiu*. Tem noção de como isso é incrível?

Sinto meu rosto ficar corado.

– Obrigado.

– Aconteça o que acontecer amanhã, estou orgulhosa de você – diz tia Starr, se levantando para sair. – Aliás, manda uma mensagem para os seus pais. Eles estão me enchendo a paciência, perguntando se sei alguma coisa.

Lembro que não respondi às mensagens que eles me mandaram mais cedo.

– Pode deixar – digo, um pouco relutante. – Eles não vêm jantar em casa hoje?

Tia Starr olha em direção à porta.

– Sua mãe vai cobrir o plantão de uma colega que está doente, e parece que seu pai precisa resolver algum pepino num canteiro de obras. – Ela franze o cenho, sabendo tanto quanto eu que as circunstâncias são irrelevantes. – Eu sei, uma pena. – Ela abre um sorriso triste. – Te amo.

★ ★ ★

Durmo surpreendentemente bem. Talvez porque meu cérebro já tenha se cansado de coisas para se estressar nas últimas semanas, e agora não há mais nada a fazer além de esperar que os alunos da minha turma votem.

Acordo na manhã seguinte, pronto para sair.

É o Dia da Eleição. Ele chegou.

Tomo banho, visto uma roupa colorida que combina comigo e desço para tomar café. Assim que coloco na boca a última fatia de maçã com pasta de amendoim, alguém bate à porta. Sinto um friozinho na barriga; deve ser o Danny. Ontem ele me disse que tentaria passar aqui no caminho para o colégio, para irmos caminhando juntos.

Pela primeira vez.

– Oi – digo, abrindo a porta e me juntando a ele na varanda.

– Oi. – Danny veste uma camiseta listrada bonita e bermuda jeans rasgada. Ele segura um guarda-chuva verde-oliva para se proteger da garoa.

Mesmo antes do debate, eu já havia percebido que estava a fim dele. Mas vê-lo ontem na arquibancada só me deu mais certeza – e depois o Danny no mural dos meus sonhos tornou tudo *absolutamente* claro.

Estou a fim do Danny.

A finzão.

– Cadê sua camiseta VAI, BLAINE! hoje? – Dou uma risadinha.

Ele balança a cabeça para a frente e para trás.

– Achei que dois dias seguidos poderia ser exagero.

Caminhamos pela calçada na direção do colégio.

– Obrigado por usar ontem. Sério – digo.

– Não tem de quê – responde ele, trocando o guarda-chuva de mão para que eu fique completamente coberto, deixando o braço direito dele pegando chuva. – Os primeiros três quartos do debate foram meio complicados.

– Não me diga! – interrompo com uma risada.

– Mas suas considerações finais compensaram por isso e *muito mais*.

– Aqui. – Chego mais perto dele para que o guarda-chuva mantenha nós dois secos. – Melhor assim.

Nossos braços se encostam a cada passo que damos. Nem é nada de mais, mas fico todo arrepiado. Ele não se afasta para evitar o contato, e eu muito menos. Eu o encaro de canto de olho, e ele faz o mesmo.

– Aliás, meu palpite continua o mesmo – diz ele. – Você vai derrotar o Zach Chesterton hoje.

Nos separamos assim que chegamos ao colégio, porque nossas primeiras aulas são em cantos diferentes do prédio. Caminho recebendo uma série de cumprimentos e comentários de apoio de alunos da minha turma que se empolgaram com o debate de ontem. Dmitry Harrison grita que sou "o garoto da virada" na frente de um monte de alunos do time de corrida, e eu caio na gargalhada. Tomara que ele esteja certo.

Alcanço a Trish, que também caminha para o primeiro período.

– Aí está você – diz ela, com um brilho no olhar. – Como estamos?

– Bem – digo, apesar de, por dentro, parecer que estou sentado na cadeira da frente de uma montanha-russa.

Ela não acredita em mim, é claro.

– Tá bom – admito. – Óbvio que estou nervoso.

– Agora sim. Põe tudo pra fora.

– Mas acabei de fazer uma caminhada muito boa com o Danny, e ele me deixou mais tranquilo.

Ela suspira.

— Um passeio romântico na chuva?

Abro um sorrisinho e dou de ombros.

A expressão dela vai de engraçada a séria, o que, conforme já aprendi, significa que ela vai entrar no modo líder de campanha.

— Você lembra tudo o que precisamos fazer, né? — pergunta ela pela décima vez desde ontem.

— Sim.

— Nós dois vamos votar no primeiro período. A senhora Green já sabe que você é um dos candidatos e vai te deixar sair para o auditório assim que votar, mas se ela arrumar alguma confusão...

— Eu te mando mensagem e você vem me resgatar. Já sei, já sei.

Chegamos ao final do corredor. O primeiro período da Trish é à direita; a sala da sra. Green é à esquerda.

— Respira fundo — diz Trish para nós dois.

— Respira fundo, *fundo* — concluo, flutuando rumo à aula de Artes.

Assim que o sinal toca, a sra. Green nos pede para ficarmos quietos e tomarmos nossos lugares. Meu estômago está todo revirado enquanto estico o pescoço para as cédulas que estão na mesa dela. Minha turma de Artes tem alunos de vários anos, então há cédulas de três cores diferentes, assim como vi na sala do sr. Wells na noite antes do debate. Parte de mim inveja os formandos, que podem ficar de boa vendo o restante do colégio se estressar sobre quem ganha ou perde hoje. Mas não o Joey; aposto que ele está tão empenhado quanto Zach ou eu em saber quem será seu sucessor.

A sra. Green não perde tempo e vai direto ao ponto. Assim que toda a turma senta, ela passa quatro cédulas para cada aluno, com as votações diferentes para cada classe — presidente, vice, secretário e tesoureiro. As cédulas do segundo ano são azuis, as do terceiro são amarelas e as dos futuros-formandos do quarto são laranja.

— Boa sorte, Blaine — sussurra a sra. Green com um sorriso, colocando as cédulas laranja na minha mesa. É ainda mais esquisito ver o papel desta vez, agora que é de fato o Dia da Eleição.

PRESIDENTE DE CLASSE DO QUARTO ANO
BLAINE BOWERS
ZACH CHESTERTON

Estar numa sala durante uma votação para o conselho estudantil quando seu nome está em uma das cédulas é uma das experiências mais surreais da vida. É como se houvesse um elefante gigante no meio da sala, e *você fosse o elefante gigante no meio da sala.*

Para os outros cargos, escolho os candidatos que acredito serem os melhores para trabalhar juntos. Então faço uma pausa, respiro lentamente, marco um "x" ao lado do meu nome e solto o ar.

Pronto.

Feito.

Em silêncio, caminho até a frente da sala, entrego as cédulas para a sra. Green e saio para o auditório. Quando chego lá, está tudo tão intenso e esquisito quanto eu imaginava.

Os assentos estão completamente vazios, mas todos os candidatos dos diferentes cargos e turmas e seus líderes de campanha estão juntos no palco. O sr. Wells está com eles, respondendo dúvidas e apontando em diferentes direções com sua prancheta.

Subo a escada lateral, as pernas molengas como gelatina, e vejo várias placas coladas nas cortinas ao redor do perímetro do palco, indicando onde cada candidato deve ficar. Trish está num canto, ao lado de Zach e Ashtyn. Não estou interessado em desejar boa sorte aos dois, e, a julgar pelo jeito como os dois evitam contato visual comigo de propósito, parece que estamos todos na mesma página.

– Qual é a sensação de votar em si mesmo? – pergunta Trish quando me aproximo.

– É esquisito pra cacete.

Minutos depois, quando todo mundo já chegou, o sr. Wells chama nossa atenção da beira do palco.

– Obrigado a todos por serem parte das eleições deste ano no conselho estudantil – anuncia, os olhos atrás das lentes bifocais passeando pelo mar de alunos à sua frente. – Temos candidatos excelentes, e estou certo de que os líderes eleitos para o ano que vem vão continuar elevando o nível das governanças estudantis do cww.

Ele puxa alguns segundos de aplausos.

– Agora, a apuração vai funcionar da seguinte maneira; e prestem atenção, porque não vai ser *nada* divertido se alguém cometer um erro! – Ele espera alguns alunos do primeiro ano pararem com as risadinhas. – Líderes de campanha, daqui a pouco vocês vão se reunir com o líder que representa seu rival direto nas eleições. – O sr. Wells aponta para a primeira fileira de assentos no auditório, cheia de sacos de papel. – Juntos, vocês vão selecionar um daqueles sacos e, em dupla, vão recolher as cédulas da sua votação *e apenas da sua votação* em todo o colégio. Sim, separar as cédulas em votações individuais torna o processo de coletar bem mais demorado, porém acelera o processo de apuração. Se não acontecer nenhuma tragédia horrenda, como na eleição de tesoureiro de 2017 – o sr. Wells sente calafrios com a lembrança –, até o fim da manhã já saberemos os vencedores de todas as turmas.

Ele respira fundo.

– Não se esqueçam de que há quatro alas no colégio: Matemática, Ciências, Artes Criativas e Estudos Sociais. Por favor, visitem *todas* as salas de aula em *todas* as alas antes de voltarem para o auditório. Perguntas?

Ninguém levanta as mãos.

– Certo. Líderes de campanha, podem ir.

Demonstrando uma solidariedade estressante, Trish me cutuca com o cotovelo antes de se juntar a Ashtyn e descer a escada na lateral do palco. Juntas, elas escolhem um saco de papel e desaparecem pelas portas. Em menos de um minuto, a quantidade de alunos no auditório cai pela metade, e o palco é tomado por uma energia muito mais séria e tensa.

Zach, com seu terno ferrugem e uma camisa floral, se balança para a frente e para trás na ponta dos pés ao meu lado.

– Blaine – diz ele finalmente, tomando ciência da minha presença.

– Zach. – Assinto de volta.

E daí nós dois voltamos a ficar desconfortáveis.

Sem mais nada para me distrair dos meus pensamentos nervosos, e com o tempo se arrastando, decido repassar a quantidade de votos de que preciso para vencer. Isso com certeza não vai ajudar em nada com a minha ansiedade – que já está beirando um ataque cardíaco –, mas e daí? Reviro o cérebro tentando relembrar os números que Trish apontou durante nosso segundo ensaio do debate.

Depois de muita pesquisa, Trish me disse que a nossa série atualmente possui 553 alunos. Danny nos explicou que, baseado em eleições passadas, a grande maioria desses 553 vai votar. Mas, considerando que alguns podem votar em branco e outros podem ficar doentes e faltar, podemos esperar cerca de 500 votos para presidente de classe do último ano.

Ou seja, com apenas dois candidatos na cédula, preciso de pelo menos 250 votos para ter a chance de vencer.

Finalmente os líderes de campanha começam a retornar ao auditório com seus sacos de papel cheios de cédulas. Trish e Ashtyn aparecem, e meus batimentos cardíacos chegam na Lua. Zach, pálido e suado, parece visivelmente abalado. É a primeira vez que o vejo assim.

Os votos foram coletados. A campanha foi feita. O saco que elas estão segurando tem o vencedor e futuro presidente.

Trish e Ashtyn recebem papel e caneta do sr. Wells e se dirigem até o canto do palco, para se reunir com Zach e eu.

– Prontos, meninos? – pergunta Trish, colocando o saco sobre o piso de madeira.

Engulo em seco e confirmo:

– Vamos nessa.

★ CAPÍTULO 23 ★

Nós quatro nos sentamos de pernas cruzadas ao redor do saco de papel. Trish pega a primeira cédula e a coloca no chão do palco. Todos olhamos ansiosos.

– Zach – diz ela em voz alta.

Meu estômago embrulha.

Vai com calma, Blaine, penso. É só um voto.

Tanto Trish quanto Ashtyn marcam em seus respectivos blocos de papel. Ashtyn pega outra cédula.

– Blaine – lê ela.

Isso!

Beleza. Preciso me acalmar.

Isso é uma maratona, não uma corrida rápida.

O auditório vai ficando cada vez mais quieto conforme mais equipes começam suas contagens. Dá para cortar com uma faca a tensão no ar gelado e mofado do auditório. Num determinado momento, preciso levantar para me alongar e começo a andar um pouco, porque isso aqui é demais pra mim. Sério mesmo.

Demais.

Dou uma espiada no bloco de Trish, mas está tudo marcado com pauzinhos, então é difícil saber quem está na frente só com uma olhada rápida. Pelo número de vezes que as escutei dizendo "Blaine" ou "Zach", diria que estamos... meio a meio? Mas a esta altura já passamos dos cem votos. Depois de ouvir nossos nomes esse monte de vezes, é fácil perder as contas.

– Peraí – diz Ashtyn entre uma cédula e outra. – Não é melhor fazermos uma pausa para contar o total até agora, só para garantir que nossas anotações estão batendo?

– Isso! – grito.

Trish, Zach e Ashtyn me encaram.

Pigarreio.

– Acho que essa seria uma ótima ideia, sim.

Trish e Ashtyn olham com atenção para seus papéis.

– Eu contei... – diz Trish, levantando a cabeça. – Quarenta e sete para o Zach, quarenta e quatro para o Blaine.

Ashtyn assente, confirmando.

– Aqui também.

Puta merda. Está acirrado pra cacete.

Qualquer um de nós pode levar.

Olho para Zach, e o sangue deixou todo o rosto dele. Ele me encara de volta, mas desvia o olhar rapidinho.

Trish e Ashtyn voltam à contagem.

Saio para beber uma água no bebedouro dos fundos, e continuo andando a esmo por lá. Num certo momento, juro, eu viro uma estrelinha ao lado de uma pilha de bolas de feno de mentira que o departamento de teatro usou na apresentação de *As vinhas da ira*, só para liberar um pouco da ansiedade.

Quando volto, a pilha de cédulas contadas está bem mais alta.

– Ei, que tal mais uma pausa para vermos se a parcial de vocês está igual de novo? – pergunto, a voz uma oitava mais alta que o normal por causa do nervosismo.

Trish e Ashtyn se entreolham, concordando que é uma boa ideia.

Desta vez, elas demoram muito mais tempo para contar.

– Eu contei... – diz Ashtyn ao terminar. – Cento e sessenta e dois para o Zach, cento e trinta e nove para o Blaine.

Sinto um calafrio na espinha.

Droga. Estou ficando para trás.

Olho para Trish, torcendo *real* para que a contagem dela seja diferente.

Mas ela assente.

– Aqui também.

Putz.

Putz, putz, putz.

– Vou beber mais água! – anuncio em voz alta para os três, como se eles se importassem.

Desta vez fico perambulando por um tempo, sabendo que não será bom para mim nem para Trish se eu ficar por lá, rodeando ela feito um abutre.

Muitos pensamentos começam a passar pela minha mente.

E se eu perder?

Mas, ai, meu Deus, *e se eu vencer*?

Será que o Joey está nervoso agora, se perguntando quem será seu sucessor?

Numa escala de um até o infinito, quão chateada a sra. Ritewood deve estar comigo agora?

Será que o Danny gosta de mim tanto quanto eu gosto dele?

Meu celular vibra. Solto um grito de susto real, e olho para a mensagem que recebi.

JÁ SABE ALGUMA COISA????, pergunta tia Starr.

Não..., respondo com um emoji sorrindo e suando de nervoso.

Haja o que houver, AMO VC, ela responde com corações cor-de-rosa. **ORGULHOSA D+ DE VC.**

Suspiro com o coração acelerado.

O medo é quase esmagador, mas preciso voltar pra lá...

Caminho até a Trish, percebendo que a pilha de cédulas contadas já perdeu o controle a esta altura.

Desta vez é Zach quem se pronuncia.

– Mais uma contagem? – pede ele.

Percebo que a bochecha dele está mais corada, e sua voz, mais confiante – sem dúvida por causa de sua margem de vantagem.

Trish e Ashtyn param para contabilizar a parcial, e o silêncio das duas me atinge como um saco de cimento.

Porque talvez seja o fim.

Tipo, talvez essa contagem determine o vencedor.

A julgar pelas marcações, Zach já pode ter passado dos duzentos votos. E, se a vantagem dele tiver crescido ainda mais desde a última contagem, a diferença pode acabar sendo grande demais para eu alcançá-lo a esta altura. Se eu não tiver conseguido me aproximar dele, reduzindo a diferença consideravelmente, tudo estará acabado.

Quer dizer, já estamos na reta final.

Eu precisaria de um milagre.

– Certo... – diz Trish, encarando seu pedaço de papel.

Sinto um aperto no peito.

– Aqui eu tenho... duzentos e um para o Zach, e para o Blaine... – Trish olha para mim. – Cento e setenta e dois.

Meu estômago se revira.

– O mesmo aqui – diz Ashtyn, sem conseguir conter sua alegria.

Olho para Zach, que está mordendo o lábio inferior com um sorriso, sabendo onde isso tudo vai dar. Ele está a um passo da marca dos duzentos e cinquenta. Estou frito.

Mas então olho para a Trish.

Eu esperava vê-la tão devastada quanto eu, mas ela... não parece? Conforme Ashtyn se vira para Zach para trocar um sorrisinho por causa da vitória inevitável dos dois, Trish arregala os olhos para mim. Parece que ela sabe algo que eu não sei, insinuando que é melhor manter as esperanças.

Mas o que poderia ser?

O que ela está percebendo que eu não estou?

– Vou ali para o canto – anuncio, esfregando as têmporas, completamente abalado. – Vou só ficar, tipo... sei lá. Preciso mexer as pernas. Algum de vocês pode me sinalizar quando a contagem acabar?

Não espero a resposta. Desço a escada lateral aos pulos e começo a caminhar até o corredor dos fundos do auditório.

A cada minuto que passa, ouço algum gritinho no palco, vindo de candidatos ou líderes de campanha descobrindo que venceram. A maioria das eleições já foi encerrada. Somos praticamente os últimos a terminar.

– Tá conseguindo aguentar a barra? – me pergunta o sr. Wells, um pouco preocupado, ao passar por mim.

– Sim – respondo, tentando demonstrar calma.

Mas eu estou *zero* calmo. Estou qualquer coisa menos calmo.

Finalmente sou arrancado dessa desgraça. Porque eu escuto.

Escuto as más notícias.

Elas vêm na forma de um grito de alegria de Ashtyn e uma risada de Zach. Olho para o palco, e meu coração desaba. Os dois estão abraçados e sorridentes, pulando de um lado para outro.

Trish está sentada de pernas cruzadas no chão ao lado deles, de queixo caído e triste.

Por que ela me olhou daquele jeito antes? Por que ela ainda tinha esperanças quando a matemática claramente nos mostrava que havia praticamente zero chance de uma virada?

Arrasado, subo a escada e atravesso o palco.

– Ei – digo para Trish.

Ela me encara com os olhos marejados.

– Zach, duzentos e oitenta e seis – diz ela. – Blaine, duzentos e vinte e três.

★ CAPÍTULO 24 ★

Repasso as últimas semanas na minha cabeça.

O pesadelo no Chaleira de Aço. A euforia ao conseguir as cinquenta assinaturas. Minha conversa com o Joey na frente do Banana Gulosa. Colocar meu nome na cédula de votação. Passar vergonha no debate inteiro mas terminar arrasando. E, agora, perdendo para Zach.

E não perdendo por pouco.

Que montanha-russa de emoções!

Que acabou de terminar num acidente devastador.

Trish entrelaça seu braço no meu enquanto caminhamos até o sr. Wells com Ashtyn e Zach para entregar as cédulas e reportar nossa contagem. O sr. Wells marca sua prancheta, parabeniza Zach com um tapinha no ombro e aperta minha mão.

— Foi uma eleição difícil — sussurra ele, inclinando-se para perto de mim. — Bom trabalho, Blaine.

Trish e eu caminhamos como zumbis para o segundo período, enquanto a decepção emocional — que levou um mês inteiro para se concretizar — toma conta de nós dois.

Rapidamente todo mundo fica sabendo que Zach venceu, e sou soterrado por palavras de consolo de amigos e comentários de desconhecidos sobre o que rolou e por quê. Alguém no segundo período já descobriu o número de votos e me diz que perdi para o Zach de cinquenta e seis a quarenta e quatro por cento – uma derrota "surpreendentemente desigual", como a pessoa diz, antes de pedir desculpas pela insensibilidade. Uma garota que nunca falou comigo na vida me explica, sem que eu tenha perguntado nada, que eu poderia ter diminuído a margem se tivesse me esforçado mais para conseguir o voto do Clube de True Crime.

Sim, o voto do *Clube de True Crime*.

– Só minha opinião – diz ela, toda presunçosa, voltando a atenção para a calculadora.

Danny e Camilla ficam sabendo antes mesmo que eu tenha a chance de mandar mensagem para eles. Durante o intervalo, eles me abraçam e tentam me distrair da derrota com memes engraçados enquanto comemos batata e bebemos achocolatado. Depois que a estratégia de me fazer sorrir dá errado, eles começam a me dizer como fui um bom candidato. Não sei muito bem se acredito.

É estranho. Agora que a eleição acabou, a questão que estava me perturbando na manhã antes do debate voltou com força total, como um disco girando na minha mente. Se eu não queria mais reconquistar o Joey, *pra que* eu queria me tornar presidente de classe, afinal?

Se não há um motivo decente, por que estou tão triste com a derrota?

E então me dou conta de que é porque decepcionei minha equipe.

Danny sacrificou suas folgas no trabalho para me dar dicas sobre o conselho estudantil que eu jamais saberia se não fosse por ele. Camilla passou as únicas noites livres que tinha no museu sendo uma versão vilanesca muito boa do Zach Chesterton durante nossos ensaios do debate. E Trish? Eu nunca a vi tão apaixonada por algo *na vida*, como ela ficou pela Iniciativa de Bem-Estar Wicker West. Era o bebê dela.

Além do mais, tem a sra. Ritewood. O que será que ela acha de mim agora? Sem contar os e-mails de outros comerciantes que eu venho ignorando, só porque queria me tornar um Cara Sério – coisa que claramente falhei em conseguir. Será que perdi esses contatos para sempre? Vale a pena responder depois de tanto tempo?

Apesar de só querer voltar para casa e maratonar qualquer reality show de culinária com o Fondue ao meu lado na cama, Trish decide que vamos ao Grão Grandão com Danny e Camilla depois da aula. Recuso por alguns minutos, mas acabo cedendo.

Pegamos nosso cantinho de sempre. Eu me jogo num pufe ao lado de Camilla, enquanto Danny e Trish pegam o sofá.

– Toma – diz Camilla, me entregando o último pedaço do seu bolo mármore. – Açúcar cura todas as feridas.

– Valeu – digo, balançando a cabeça. – Mas estou de boa. Sem fome.

– Tá bom, então. – Ela coloca o resto do bolo na boca.

– Você ainda pode se inscrever para ser membro do conselho estudantil, assim como eu – diz Danny, dando de ombros. Ele olha para Trish e Camilla. – Vocês também deveriam se inscrever.

– Sem querer soar como um babaca – respondo –, será que a gente pode... não falar sobre o conselho estudantil agora?

Danny assente.

– É só que... – digo, sabendo que estou soando como um babaca – eu não quero pensar na eleição.

– Entendi – diz Danny. – Chega de eleição.

Aparentemente, ninguém tem muita coisa para dizer que não seja sobre a eleição, já que nós quatro ficamos sentados encarando o vazio. O Grão Grandão está escuro e gelado, refletindo as nuvens de chuva lá fora. Alguns trabalhadores da região aparecem, pedem seus cafés pretos e desaparecem na chuva de novo, mas, tirando isso, a loja está quieta e vazia.

Meu celular vibra, anunciando uma mensagem de texto.

Droga. Tia Starr. Esqueci completamente de mandar atualizações das eleições para ela. E, agora que perdi, não queria ter que dar a má notícia.

Abro a mensagem, esperando vê-la implorando pelo resultado, mas, em vez disso, recebo um **Oi, bonitão, o que é isso?** seguido de uma foto do cartão de visita do museu. No topo, com a letra da Camilla: *Trampo legal para a sua tia!*

Droga.

Droga, droga, *droga*.

Aposto que a tia Starr achou o cartão na minha cômoda depois de buscar o Fondue no meu quarto para um passeio.

– Que foi? – pergunta Danny, vendo o pavor se espalhar pelo meu rosto.

Levanto e começo a caminhar em direção ao mural de anúncios do outro lado do Grão Grandão.

– Preciso ligar para a minha tia rapidinho. Ela está tentando adicionar um app de streaming na nossa televisão ou alguma coisa assim e precisa de ajuda. Já volto.

Assim que estou longe o bastante de Camilla, ligo para tia Starr e levo o celular até a orelha, com uma sensação nauseante de arrependimento me enchendo por dentro.

– Alô! – grita ela do outro lado da linha.

– Oi.

– E aí?

Peraí. Ela já sabe que estou há semanas escondendo essa oportunidade de emprego dela?

Congelo.

– Bonitão, não me deixa na expectativa – diz ela, suspirando de cansaço. – Como foi a eleição?

Ah.

Dã.

A eleição. Ela está perguntando sobre o resultado daquela eleição idiota.

– A eleição foi, hum... – Engulo em seco. – Eu... te conto tudo quando chegar em casa mais tarde.

– Ah. Tudo bem. – Ela consegue ouvir a derrota na minha voz, é claro, e decide não forçar. – Bom, não esqueça que eu te amo e que você é incrível, independentemente do que tenha acontecido. Tá bom?

A torneira me enche ainda mais de arrependimento quando a chamada fica silenciosa. Pigarreio.

— Sobre aquele cartão de visita! — exclamo, tentando jogar um pouco de empolgação na ligação. — É pra você! A Camilla conseguiu uma entrevista pra você.

— Uma entrevista? No Field? Puta merda. Qual é a vaga?

— Diretora de eventos para a programação infantil ou algo assim.

Ela suspira.

— Quê?

— Isso mesmo.

— Sério?

— Sim. Parece fantástico.

Ela leva um momento para respirar.

— Tá bom, o que eu preciso fazer? O que eu preciso fazer? — Dá para praticamente escutar a mente dela criando uma lista de tarefas. — Posso mandar meu currículo hoje mesmo! Ele deve querer dar uma olhada antes da entrevista, né? Tipo, eu posso mandar *agora*, na verdade. Será que é melhor mandar uma carta de apresentação junto? A Camilla sabe se ele gostaria de receber uma? Deixa pra lá, vou mandar minha carta de apresentação. Não custa nada. Aliás…

— Peraí *só um segundinho*. — Engasgo. — É melhor dar uma olhada no site para ver se a vaga ainda está disponível.

Uma pausa.

— Como assim?

— Bom… — Eu me encolho. — Camilla me pediu para te avisar alguns dias atrás.

— Tá bom…

— Quer dizer… — Eu me encolho ainda mais, fechando os olhos. — Mais que alguns dias atrás.

— Quando?

Paro e penso.

— Lembra daquela noite que você fez café da noite com sanduíches de bacon e ovos pra gente?

— Sim.

— Aquele dia.

— Ah — diz ela. — Entendi.

Eca. Eu odeio essa sensação.

Eu. Odeio. Essa. Sensação.

— Tia Starr — digo, procurando uma justificativa. — Me perdoa por não ter te contado mais cedo.

— Tudo bem — diz ela. Mas dá para perceber pelo seu tom de voz que não está *nada bem*.

— Eu acabei me esquecendo — continuo. — Fiquei todo enrolado com as coisas da eleição e tal. E simplesmente... esqueci. Me sinto péssimo.

— Tudo bem, Blaine — repete ela gentilmente. — Sério, tudo bem mesmo.

Mas consigo perceber que, no fundo, não está, não.

— Vou verificar se a vaga ainda está em aberto — diz ela. — Te vejo hoje à noite, tá bom?

— Você está brava comigo? — pergunto.

Silêncio.

Silêncio *devastador*.

Fondue late ao fundo.

— Claro que não — responde ela. — Eu nunca ficaria brava com você. Até mais.

Ela desliga.

Apoio a testa contra o mural de avisos e fecho os olhos, pingando de vergonha.

Tia Starr nunca se decepcionou comigo. Não assim, pelo menos. A gente discute por causa de *Drag Race* ou ingredientes para o café da noite às vezes, mas nunca ficamos chateados um com o outro por causa de coisas sérias — coisas que podem, talvez, arruinar as chances da sua tia desempregada de conseguir o trabalho dos sonhos.

Volto para Trish, Camilla e Danny um minuto depois.

— Tudo certo? — pergunta Camilla.

Os três me encaram. Eles devem saber que rolou alguma coisa.

Não me sinto no clima para conversar a respeito agora, então continuo com minha mentirinha inocente.

— Só uns problemas técnicos com a tevê e o wi-fi. Nada de mais.

Camilla e Danny voltam para uma conversa sobre como o Grão Grandão faz aqueles donuts vietnamitas com gergelim em cima. Tento escutar e interagir de vez em quando, mas é muito difícil fazer isso com não uma, mas *duas* nuvens escuras em cima da minha cabeça. Fui massacrado na eleição presidencial *e* magoei a tia Starr em menos de vinte e quatro horas.

Essa tempestade não está de brincadeira.

– Essa contagem total de votos não faz sentido – murmura Trish do nada, encarando a mesinha de centro num transe.

Danny e Camilla param de falar sobre donuts.

Nós três viramos para ela, esperando que Trish explique o que acabou de dizer. Mas ela não fala nada.

– Quê? – pergunta Danny. – Como assim?

– Não paro de repassar tudo na cabeça, e… – Ela se perde. – Sei lá. Parece incorreto.

– O Blaine não quer falar sobre as eleições agora – interfere Camilla. – Tá bom, amor?

– Não me parece certo – continua Trish. – Ashtyn e eu passamos pelas quatro alas do colégio, e…

– Trish – interrompo. – Prometo que amanhã a gente fala disso – *ou, de preferência, daqui a uma década*, penso –, mas, por favor, hoje não. Agora não.

Trish se afunda no sofá e fica quieta.

Danny solta uma risadinha, acho que para aliviar o clima.

– Blaine, ela só está tentando ajudar.

– Eu sei – digo, querendo não ter vindo ao Grão Grandão hoje. – Mas eu não quero ajuda agora.

Trish, claramente chateada, levanta e vai ao banheiro.

Camilla suspira e a segue.

– Já volto.

Então fico sozinho com o Danny.

– Você devia pedir desculpas pra ela – sugere ele.

– Por quê?

Ele arregala os olhos, surpreso – como se eu devesse saber por que estou errado.

— Você foi bem grosseiro com ela.

Balanço a cabeça, soltando uma risada agitada.

Ele franze o rosto.

— Por que você está agindo assim, do nada?

— Agindo como?

— Você tratou a Trish mal, e agora está sendo um babaca comigo — diz ele. — Você não é assim.

— Eu disse que não queria falar sobre a eleição, tá bom? — rebato, sentindo um nó na garganta. Todas as emoções da montanha-russa do último mês, somadas à vergonha pela tia Starr ter encontrado o cartão, estão borbulhando até a superfície.

— Eu, Trish, Camilla... a gente te deu apoio durante essa campanha inteira — diz Danny. — Acho que o mínimo que você nos deve é...

— O quê?

— Não ser um cuzão.

— Você não sabe a história toda — respondo delicadamente.

Porém, queria que ele soubesse.

Queria que ele soubesse como estou frustrado comigo mesmo por ter decepcionado a ele, Trish e Camilla; como estou furioso com o Joey que, desde o começo, sabia que ninguém tinha uma chance sequer de destronar o Zach; como é devastador fazer a tia Starr se sentir como se eu tivesse esquecido algo importante para ela.

Mas, se eu começar a explicar tudo isso, sei que vou virar uma poça de lágrimas.

— O que é a *história toda*, então? — pergunta Danny.

— Você está no conselho estudantil há um tempo — respondo. — Mas não sabe como é perder uma disputa grande, Danny.

— Eu *sei* como é perder algo importante — diz ele. — É uma merda. Mas não esqueça que você não é o único sentindo a perda agora.

— Sou o único com o nome na cédula — rebato. — Fui eu quem perdeu a eleição.

Meus olhos encaram os dele, e Danny nem pisca, como se não reconhecesse a pessoa sentada à sua frente.

– Você sabe como essa campanha era importante para a Trish – aponta ele. – Ela também está mal, Blaine. Você é o melhor amigo dela. Como pode não perceber uma coisa dessas?

Engulo o choro.

– Bom, talvez eu não estivesse, como você mesmo disse, *agindo como um cuzão*, se meus amigos fossem honestos comigo em vez de encherem minha cabeça de mentiras sobre minhas *chances reais* de derrotar o Zach.

– Enchendo sua cabeça de mentiras? – Ele parece perdido. – Do que você está falando?

– Lá em casa, quando estávamos escrevendo meu discurso – continuo. – Você me disse que *sabia* que eu ia ganhar a eleição.

– Então... você está chateado porque eu acreditei em você?

– E hoje de manhã, quando a gente estava caminhando com o guarda-chuva, você basicamente disse a mesma coisa: que esperava a minha vitória.

Ele balança a cabeça, desacreditado.

– Estou chateado por você ter me empurrado para uma disputa onde eu nem deveria ter entrado, pra começo de conversa – digo, certo de que nem eu acredito nisso. – É humilhante.

– Te empurrado? – Ele está boquiaberto, em choque. – Sério mesmo? Foi *você* que entrou nessa só pra reconquistar o Joey. Lembra? Você até mesmo admitiu pra mim! Ninguém te *forçou* a nada.

Não respondo mais nada. Porque, se responder, meus olhos vão explodir, inundando o Grão Grandão de lágrimas.

Ele se levanta e vira na direção do balcão.

– Meu turno já vai começar, tenho que ir.

Sou um lixo. O lixo do lixo do esgoto do fundo do poço do mundo.

Pego meu casaco e minha mochila e caminho para a saída.

Bao, chegando lá de fora com uma pilha de assadeiras, segura a porta para mim enquanto eu saio.

– Oi, Blaine.

Preciso segurar a barra.

Segura a barra, Blaine.

– Oi, Bao. – Estou me segurando para não explodir em um milhão de pedacinhos.

– Olha – diz ele carinhosamente, sob o som da chuva batendo no toldo acima de nós dois –, Danny me contou mais cedo sobre as eleições. Sinto muito, amigão.

– Obrigado. Tá tudo bem.

– Sei muito bem como vocês se empenharam nisso. Uma perda dessas não é nada fácil.

– Pois é.

– Mas cá entre nós? – Ele olha ao redor para verificar se ninguém está nos ouvindo. – Foi ótimo ver o Danny se empolgando com alguma coisa de novo. Ele me mataria se soubesse que estou te dizendo isso, mas – Bao abaixa ainda mais o tom de voz – ele não parava de falar sobre você e a eleição. Adorei ver meu filho animado assim. – Ele abre um sorrisão. – Então, mesmo que tenha perdido, você acendeu uma chama especial dentro dele, e aposto que fez o mesmo com vários outros alunos. E isso importa muito.

As palavras dele soam como uma faca atravessando meu peito.

– Obrigado, Bao. – É tudo que consigo dizer antes de sair correndo, me rendendo à chuva.

★ CAPÍTULO 25 ★

Nossa, não foi assim que me imaginei passando o dia seguinte à eleição. Fondue está aninhado nas minhas costas na cama. Estou completamente soterrado sob os cobertores, exceto o rosto e um braço esticado para fora, que desliza a tela do Instagram feito um zumbi, curtindo fotos de sorvete, cachorrinhos e do Jonathan Van Ness.

Queria que nossa Iniciativa de Bem-Estar Wicker West fosse real, porque eu estaria tirando vantagem dela agora mesmo, mandando e-mails anônimos, pedindo conselho no Chat dos Alunos e passando todos os intervalos da semana que vem meditando no Espaço dos Alunos.

Eu me forço a fechar o Instagram depois de ver o mesmo vídeo de receita de risoto pela quarta vez e abro meu e-mail. Há outra mensagem da sra. Ritewood me esperando. Um nó de palavras se forma em minha garganta. O assunto do e-mail diz *Tenho uma atualização sobre meu mural, Blaine!*, mas estou tão paralisado pelo medo que solto o celular no colchão sem nem sequer abrir o e-mail. Amanhã eu leio. Ou semana que vem. Ou nunca.

Sei que preciso sair dessa cama. Sei que preciso tomar um banho, vestir uma roupa e ao menos tentar ser uma pessoa hoje. Mas essa é a última coisa que eu quero fazer.

Não é nem a derrota que está me deixando mal assim – é a maneira terrível como *lidei* com a derrota. Eu me sinto envergonhado e frustrado por ter decepcionado Trish, Danny e Camilla, e então – numa reviravolta brutalmente irônica – ter descontado toda essa vergonha e frustração nas pessoas que menos mereciam. Talvez eu não seja capaz de vencer uma eleição, mas posso dar aulas de como perder uma. E, olha, já que estou por aqui, pode me chamar para ser o professor do curso Como Ser Um Sobrinho Horrível também.

Nem trinta segundos se passam antes que meus dedos fiquem ansiosos, precisando tocar numa tela, então pego o celular de novo e volto ao Instagram.

A única imagem que eu não precisava ver agora é a primeira a aparecer.

Uma publicação do Joey, compartilhada segundos atrás. Ele está de pé num barco, flutuando pelo Rio de Chicago, com o braço ao redor do Zach. Os dois radiantes sob a luz do sol, como se tivessem ganhado na loteria, a cidade cintilando ao fundo.

Surpreendi o boy com um passeio turístico de barco pela arquitetura de Chicago depois da grande vitória de ontem!!!, dizia a legenda, acompanhada da hashtag #PresidentesDeClasse.

– Só *pode* ser brincadeira – suspiro, jogando o celular no chão.

– Você está nessa de novo?

Dou um pulo. Fondue late.

É Trish, parada na porta segurando duas bebidas geladas.

– Tô tendo *déjà-vu*, Blaine. – Ela pausa, escutando a música que toca ao fundo. – Você não sabe ouvir nada que não seja o álbum *Folklore*?

– A Taylor Swift me entende.

Ela revira os olhos.

Sento na cama e abro espaço para ela. Trish senta, cruza as pernas e solta o ar, olhando para o meu quarto bagunçado como fez na semana do recesso.

O silêncio começa a ficar pesado, então vou direto ao que precisa ser dito.

– Trish – começo, engolindo em seco e arrumando a postura. – Sinto muito, *muito mesmo* pelo meu mau humor ontem no Grão Grandão...

– Não, não vim aqui pra isso – diz ela, empurrando o mocha na minha mão. – Não quero um pedido de desculpas agora. Outro dia a gente resolve isso.

Bebo um gole, meio confuso.

– Então você quer... assistir a um reality show de culinária comigo?

– Vim pra falar de coisa séria, e o tempo está passando. Você não me ouviu ontem? A contagem total de votos não faz sentido.

– Ah, certo. Tinha me esquecido disso.

– Alguém mexeu nas cédulas.

Fecho os olhos, temendo o rumo da conversa.

Era óbvio, desde que criamos a iniciativa de bem-estar, que Trish estava muito mais empenhada nesta eleição do que eu. Mas criar uma teoria da conspiração para justificar minha derrota? Isso é outro nível.

– Trish. – Abro os olhos de novo, falando lentamente. – Zach teve mais votos do que eu. É assim que eleições funcionam.

– Blaine – responde ela. – Se você falar comigo assim mais uma vez, vou pegar seus fones de ouvido e nunca mais devolvo.

Ela pega um pedaço de papel na bolsa e joga na minha cara.

Viro a folha para ler.

– Um mapa do colégio. – Olho para ela. – Obrigado?

– Olhe para as salas de Artes Criativas, bobão. – Ela aponta para o lado superior esquerdo, onde as salas estão destacadas. Trish listou os nomes das aulas que acontecem naquela área do colégio.

– Tá bom?

– Pensa nessas aulas.

– Elas são... aulas de Artes Criativas. – Estou tão confuso. – O que estou perdendo aqui?

– Banda, teoria musical, escrita criativa, teatro, fotografia, arte e muito mais. Quem está nessas eletivas?

Paro e penso.

– Bom, acho que poucos futuros economistas. É o pessoal mais artista, tipo eu.

Ela assente.

– Você acha que um monte de artistas seria fã do Zach Chesterton?

– Não, provavelmente não.

Ela pega o mapa de volta.

– Dá pra presumir que você venceria nestas turmas, e de lavada, certo?

– Nunca pensei a respeito disso, mas claro. Sim.

– Eu não te contei antes porque não queria soar... – ela pausa, envergonhada – empolgada demais. Mas, uma semana antes da eleição, fiz uma pesquisa entre os alunos do nosso ano para saber quem eles estavam pensando em apoiar durante a eleição, você ou Zach. Eu não cheguei a, tipo, anotar todas as respostas nem nada. Só queria ter uma sensação geral de em quais alas do colégio você tinha mais força, e em quais era mais fraco, só para o caso de termos que colocar cartazes nas alas em que você precisasse de um empurrãozinho.

– Nossa! – digo com um sorrisinho. – "Empolgada demais" é pouco.

– Cala a boca. Eu fui uma líder de campanha boa pra cacete. Enfim. – Ela bebe do canudo. – Claro, isso não chega a ser uma prova, mas nas minhas pesquisas você estava dominando a ala de Artes Criativas, Blaine. Tipo, de lavada. Os alunos de lá estavam desesperados para se livrar do Zach, dispostos a te dar uma chance.

– Ah, legal, então.

– Eu diria que, a cada cinco pessoas que eu entrevistei, quatro estavam certas ou inclinadas a votar em você. Isso é oitenta por cento, cara! As outras alas estavam mais meio a meio, mas não a de Artes Criativas.

– O que você está querendo dizer? – pergunto, sentando direito e fazendo cafuné no Fondue.

– Ashtyn e eu recolhemos os votos da ala de Artes Criativas *primeiro*, ou seja, as cédulas de todas aquelas turmas estavam no fundo do saco. – Ela olha para mim como se eu já devesse ter entendido tudo a essa altura. – *Ou seja*, a última leva de votos que contamos deveria estar desproporcionalmente a seu favor. Você deveria ter levado a *grande maioria* deles.

Peraí.

— *Aah* — digo. — Foi *por isso* que você me deu aquela olhada no final da contagem. Porque você achava que daria para ganharmos de virada.

— Sim. — Ela solta o ar, aliviada. — Finalmente você entendeu.

— Não sei, não, Trish.

— Como assim "não sei, não"?

Dou de ombros.

— É uma boa teoria, mas parece forçação.

— Blaine. — Ela está boquiaberta. — O Zach *aumentou* a margem de vantagem nos últimos cento e poucos votos que contamos; votos que seriam, em sua maioria, dos alunos artistas. — Ela balança a cabeça. — Isso não parece esquisito?

— Eu *não quero* lidar com isso agora.

Perder para o Zach — e com uma grande diferença de votos — já é humilhante o bastante. Imagina só chegar na escola na segunda-feira exigindo que o sr. Wells faça uma recontagem com base em uma teoria da conspiração construída sobre nada além de uma pesquisa duvidosa feita pela minha própria líder de campanha? Eles me mandariam de volta para casa, achando que delirei.

— Isso não pode esperar? — pergunto, sem saber como lidar com a situação.

Ela suspira.

— Esperar até *quando*?

— Sei lá.

— Você não acredita em mim?

— Não é uma questão de *acreditar* em você. É só que... — Paro e penso. — Não sei se consigo fazer isso.

— Perguntar ao senhor Wells? Confrontar o Zach? Exigir ver as cédulas de novo e procurar por qualquer coisa suspeita? — Ela se levanta abruptamente. — Quer dizer, essas são três possibilidades, só pensando assim logo de cara.

— Exigir ver as cédulas de novo? Trish, eu te amo, mas você tem noção do que tá falando?

Ela pega a bolsa e sai batendo pé.

– Peraí! – Eu chamo, sentindo que só piorei as coisas. – Sinto muito mesmo pelo jeito como eu te tratei ontem no café!

Ela para na porta.

– Como sua melhor amiga, eu queria que você vencesse – diz ela. – Mas sinceramente? Eu queria muito mais que a iniciativa de bem-estar se tornasse algo real. Porque eu sei que faria a diferença de verdade. – Ela suspira. – Porém, acho que você anda sendo egoísta demais para enxergar o potencial dessa ideia, Blaine.

– Trish...

Ela vai embora.

★ CAPÍTULO 26 ★

A segunda-feira chega depois de um longo fim de semana sem sair da cama. Quero *muito* faltar à aula, mas meus pais estão "se mostrando linha-dura", como eles dizem.

— Aguente firme só por hoje, filho – diz minha mãe, dando um beijo na minha cabeça enquanto como meu cereal açucarado na ilha da cozinha. Ela desaparece pela porta com seu uniforme.

Um minuto depois, meu pai pausa uma ligação para falar comigo.

— Você consegue! – sussurra ele, e também vai embora.

Tia Starr aparece na cozinha com seu roupão, carregando uma tigela com toranjas fatiadas.

— Oi – diz ela.

— Oi – respondo.

Passamos o fim de semana inteiro fingindo que estava tudo normal – como se eu não tivesse arrasado com os sentimentos dela ao esconder uma oportunidade de carreira incrível. Mas é difícil agir normalmente; nenhum dos dois é bom pisando em ovos. Sobretudo quando os ovos envolvem o outro.

– Alguma novidade sobre o trabalho no museu? – pergunto, tentando soar otimista.

Ela coloca a tigela na pia e se vira para mim, a mão nos lábios.

– Bom, nenhuma resposta ainda. Só mandei o e-mail na tarde de sexta, então tem chance de ele nem ter lido ainda. – Ela cruza os dedos. – Vamos torcer por notícias boas em breve!

Levanto a mão, cruzando os dedos também.

– Com certeza.

Ela começa a ir embora.

– Tia Starr – digo.

Ela para e se vira.

– Sinto muito mesmo por não ter te falado sobre a vaga antes – enfatizo. – Tô me sentindo péssimo com tudo isso.

Ela balança a cabeça, e um sorriso se abre no seu rosto.

– Blaine, eu juro que entendo. Você está ocupado com muita coisa no momento. Não se preocupe.

Tia Starr vai embora, e Fondue a segue.

Mas eu *estou* preocupado. E *me sinto* péssimo.

Termino o café da manhã e saio para o colégio. Três dias atrás, essa caminhada foi bem diferente, aninhado com o Danny embaixo do guarda-chuva, na esperança de me tornar presidente de classe. Mas agora só consigo ruminar como fui egoísta desde que decidi entrar nessa maldita competição.

Eu estava tão focado em vencer que não vi como a iniciativa de bem-estar era importante de verdade para a Trish. Estava tão determinado a reconquistar o Joey que não pensei duas vezes em como o Danny estava sendo altruísta ao dedicar tanta energia na nossa campanha. E eu estava tão determinado a manter a tia Starr só para mim que posso ter feito ela perder a oportunidade de emprego mais legal que já recebeu.

– Oi – digo, me aproximando de Trish no armário dela.

– Oi. – Pelo tom de voz, ela claramente não quer falar comigo.

– Desculpa. – Encaixo os polegares nas alças da mochila e balanço o corpo para a frente e para trás, todo sem graça. – Eu fui um idiota e...

– Tudo bem – diz ela rapidamente, fechando o armário e indo embora.

Nada bem.

Aperto o passo para acompanhá-la.

– A gente pode conversar?

– Acho que não tem muito a ser dito.

– Eu acho que, tipo... tem *muito* a ser dito.

– Isso não pode esperar? – Trish me parte ao meio, repetindo a mesma pergunta que fiz para dispensar sua teoria de fraude na eleição. Ela vira no próximo corredor e foge com sucesso, me deixando desesperado por uma resposta.

Assim como a tia Starr, é raríssimo ver Trish chateada de verdade comigo. Mas, *diferentemente* da tia Starr, quando acontece, minha amiga não tem medo nenhum de demonstrar.

O armário de Danny fica no caminho para a minha aula de Artes, então decido passar por lá para ver se o encontro, na esperança de reparar nesta manhã pelo menos uma das minhas amizades abaladas. Eu o avisto a algumas salas de distância, conversando com um amigo do conselho estudantil; não quero interromper com meu pedido de desculpas.

O dia de hoje está simplesmente destinado a ser péssimo.

No intervalo, só Camilla está sentada na nossa mesa de sempre no refeitório. Não tenho certeza se está oficialmente do lado de Trish a essa altura, então chego com cautela. Porém, ela me cumprimenta com um sorriso. Não sei descrever como é reconfortante ter pelo menos uma amiga que não me odeia.

– E aí? – digo com um suspiro, sentando na frente dela com minha fatia quadrada de pizza de peperoni. – Você não está chateada comigo?

– Eu *jamais* ficaria chateada com você – responde ela, bebendo chá verde. – Peraí, não é bem assim. É claro que eu ficaria. Mas, no momento, não estou.

– Ela está me evitando, né? – pergunto, procurando por Trish pelo refeitório.

– Ela inventou um teste-surpresa.

– E você viu o Danny?

Camilla balança a cabeça, franzindo o cenho.

– Ele eu já não sei.

— Camilla, eu fui um cuzão lá no Grão Grandão. — Não quero mais desperdiçar meu fôlego sem incluir um pedido de desculpas. — Estava chateado por ter perdido e descontei em vocês três. Me desculpa.

Ela levanta o punho, propondo um soquinho de leve.

Eu aceito.

— Sim, você foi um cuzão — diz. — Mas eu entendo. Sexta foi um dia horrível.

— Você nem sabe sobre a outra parte horrível daquele dia — confesso, sentindo meu rosto queimar. — Fui muito babaca e esqueci de contar pra tia Starr sobre aquela vaga no museu que você falou. Ela encontrou o cartão de visita enquanto a gente estava no Grão Grandão.

Camilla fica séria.

— Mentira?!

— Pior que não.

— Eu falei pro meu chefe esperar o e-mail dela!

— Me desculpa.

— É o *meu* que está na reta também.

— Eu sei, *eu sei*. — Meu estômago se revira de culpa. — Eu mandei muito mal. Foi péssimo. Me desculpa.

Ela pausa um pouco para racionalizar sua frustração comigo.

— Bom, ela enviou o e-mail pra ele, certo?

— Sim.

Camilla solta um suspiro barulhento que chama atenção da mesa ao nosso lado.

— Que bom. Sei que eles ainda estão buscando candidatos, então talvez ela consiga.

— Peraí, sério? — O alívio toma conta do meu peito. — Tem certeza?

— Sim. Eles estão tendo dificuldade para encontrar uma pessoa qualificada que seja ideal para a vaga. Mas vão adorar a tia Starr. Eu tenho certeza. — Ela bebe um gole de chá. — Posso perguntar uma coisa?

— Claro.

— Você *esqueceu* de contar a ela sobre a vaga ou, sabe... — Ela inclina a cabeça para mim, como se eu devesse saber.

— O quê?

— Você não contou de propósito?

Meu coração acelera.

— Por que eu faria isso?

Ela inclina ainda mais a cabeça.

— Blaine... sem essa.

Aperto os olhos, analisando a expressão dela.

Camilla faz o mesmo comigo.

Eu me sinto *exposto*.

— Tá bom. – Solto o ar. – Como você sabe?

— Você é mais transparente do que imagina. – Ela cutuca minha bandeja de brincadeira. – É compreensível. Eu entendo por que você não iria querer que sua tia arrumasse um emprego. Ela iria embora da sua casa. E a tia Starr é, tipo, a melhor colega de quarto imaginável.

— Né?

— Ela prepara cafés da noite incríveis, é engraçada e torce por todo mundo. – Camilla joga todos os fatos. – Eu também ficaria arrasada de vê-la indo embora.

É como um abraço quentinho ouvir a Camilla validar meus sentimentos. Porque, claro, foi superegoísta da minha parte esconder a vaga da tia Starr. Não tem como negar. Mas eu só fiz isso porque ela é muito importante para mim. Fiz porque tenho medo de perdê-la.

Talvez seja melhor dizer tudo isso para a tia Starr também.

— Ela ficou chateada por você não ter contado? – pergunta Camilla.

— Acho que sim – digo.

— Explique seus motivos pra ela – diz Camilla, como se fosse fácil. – Ela pode até continuar triste, mas pelo menos vai entender.

— Verdade. Já a Trish... – Encho as bochechas de ar e solto lentamente. – Sua namorada deixou muito claro que *não está* de boa comigo.

— E com razão – acrescenta Camilla, arqueando uma sobrancelha.

— Concordo.

— Não se preocupe. – Ela tira um pedacinho da borda da minha pizza. – Ela só precisa de um tempo.

— Acho que subestimei quão importante a nossa iniciativa pela saúde mental era pra ela — comento. — Eu sabia que ela estava empolgada, mas não me dei conta do quanto ela tinha ficado envolvida.

— Pois é. — Ela coloca a pizza na boca. — Trish é um anquilossauro.

— Um o quê?

Ela para um momento para mastigar.

— Um anquilossauro. Uma espécie de dinossauro que é coberta de cascos. O maior pesadelo dos predadores. — Ela faz uma pausa para pensar. — Imagina só, tipo, uma versão dinossaura e enorme de uma tartaruga. Um anquilossauro é basicamente assim.

— Trish é uma tartaruga-gigante? — Arqueio a sobrancelha para ela. — Acho que ela não ia gostar nem um pouco dessa comparação, Camilla.

— Que nada, eu digo isso pra ela o tempo todo. — Ela puxa mais um pedaço de pizza. — Ela é reservada, é isso que quero dizer. Trish carrega uma armadura por onde quer que vá. Você, como melhor amigo dela, devia saber muito bem.

— Sei.

— É por isso que ela levou um tempo para se abrir sobre a depressão e começar a conversar com um psicólogo — diz Camilla. — Ela sempre fala com a gente sobre coisas bobas e triviais, é claro.

— Com certeza.

— Mas as coisas sérias? As coisas vulneráveis? Ela precisa de um tempo. E acho que foi isso que aconteceu na campanha. — Ela mergulha o pedaço de pizza num potinho de molho na minha bandeja. — *Eu* sabia como a iniciativa de bem-estar era algo pessoal pra ela, mas acho que não ficou tão óbvio pra você, já que estava distraído com a competição.

— Verdade.

Trish tem uma casca dura e esconde muita coisa. Mas, quando você *consegue* perfurar a armadura e arranhar a tartaruga ali dentro, é muito mais fácil ver por que ela ficou tão magoada — e o que você fez para causar isso.

Camilla pega o resto inteiro da minha fatia na maior cara de pau.

— Mas não se preocupe muito, Blaine — diz ela, a boca cheia de queijo.

— O anquilossauro só precisa de um tempinho.

★ CAPÍTULO 27 ★

Chego em casa do colégio sabendo o que preciso fazer. Subo a escada até o quarto de visitas, dou algumas batidinhas à porta e entro.

Parece que um furacão passou por aqui. Montanhas de roupas da tia Starr estão espalhadas pelo chão, há pilhas tortas de livros desorganizados e prestes a cair, e uma bola de cabides amassados – tão retorcidos que mais parecem arame farpado – está em cima da cama. Ela só está morando com a gente há alguns meses, mas, pelo estado do quarto, um estranho acharia que minha tia de trinta e sete anos está arrumando seu quarto de infância pela primeira vez na vida.

– Oi – diz ela ao me avistar. – Como foi no colégio?

– Mais ou menos – digo, sentando no chão na frente dela. – Podemos dizer que pelo menos eu sobrevivi.

– Muito bom. A metade cheia do copo. Pode me passar aquilo ali? – Ela aponta para uma caixa azul apoiada numa pilha de sutiãs atrás de mim. Pego a caixa e consigo ver que dentro dela há uns trinta esmaltes de cores diferentes. – Obrigada – diz ela, entornando o conteúdo da caixa numa caixa ainda maior e mais bagunçada.

– O que está rolando aqui? – pergunto, olhando ao redor.

Ela pausa para analisar a bagunça também.

– Me dei conta de que vou embora daqui cedo ou tarde, seja semana que vem ou daqui a seis meses. – Ela assopra a franja para longe do rosto. – Melhor começar a organizar tudo de uma vez.

Assinto, quase certo de que eu sou o responsável por isso.

Ela está ansiosa para juntar suas coisas e dar o fora daqui, tudo graças a mim.

– Tia Starr, eu...

Ela levanta o dedo indicador.

– Antes de você pedir desculpas *de novo*, porque eu sei que é isso que você vai fazer – ela alerta com um sorrisinho –, o museu me ligou hoje.

– Sério?

– Sim. Tenho uma entrevista esta semana. – O sorrisinho dela vira um sorrisão. – Crise resolvida.

Solto o ar, me apoiando numa pilha de edredons.

– Você não tem ideia de como eu estava com medo de ter estragado essa oportunidade pra você. Me desculpa, eu...

– Blaine. – Ela toca meu rosto por um momento. – Chega. De. Desculpas. Tá bom?

– Tá, descul... quer dizer, tá bom.

– A gente se esquece das coisas às vezes, bonitão. Somos todos humanos.

Tia Starr volta a separar seus esmaltes. O quarto fica quieto.

É agora ou nunca. Preciso ser honesto a respeito do que aconteceu, ou jamais vou me perdoar.

– Tia Starr – digo, hesitante. – Você me mataria se eu te contasse que, tecnicamente, eu não esqueci de te contar sobre a vaga?

Ela joga um vidro de esmalte no lixo antes de me olhar com a cara fechada.

– Tá me dizendo que você escolheu não me contar?

Eu me encolho todo, sem saber como ela vai reagir.

– Sim – diz ela, apertando os lábios. – Eu imaginei.

Eu suspiro.

Ela solta uma risada.

— Peraí, você conseguiu me imaginar fazendo uma coisa dessas? — pergunto, ofendido.

Ela ri mais ainda.

— Mas não é exatamente isso que você está me confessando que fez?

Sim. Claro que sim. Mas eu queria que ela ficasse *surpresa* por eu ser capaz de fazer algo tão egoísta. *Admirada* que eu possa ser um cuzão.

— Posso tentar adivinhar por que você não quis me contar sobre a vaga?

Assinto.

— Você não queria que eu fosse embora daqui?

Assinto de novo.

— Porque, se eu for embora, você terá mais noites sozinho? E a gente vai se ver menos? E eu vou ficar ocupada, você vai ficar ocupado, e a vida vai interferir em tudo? E teremos menos cafés da noite, e não poderemos ficar à toa juntos comendo besteira e vendo filmes todo fim de semana?

Sinto uma lágrima se formando no meu olho.

— Tipo isso, mais ou menos.

— Pois é — diz ela. — Eu também.

Fondue aparece saltitando no quarto e, depois de dar uma volta na nossa frente, deita num espaço vazio entre duas pilhas de livros. Ele apoia a cabeça no tapete e solta um suspiro longo, provavelmente sentindo que os dias da tia Starr aqui estão contados.

— Acredite ou não, esses meses que passei aqui com você foram alguns dos melhores da minha vida — diz ela.

Reviro os olhos com um sorriso.

— Até parece.

— É sério.

— Não precisa dizer isso só pra eu me sentir bem.

— Não é isso, Blaine. Eu amei cada minuto que passamos juntos. — Ela se vira para um sonolento Fondue. — E com você também.

Afundo minha cabeça com mais força no edredom.

— Eu não queria que você ficasse desempregada pra sempre — esclareço. — Eu só sabia que você iria se mudar assim que conseguisse um emprego. E meus pais estão sempre fora... — Dou de ombros. — Tem sido muito bom ter você por perto, só isso.

Ela engole em seco, pensando no que vai dizer.

— Bom. — Mais uma pausa. — Em primeiro lugar, sei que é frustrante eles não estarem por aqui o tempo todo, mas tente ser paciente com seus pais, tá bom? Por mim? Você é a prioridade número um deles, mesmo que seja difícil de enxergar isso às vezes. — Ela respira fundo. — E, em segundo, tem sido muito bom te ter por perto também. *Muito* bom.

Começo a corar.

— Claro, tive momentos difíceis desde que fui demitida — continua ela, examinando o rótulo de uma vela aromatizante antiga. — Desemprego não é brincadeira. Na maioria dos dias eu me sentia uma fracassada falida. — Ela faz uma pausa. — Mas você foi meu ponto de luz, Blaine.

Não sei o que dizer.

— E quer saber? Pensando melhor agora, quando ouvi você e seus amigos falando sobre aquele negócio do bem-estar...

— Iniciativa de bem-estar.

— Isso, sua iniciativa de bem-estar... — Ela se perde nos pensamentos, mordendo o lábio. — Me lembrou de respirar fundo. De pegar leve comigo mesma. De ser grata por todas as coisas sem as quais eu não conseguiria viver... tipo *você*. — Ela bagunça meu cabelo antes de soltar um suspiro. — Entende o que eu quero dizer?

Eu entendo, muito.

— Mas agora preciso começar um novo capítulo — diz ela, pegando outra vela para examinar. — Não posso me esconder no quarto de visitas da minha irmã pra sempre, vivendo indiretamente as vidas do meu sobrinho adolescente e dos seus amigos. — Ela sorri. — Por mais que tenha sido divertido me sentir com dezesseis anos de novo, eu...

Eu me sento, inclinando o corpo para a frente e puxando-a para um abraço.

Eu estava precisando de um hoje.

Acho que ela foi pega de surpresa, porque, por um segundo, não esboça nenhuma reação. Mas depois sinto a maciez do roupão dela tocando minhas costas e me apertando com força.

– Você vai ficar bem sem mim, Blaine – sussurra ela. – Vai ficar *muito melhor* do que "bem". Você vai brilhar.

– Pena que todos os meus amigos me odeiam agora – digo, sentindo uma lágrima escapar do olho. – Bom, tirando a Camilla. Mas o Danny e a Trish me odeiam.

– Para com isso! – briga ela. – Eles não te odeiam. – Nos separamos, e é reconfortante ver que ela também está com os olhos molhados. – Amizades são tipo... – ela improvisa na hora – ...jardins. Você precisa cuidar. Uma planta pode até murchar, mas você só precisa dar a ela um pouquinho de água e sol. Dê um pouquinho de carinho para Trish e Danny, e as coisas vão se resolver.

– Sim.

Se ao menos eu pudesse regar meus amigos para que tudo ficasse bem de novo...

Peraí...

– Ai, meu Deus! – grito.

Tia Starr pula.

– Que foi?

– Tenho que ir.

Ela entorta a cabeça, confusa.

Eu me levanto e saio correndo.

– Te amo!

– Tá bom, mas, independentemente do que você fizer, tome cuidado! – grita ela enquanto desço a escada correndo, dois degraus de cada vez. – Também te amo, bonitão!

Calço meus sapatos e atravesso a porta correndo, me odiando por não ter pensado nisso antes. Minutos depois, estou na frente da vitrine do Grão Grandão espiando lá dentro. Está bem escuro. Danny parece não estar, mas o pai dele está no caixa.

Eu entro.

— Oi, Bao — sussurro, caminhando até o balcão na ponta dos pés. — O Danny está?

— Oi, Blaine — diz ele, soltando uma bandeja de brownies antes de me lançar um olhar desconfiado. — Segundas são mais tranquilas, então dei a noite de folga pra ele. Por que você está sussurrando?

— Isso pode soar meio esquisito, mas... — Olho ao redor só para ter cento e cinquenta por cento de certeza de que o Danny não está escondido por aqui. — Você tem uma foto da senhora Nguyen que possa me emprestar?

— Uma foto da senhora Nguyen? — ele pergunta, convencido de que escutou errado.

— Isso.

— Minha esposa?

Assinto.

Bao contorce o rosto, incrédulo.

— Posso saber pra quê?

Eu me inclino sobre o balcão, nervoso, e explico meu plano, torcendo para que não pareça maluquice ao dizer em voz alta.

— O que você acha? — pergunto com medo.

Sem nenhuma expressão, ele encara a fileira de suculentas de Danny, perto da janela.

Droga. Acho que exagerei. Apesar de ser cliente do Grão Grandão há anos, não diria que eu e Bao somos *próximos*. Nosso relacionamento se limita a cumprimentos amigáveis e pedidos de mocha latte. Será que passei dos limites?

Ele se volta para mim com um brilho nos olhos.

— Amei a ideia. Vamos nessa.

Um sorriso toma conta do meu rosto.

— Certeza?

— Absoluta.

Bao desaparece cozinha adentro, me deixando formigar dos pés à cabeça. Ele volta logo em seguida e me entrega uma foto da esposa.

A sra. Nguyen parece ter uns trinta anos na foto, cheia de vida. Sua boca, levemente aberta, foi capturada no meio de uma risada calorosa.

Devia estar ventando também, porque uma mecha do cabelo preto e comprido dela flutua para trás; ela está usando a mão direita para segurar um chapéu-coco na cabeça.

Vejo no olhar dela a mesma gentileza que vejo no Danny.

— Ela era linda — digo, sorrindo para a foto.

— Muito — Bao reconhece. — É minha foto favorita dela. Deixo sempre na minha mesa.

A imagem enquadra o torso da sra. Nguyen, que está sentada no que me parece ser a escada de uma varanda, mas o fundo desfocado não importa. O rosto dela está nítido, e cada linha sutil e curva na pele irradia alegria.

— Vai funcionar? — pergunta Bao.

Meu cérebro está a mil, imaginando todo o potencial.

— Tudo bem se eu tirar uma cópia? É muito mais fácil ter uma foto física de referência.

— Sim, claro. Quando você começa?

Penso.

— Que tal... agora?

Ele esfrega as palmas das mãos uma na outra.

— Fantástico!

Encaro os brownies por um segundo, tentando organizar meus pensamentos.

— Você acha que consegue convencer o Danny a vir pra cá daqui a umas duas horas? Assim posso mostrar pessoalmente no que eu estava pensando.

Bao assente.

— Perfeito — digo, sentindo um tornado de inspiração rodopiar dentro de mim; uma onda de empolgação que não sinto desde que estava trabalhando na Papelaria da Susan semanas atrás. — Já volto.

Passo na loja de materiais de escritório no fim do quarteirão para tirar uma cópia da foto e depois corro para casa o mais rápido que consigo. Tia Starr está fazendo uma pausa na organização com um vidro de pasta de amendoim, e ela dá um grito de susto quando atravesso a casa correndo e vou até o galpão do meu pai no quintal. Abro as portas, e o cheiro me atinge com tudo – o cheiro de que eu nem sabia que estava sentindo tanta saudade até este momento: pó de serra, pinheiro e um leve aroma de musgo.

O cheiro que significa que um novo mural está a caminho.

Quero pegar todas as latas de tinta que vejo e abraçá-las.

– Que saudade de vocês – digo a elas, com total noção de que estou falando com tinta acrílica inanimada.

Olho ao redor para todos os meus materiais – baldes, pincéis, rolos, caixas, panos e muito mais –, me perguntando por que tentei me convencer de que me tornar a versão do Joey de um Cara Sério me traria mais felicidade do que tudo isso aqui.

Então pego os itens de que preciso para hoje – fita adesiva, caderno de rascunho, lápis, trena, régua e uma escada pequena – e carrego tudo para casa.

– O que diabos está acontecendo? – pergunta tia Starr, com uma colher de pasta de amendoim na mão enquanto Fondue late a seus pés, querendo dar uma lambidinha.

– Tive uma ideia de mural para o Grão Grandão.

Ela arregala os olhos.

– Aí sim!

Jogo tudo dentro do meu carrinho que está na varanda da frente e volto para a cafeteria, onde deixo as coisas na lateral da loja e encaro a parede de tijolinhos enorme à minha frente.

Primeiro, decido quais proporções eu quero para o mural, assim como a localização exata da pintura. Como a foto da sra. Nguyen é vertical, decido que a arte toda deve ter dois e meio de altura, por um e oitenta de largura. Nessa etapa, usar uma fotografia de referência deixa meu trabalho bem mais fácil, enquanto traço a sra. Nguyen com facilidade numa outra folha de papel.

Depois, marco o desenho com uma grade de oito por seis – as dimensões que vou replicar na parede. Com essa técnica de grade, consigo manter a proporção perfeita enquanto transfiro a imagem do papel para a parede. Usando a escada, demarco com fita adesiva o lugar onde o mural será pintado, só para ter uma ideia melhor do tamanho e do espaço. Acho que vai dar certo.

Dou um passo para trás e visualizo o futuro mural por inteiro – entro em pânico.

Estou só presumindo que o Danny vai gostar disso. Mas e se ele não gostar? E se o mural for uma péssima ideia? Durante todo o tempo em que namorei o Joey, eu achava que ele gostava dos meus murais, até ele confirmar no Chaleira de Aço de maneira *bem direta* que nunca foi um grande fã do meu trabalho nada sério.

Danny já me chamou de "garoto dos murais" uma vez. Será que ele também acha meu trabalho uma grande piada?

– Que tal um lanchinho, Blaine? – Bao vem caminhando na minha direção com um cookie de canela e um copo de água gelada. – Por conta da casa.

– Impossível recusar – respondo, engolindo quase tudo numa única mordida deliciosa.

– Danny acabou de chegar na cozinha – diz ele.

– Ah.

– Quer que eu fale pra ele vir aqui?

– Sim. – Engulo o nervosismo.

Ele sorri, desaparecendo dentro do café.

Um minuto depois, ouço o sininho da porta da frente do Grão Grandão e vejo Danny virar a esquina. Ele está de moletom cinza, bermuda de basquete e tênis branco. Lindo de dar nervoso. Como sempre.

– Hum... – Ele olha para mim e para a escada, completamente desorientado. – Meu pai disse que você queria me mostrar uma coisa?

Dou um passo na direção dele.

– Sim. – Aponto para a parede, onde a fita está marcando o retângulo onde o mural será feito. – Se você estiver de acordo, eu adoraria pintar uma foto da sua mãe. – Levanto a imagem que o Bao me deu. – Esta aqui.

Ele olha para a foto e para a parede, mas não diz nada.

– Eu deixaria o fundo da foto de fora, já que é meio sem graça e desfocado – digo, examinando a foto na minha mão. – Mas estava pensando em, sei lá, encher o espaço atrás dela com uma ilustração floral bem grande.

Nem uma palavra.

Então continuo falando:

— Seria ela em primeiro plano, sorrindo, com flores coloridas e plantas brotando a seu redor. Você pode me ajudar a escolher as espécies, se quiser.

Os olhos dele passeiam pela parede enorme na nossa frente enquanto o silêncio continua a me matar.

— Você me disse que vocês dois faziam jardinagem juntos, então eu pensei que... sei lá, pensei que seria um jeito legal de lembrar dela – continuo. – E seu pai disse que há espaço suficiente aqui na frente do mural pra você fazer um jardim só seu... se você quiser, é claro.

Ele abre a boca como se fosse dizer algo.

Mas então a fecha.

— E eu, hum... – Tento preencher o vazio, já que, aparentemente, ele não vai. – Me desculpa pela sexta-feira, Danny. Eu estava péssimo por causa da eleição, descontei em você e na Trish, e não devia ter feito isso. Sei quanto você se importava com a campanha e fui um baita de um...

— Olha, Blaine – interrompe ele, baixando o queixo na direção do peito. – Acho que venho te passando os sinais errados.

Fico tenso.

Ele se aproxima com um passo.

— Me envolvi demais na campanha, e minhas emoções ficaram meio bagunçadas. Posso ter passado a ideia de que a gente poderia ser mais do que...

— Amigos?

— Bom, é.

Sinto um aperto no coração.

— Tudo bem.

— Isso faz sentido?

Não faz. Não mesmo. Nem um pouco.

Droga.

— Sim – digo. – Acho.

— Eu me assumi no ano passado – diz ele. – Nunca saí com um cara antes. E foi tudo meio... muitos pensamentos confusos, caminhando naquela linha tênue entre ser amigo e mais que amigo. Sabe como é?

Engulo em seco.

– Claro.

Ele coloca as mãos no bolso, todo sem jeito, olhando para o terreno vazio ao redor.

– Preciso de tempo e de espaço, só isso. Me desculpa.

Dou uma risada para aliviar o desconforto.

– Relaxa. Esse mural é meu jeito de te pedir desculpas por sexta. Só isso. Você não precisa se desculpar por nada.

– Certeza?

Arregalo os olhos e assinto, torcendo para que seja pelo menos um pouquinho convincente.

– Claro.

Ele continua parado, e eu também.

– Então... – Ele chuta a grama antes de dar meia-volta. – Vou entrar. – Ele começa a caminhar na direção do Grão Grandão enquanto o silêncio constrangedor esmaga minha alma. – Você não precisa da minha permissão pra fazer o mural.

Abro um sorriso desconfortável.

– Sei que não preciso da sua *permissão*.

– Meu pai gostou da ideia – diz ele, chegando na esquina da loja. – Então, vai fundo.

– Tá bom...

– Te vejo no colégio, Blaine.

E então ele se vai. Eu me apoio na parede, completamente desolado. Meu pior cenário possível se tornou realidade. Danny, assim como Joey, não quer saber dos meus murais. Ele não quer saber de mim. Queria fazer esse projeto porque poderia significar algo especial para os Nguyen. Queria que significasse algo especial para o Danny.

Mas planejei tudo errado.

Estou juntando as coisas para dar a noite por encerrada quando um carro freia repentinamente na frente do café, acabando com o silêncio da vizinhança.

Dou um pulo e me viro, a tempo de ver Trish saindo do lado do passageiro.

– Achei você! – suspira ela, encontrando meus olhos. Pela cara que ela faz, parece que algo deu errado. – Por que você não respondeu minhas mensagens? A gente estava te procurando.

A gente?

Olho para o meu celular e vejo as notificações perdidas.

– Foi mal – digo. – Eu estava meio distraído. Tá tudo bem?

Então me dou conta de que aquele carro me parece familiar. É o carro do Zach. Ele sai pela porta do motorista.

E agora eu sei que algo deu *muito* errado.

★ CAPÍTULO 28 ★

– O que está acontecendo? – pergunto, as palmas das mãos suadas.

– Você pode vir com a gente? – pede Trish, com um tom de urgência na voz.

Com a *gente*?

Por que está parecendo que eles dois são uma equipe?

Olho para os meus materiais espalhados perto da parede do Grão Grandão. O fato de Trish não estar me interrogando sobre o que é uma clara evidência de um mural em planejamento é prova mais do que suficiente de que algo não está nada bem.

– Tô cheio de coisa aqui...

– Não dá pra deixar tudo aí? – pergunta Zach. Ele parece tão chocado quanto a Trish. – É importante.

Eu o encaro boquiaberto, surpreso com sua audácia de já chegar dando ordem. O que eu devo ao maldito Zach Chesterton? Minha paciência que não é.

– *Não!* – rebato. – Não posso deixar minhas coisas jogadas aqui, prontas para serem roubadas.

— Blaine, por favor — diz Trish com uma pitada de desespero. — Temos que correr. Podemos buscar tudo mais tarde?

Hesito.

Apesar de odiar ter que abaixar a cabeça para Zach, também sei quanto já magoei a Trish. Não quero dar a ela outro motivo para me odiar.

Dou um passo em direção ao carro, e o cookie do Bao dá cambalhotas no meu estômago.

— Alguém pode pelo menos me dizer aonde estamos indo?

— Vamos encontrar o senhor Wells no colégio. — Trish faz uma pausa, olhos arregalados, antes de abaixar o tom de voz. — Pra falar sobre o *resultado das eleições.*

— Resultado das eleições? — repito, olhando para Zach.

Ele desvia o olhar, como se estivesse envergonhado.

— Sim, Blaine — enfatiza Trish lentamente. — *Resultado*. Das. Eleições. Pode entrar no carro agora?

Eu entro. Zach pisa no acelerador, e nós partimos rumo ao CWW.

Nenhum dos dois diz nada. Trish ainda parece brava comigo.

— Então, sobre o resultado… — insisto, encarando os olhos de Zach pelo retrovisor e a lateral do rosto da Trish no banco da frente.

— Lembra da minha teoria sobre as cédulas? — pergunta Trish, ainda olhando para a frente.

— Sim?

— Bom, eu sabia do que estava falando.

— Oi?

— Não é mais fácil mostrar pra ele? — sugere Zach. Os olhos dele sobem para o retrovisor, encontrando os meus. — Antes de chegarmos no colégio, queria te pedir desculpas pelo que aconteceu no debate, Blaine.

Estou bem confuso.

Tão, *tão* confuso!

— No debate? — É tudo o que consigo dizer.

Zach alterna sua atenção entre a pista e meu reflexo no espelho.

— Por ter usado suas anotações?

— Ah.

— Sim. Sinceramente, eu não queria usá-las depois que as encontramos na sala do senhor Wells, mas Ashtyn e Joey me venceram pelo cansaço. Eu devia ter me imposto mais.

Olho para Trish, que está se segurando para não dizer um milhão de coisas, aposto. Mas ela mantém sua atenção nas varandas do lado de fora.

Será que isso tudo é uma pegadinha?

Zach estaciona na frente do colégio. Sei que já está bem tarde, porque quase não há alunos por aqui.

Exceto Joey e Ashtyn. Esperando juntos na frente da entrada principal. Se alguém não me contar – e *logo* – o que está acontecendo, minha cabeça vai explodir.

Joey aperta os olhos na direção do nosso carro, perplexo.

Zach respira fundo e sai do carro. Trish finalmente volta a notar que eu existo, olhando para trás com um olhar apreensivo – daqueles que ao longo dos anos aprendi que significa *segura firme porque lá vem bomba* – antes de segui-lo para fora. Acho que vou vomitar.

— Amor? – diz Joey lentamente para Zach, as sobrancelhas franzidas enquanto nós três nos aproximamos dele e de Ashtyn. – Recebemos sua mensagem pedindo pra gente se encontrar aqui. Tá tudo bem?

— O senhor Wells está nos esperando – diz Zach, interrompendo-o e atravessando a porta sem nem parar. – Vamos.

Joey e Ashtyn me encaram, claramente tão confusos quanto eu sobre o que está rolando. Zach e Trish apertam o passo até a diretoria, e nós os seguimos.

A tarde inteira foi uma grande bagunça emocional para mim. Em poucas horas eu chorei nos ombros da tia Starr, pulei de empolgação com o Bao sobre o mural, descobri que o Danny não quer absolutamente nada comigo, e agora *isso*?

Zach nos leva até a diretoria, onde a secretária nos julga silenciosamente. Atravessamos um corredor apertado até a sala de segurança do colégio – uma área onde eu nunca estive antes –, o que não ajuda em *nada* a controlar esse pavor devastador que cresce dentro de mim.

— A sala de segurança? – sussurro para Trish.

A expressão dela sugere que eu ainda não vi nada.

– Feche a porta, por favor, Ashtyn! – ordena o sr. Wells enquanto entramos, parecendo absolutamente, inegavelmente, cem por cento puto da vida. Seu olhar furioso, aumentado pelos óculos bifocais, me provoca arrepios. Eu nunca o vi desse jeito.

– Sentem-se, todos.

O diretor Spice, um gigante de quase dois metros que sempre parece confuso, está apoiado na parede ao lado do sr. Wells, confirmando minha pior suspeita. Seja lá o que rolou com o resultado das eleições, a presença dele significa que isso está acima das competências do sr. Wells.

Sinto meu estômago dar umas duzentas cambalhotas.

Há uma mesa comprida e vazia cercada por cadeiras no meio da sala cinzenta, que não possui janelas, cartazes nem nada nas paredes que nos convide a sentir algo que não seja puro terror. O sr. Wells está de pé na frente de uma fileira de telas de tevê que mostram as câmeras de segurança espalhadas pelo colégio.

– Zach, gostaria de começar? – pergunta o diretor Spice depois que todos nos sentamos na frente do sr. Wells.

– Podemos começar pela Trish – Zach responde. – O crédito é todo dela. Melhor escutarmos o que ela tem a dizer.

Engulo em seco.

Será que fiz algo horrível sem me dar conta? Quebrei alguma regra de campanha, preenchi a cédula errada ou trapaceei acidentalmente de alguma maneira? Começo a revirar o cérebro, repassando cada linha daquela documentação da eleição, tentando me lembrar de cada cláusula e do que eu poderia ter feito para quebrar alguma delas.

Trish pigarreia delicadamente e se vira de frente para nós quatro, sentados ao redor da mesa.

– Na sexta-feira, suspeitei que as cédulas não estavam corretas – diz ela. – O Blaine pode confirmar.

Assinto, apoiando.

– Conforme contei pra ele, parecia que o Zach havia vencido na última leva de votos que contamos, que estava no fundo do nosso saco de papel – continua ela. – Eu e Ashtyn passamos *primeiro* na ala de Artes Criativas para recolhermos as cédulas, ou seja, estas seriam as últimas cédulas que contaríamos. E eu sabia, baseada numa pesquisa que fiz por alto e, sinceramente, só usando o senso comum mesmo, que aqueles eleitores estavam apoiando o Blaine com uma grande margem de vantagem. – Ela olha para o Zach, como se estivesse passando o bastão para ele.

– Então – começa Zach, ficando vermelho. Ele encara a mesa com tanta raiva que parece querer virá-la a qualquer momento –, Trish me procurou hoje de manhã pra perguntar o que eu achava da suspeita dela. De primeira, achei que ela só estava sendo uma má perdedora, determinada a mudar o resultado. – Ele pausa. – Mas aí eu comecei a pensar.

Zach se levanta, cruza os braços na frente do peito e começa a andar de um lado para outro entre o diretor Spice e o sr. Wells, como um cachorro ansioso.

A tensão crescendo no ar é quase sufocante.

Acho que vou quebrar as costelas de tão forte que meu coração está batendo.

– Um dos benefícios de ser membro do conselho estudantil há tanto tempo, e de ter participado de tantas eleições como eu participei, é que desenvolvi uma percepção muito afiada para viradas políticas. Depois do discurso do Blaine, tive a sensação de que o nome dele entraria na cédula e ele se tornaria uma ameaça de verdade. – Ele para de andar, balançando a cabeça. – Não, eu sabia que ele *já era* uma ameaça de verdade. E, para ser sincero? Depois das considerações finais dele no debate, saí acreditando que *eu* era o pobre coitado. Foi por isso que uma vitória de cinquenta e seis *versus* quarenta e quatro por cento, apesar de não ser de lavada, tampouco me pareceu certa. – Ele lança um olhar fulminante para Joey e Ashtyn. – Então, depois de pensar um pouco na ideia de Trish, usei meus privilégios como assistente de direção e pedi ao diretor Spice para dar uma olhada nas imagens das câmeras de segurança durante o primeiro período de sexta, quando as cédulas estavam sendo preenchidas e recolhidas.

Olho para Joey e Ashtyn – eles estão brancos feito dois fantasmas.

Ai, meu Deus. O que diabos eles fizeram?

– Podemos mostrar as imagens, diretor Spice – diz Zach, assentindo.

O diretor Spice bebe um gole demorado de café antes de esticar o braço e apertar o play no notebook que controla as câmeras de segurança.

O corredor está completamente vazio, exceto por um ou outro estudante passando e parando no armário. Nada fora do comum. Olho para os lados: todos estão grudados na tela, como se estivéssemos assistindo a uma cena de filme de terror em que uma reviravolta grotesca está prestes a acontecer.

— Essas salas ficam na ala de Ciências — explica o diretor Spice. — Que, conforme a Trish me explicou, foram as últimas salas em que vocês coletaram as cédulas.

Trish respira fundo e segura o ar.

De repente entendo o que está por vir.

No cantinho da tela, Trish aparece ao lado da Ashtyn, que está carregando o saco de papel usado para coletar as cédulas. Elas caminham pelo corredor, se aproximando do bebedouro, que é do tipo construído direto na parede, criando um esconderijo pequeno embaixo da fonte de água, que fica fora do campo de visão. Ashtyn para abruptamente, e se inclina para beber um gole. Enquanto Trish desvia o olhar por um instante, esperando Ashtyn terminar, há um borrão embaixo do bebedouro, que desaparece num piscar de olhos.

Meu corpo congela.

— E lá está — diz Trish. O diretor Spice volta a gravação para o momento exato. Com a imagem pausada, é bem mais fácil ver o que aconteceu.

Há um saco de papel idêntico na *outra* mão da Ashtyn.

Ela está deixando um e pegando outro.

— Cace... — Me seguro. — ...tada.

Joey esconde o rosto nas mãos.

Ashtyn encara a imagem sem piscar, no que me parece um estado de choque.

— Ah, mas peraí — diz Zach. — Tem mais.

O diretor Spice aperta o play de novo. Ashtyn deixa o saco — o que presumo ser o com os votos *de verdade* — debaixo do bebedouro, e sai de lá carregando a réplica ao lado da Trish.

O diretor Spice adianta a gravação por um momento.

Joey aparece na tela.

Meu coração salta do peito.

Com ninguém mais no corredor, Joey se aproxima do bebedouro, bebe um gole e estica o braço para pegar o saco com os votos de verdade. Ele caminha até a lixeira mais próxima, *joga os votos no lixo* e sai na maior cara de pau, como se não tivesse acabado de fraudar uma eleição.

— Só pode ser brincadeira — murmuro, o queixo no chão.

Trish se aproxima de mim.

— Eu te disse.

— Não é o que parece — argumenta Joey, se levantando. — Eu juro.

— Nem se dê ao trabalho — diz Zach, visivelmente tremendo. — Está tudo gravado, Joey.

— Mas... — Joey balança a cabeça, olhando para a tevê e depois para Zach. Uma mancha vermelho-escura, que eu sei que só aparece quando ele está nervoso, começa a se espalhar por seu pescoço. — Eu posso explicar.

— Certo, senhor Oliver — diz o diretor Spice, assentindo. — Vá em frente. Se explique. Porque o que me parece é que a Ashtyn trocou as cédulas verdadeiras por outras forjadas, e você foi cúmplice.

— Ou, mais provável, ela foi cúmplice dele — acrescenta Trish.

Desesperado para se defender, Joey começa a abrir e fechar a boca como se fosse um peixe sufocado.

— Como a gente conseguiria forjar as cédulas?

— Simples — interrompe Trish. — Nós vimos as cédulas impressas perto da mesa do senhor Wells durante o ensaio do debate.

— Ele pode ter roubado as cédulas durante os ensaios deles — digo num sussurro para mim mesmo em total estado de choque, mas todos me escutam. — Seria fácil fazer mais cópias em papel laranja e substituir as que ele roubou.

— E só de pensar que eu queria evitar estresses nas eleições ao imprimir as cédulas com antecedência — resmunga o sr. Wells para o diretor Spice, balançando a cabeça. — Nunca mais faço isso.

Joey está mais vermelho que um tomate maduro.

— Por que eu faria isso? Por que eu me importaria o bastante para interferir nas eleições de uma turma *abaixo* de mim? — Ele solta uma risada aguda e forçada, como se sugerir tal coisa fosse ridículo.

— Você não fez isso pra me ajudar a vencer, disso eu tenho certeza — responde Zach, furioso. — Tudo é sobre você. É *sempre* sobre você, Joey.

— Sobre mim? — Ele olha para os outros em desespero, como se Trish e eu, dentre todas as pessoas, fôssemos ajudá-lo nessa situação. — Como isso é sobre mim?

— Você não sobreviveria se seu ex-namorado derrotasse seu atual namorado e se tornasse seu sucessor, né? — rebate Zach. — Isso seria humilhante demais para *Joey Oliver, presidente do último ano* — zomba ele. — Então, em vez de só deixar a eleição rolar, você me convenceu a substituir a Eve pela Ashtyn como minha líder de campanha porque sentiu que o Blaine seria uma ameaça de verdade. Assim, os dois poderiam colocar esse plano em ação.

— Não — diz ele. — Não foi isso que...

— Joey — interrompe Ashtyn, sem nenhuma gota de sangue no rosto. — Acabou.

— Mas eu...

— Já chega! — grita ela, finalmente tirando os olhos da imagem da câmera de segurança e olhando para ele. — Está gravado. Nós fomos pegos. Por favor... — ela implora. — Só cala essa boca antes que você arrume mais problema pra nós dois.

A sala fica em silêncio, mas o absurdo desse momento está zumbindo alto nos meus ouvidos.

Joey e Ashtyn trapacearam. Eles forjaram *centenas* de votos falsos para garantir a vitória de Zach. Tudo por causa do ego do Joey? Tudo porque ele não conseguiria suportar ser substituído *por mim*?

— Não preciso nem dizer que estou terrivelmente decepcionado com vocês dois — diz o diretor Spice para Joey e Ashtyn, soando como um pai de coração partido. — Suas ações são inaceitáveis para qualquer aluno do Wicker West, mais ainda para líderes do conselho estudantil. Gostaria de discutir as consequências disciplinares na minha sala e entrar em contato com os pais de vocês. — Ele bebe mais um gole da caneca enquanto aponta para a porta. Joey e Ashtyn, completamente desmoralizados, saem da sala. – Pode continuar por aqui, Warren – o diretor Spice diz para o sr. Wells.

Assim que eles saem, o sr. Wells solta o suspiro mais longo e mais cansado que eu já ouvi sair da boca de um ser humano. Ele coça a barba, pensando por um momento.

– Trish – diz ele delicadamente, encarando o velho carpete laranja. – Pode esperar lá fora? Preciso falar com os candidatos.

Trish se levanta e, antes de sair, aperta meu braço de leve para demonstrar que está comigo. Solto um suspiro mental de alívio.

Isso foi bom.

– Então – diz o sr. Wells depois que a porta se fecha e somos só nós três aqui. – Como vocês estão se sentindo, rapazes?

Zach senta de novo, ainda de braços cruzados.

– Furioso.

O sr. Wells assente.

– Justo.

– Triste – acrescenta Zach.

– Válido.

– Magoado – continua Zach.

– Entendo – diz o sr. Wells.

– Envergonhado. – Zach se vira para mim, triste como eu nunca o vi antes. – Sinto muito, Blaine.

Não sei o que dizer.

– Eles planejaram tudo isso pelas minhas costas – continua ele. – Sou competitivo, mas jamais teria trapaceado para vencer. Você acredita em mim, né?

Assinto.

Sei que ele está dizendo a verdade agora pelo mesmo motivo que eu tentei alertá-lo sobre a Ashtyn no Grão Grandão; Zach, apesar de ser insuportável às vezes, é alguém que respeita as regras.

Ashtyn, não.

E, como descobri agora, claramente o Joey também não.

— Eu devia ter te escutado sobre a Ashtyn — diz Zach. Ele se vira, abaixando o tom de voz. — E, pra começo de conversa, nunca devia ter começado a namorar o Joey — murmura.

— A questão é a seguinte — diz o sr. Wells. — Como vocês já devem imaginar, não sabemos quem venceu a eleição de fato. É uma pena, mas é o que temos agora.

— Não dá pra procurar as cédulas no lixo da ala de Ciências? — pergunto.

— Procuramos — diz Zach. — Mas a equipe de limpeza já tinha esvaziado o lixo.

— E, mesmo se *ainda* estivesse lá, vasculhar o lixo atrás de votos não é o melhor jeito de determinar um resultado confiável. Então, proponho o seguinte. — O sr. Wells gira os polegares, pensando. — Vamos anunciar para o conselho e para os demais alunos que houve um acidente infeliz com as cédulas e que precisamos refazer a eleição de presidente de classe do último ano. O que acham?

O sr. Wells olha para Zach.

Zach, ainda encarando a mesa, completamente desolado, dá de ombros.

— Claro. Por mim, beleza.

Então o sr. Wells olha para mim.

— E você, Blaine?

O *que* eu quero?

É difícil saber como estou me sentindo sobre qualquer coisa no momento. É como se eu tivesse passado o dia inteiro numa montanha-russa de emoções que freou do nada e agora o funcionário do parque de diversões está me perguntando se eu quero dar mais uma volta.

Mas eu não quero. Me dou conta de que não quero andar de novo. Quero descer.

Quero sair dessa porra de brinquedo agora.

— Não — respondo com a voz seca.

— Não? — pergunta o sr. Wells, confuso.

Zach me encara, curioso.

— Não — repito, mais confiante desta vez. — Não quero refazer a votação. Não quero ser presidente de classe.

★ CAPÍTULO 29 ★

– Blaine. – O sr. Wells, exausto, força um sorriso. – Sei que foi uma campanha longa, e é compreensível que você esteja atordoado ao descobrir tudo isso.

– Não, a questão não é essa – digo com firmeza. – Estou certo disso, senhor Wells. Não quero ser presidente de classe.

– Por que não? – pergunta Zach, perplexo. – Você deve ter conseguido mais votos que eu. Talvez você já tenha me vencido.

– Não me importo – digo. – Eu não... Peraí.

Penso na Trish, no Danny e na Camilla. Em todo o tempo que eles investiram na minha campanha. Em quanto se importavam com a iniciativa de bem-estar. Quanto acreditavam em mim. Se eu desistir da eleição agora, estou desistindo deles.

– Posso conversar com a minha líder de campanha rapidinho? – pergunto.

– Claro – diz o sr. Wells.

Deixo a bizarra sala de segurança; atravesso o corredor apertado de novo e encontro Trish esperando na secretaria. Joey e Ashtyn não estão por perto, mas não há nada com que eu me importe menos agora do que para onde os dois foram levados.

Trish aguarda, ofegante, ansiosa para ouvir as atualizações.

— Podemos conversar? — pergunto.

Ela olha ao redor, meio sem jeito.

— Aqui?

— Ah. — Percebo que a secretária ainda está ali, nos julgando. — Oi, senhora Hamilton.

— O armário de suprimentos está aberto, se vocês quiserem privacidade — diz ela, nos ajudando com certa relutância.

— Passamos muitos anos dentro do armário e não vamos voltar agora — digo, tentando fazer piadinha.

Nem a sra. Hamilton nem a Trish estão no clima para isso.

Pigarreio.

— O armário de suprimentos está ótimo, obrigado.

Vou na frente e fecho a porta depois que entramos. É cheio e sufocante ali dentro, com uma pilha de cartolinas brancas, um monte de caixas de canetas e rolos enormes de papel colorido que deixam Trish e eu colados um no outro. Crio um lembrete mental para passar ali da próxima vez que meus materiais para a aula de Artes estiverem acabando.

— Não estou gostando *nada* disso — diz Trish com nossos narizes quase se tocando.

— Trish... — suspiro sem querer na cara dela.

— Nossa — diz ela, fazendo careta por causa do meu hálito. — Você comeu alguma coisa com canela?

— Bao me deu um cookie de canela, mas me ouve. — Suspiro de novo, soltando de leve para a direita desta vez. — Primeiro, me desculpe. Você estava absolutamente, totalmente, mil por cento certa sobre as cédulas, e eu devia ter te escutado.

— Tá querendo me dizer que eu *sabia* o que eu estava *fazendo*?

Deixo ela vencer essa.

— Sim.

Ela assente.

— Perfeito. E?

— E... decidi que não quero ser presidente de classe.

— Oi?

— O senhor Wells propôs uma nova eleição. Mas não quero participar.

Ela semicerra os olhos, com dificuldade de compreender a bomba que acabei de jogar.

Minha culpa bate forte.

— Mas é o seguinte: eu sei o quanto você trabalhou na iniciativa de bem-estar, então estou me comprometendo a concorrer, se você quiser que eu faça isso. Eu voltaria para a campanha por você, Camilla e Danny. E, se eu ganhar, vocês três podem guiar minha presidência, tipo, por baixo dos panos.

— Então você quer que a gente faça todo o seu trabalho enquanto você é reconhecido publicamente por ele? — Ela arqueia a sobrancelha esquerda.

Mordo o lábio.

— Bom, colocando desse jeito...

— Do que você tá falando? — O rosto dela se contorce, confuso. — O que rolou nesse último minuto que te fez mudar de ideia?

Pauso, tentando transformar minha epifania num pensamento coerente.

— Quando o senhor Wells perguntou se eu concordava em refazer a eleição, a minha ficha caiu. Eu *não quero* participar de uma nova eleição. Isso me parece péssimo. Tipo, eu preferiria reviver meu encontro no Chaleira de Aço mais umas dez vezes do que ter que competir de novo. — Paro para respirar. — Nos últimos dias venho me perguntando por que eu quis competir. Se eu não queria mais provar para o Joey que posso ser um Cara Sério, então por que continuar? Por que eu quero ser presidente de classe? Eu não tenho uma boa resposta.

Trish me encara. Ela abre a boca, prestes a dizer algo, mas fecha de novo.

— Sinto falta de pintar, Trish — digo, rindo um pouquinho porque é muito bom assumir isso em voz alta. — Sinto *tanta* falta. Quero voltar para os meus murais. E, se eu for presidente, não terei tempo pra isso.

Posso perceber que os pensamentos dela estão se movendo a cem quilômetros por hora.

— Tudo bem – digo. – Pode gritar comigo. Me dá um tapa, se quiser. Eu mereço.

— Tentador, mas vou passar. – O olhar dela encara o meu. – Tive uma ideia.

Espero ela me contar.

Ela não me conta.

— Tá bom... Qual?

Ela alonga a postura e sorri.

— Eu quero me candidatar.

Agora sou eu quem está cerrando os olhos para ela, confuso.

— Você quer se candidatar – repito as palavras para me certificar de que ouvi corretamente.

— Sim.

— Para presidente de classe do último ano.

— Correto.

Sorrio de volta.

— Você tá chapada?

— Bem que eu queria.

Inclino a cabeça, completamente perdido.

— Lembra? – pergunta ela. – No primeiro dia, quando colocamos o cartaz de VAMOS CONVERSAR no refeitório e você me chamou pra ser sua líder de campanha, e eu li toda a documentação da eleição. *Isso* era uma das regras. Líderes de campanha podem substituir o candidato caso ele decida desistir. E me parece que você está querendo desistir.

Penso.

— Essa regra estava mesmo na documentação?

Minha mente volta para aquele dia.

Lembro de estar tão abobalhado com tudo o que me comprometi a fazer, questionando se havia tomado a decisão correta, com medo de a Ashtyn ter razão ao rir da minha candidatura naquela manhã. Então a Trish e a Camilla chegaram, eu entreguei a papelada para elas e...

Peraí! *O líder de campanha poderá substituir o candidato caso este perca a capacidade de presidir depois de ter seu nome incluído na cédula.*

É isso mesmo.

Tecnicamente, ela pode me substituir.

– Tem certeza de que quer fazer isso? – pergunto.

– Sim – responde ela prontamente.

– Tipo, cem por cento de certeza absoluta?

– Blaine. – Ela se inclina para a frente, encostando com gentileza sua testa contra a minha. – Eu sei que consigo vencer.

Tiramos um momento para amenizar o nervosismo com uma risada antes de sair do armário, quietos e contidos. A sra. Hamilton nos encara de cima a baixo, ainda desconfiada de que estamos tramando alguma coisa enquanto retornamos para o sr. Wells e o Zach, quase correndo.

– Estou fora da eleição – anuncio em voz alta, pisando firme na sala com Trish ao meu lado. – Ela vai me substituir.

Trish acena para eles.

– Oiê.

Os olhos bifocais do sr. Wells se expandem, surpresos.

– Como assim?

– As regras na documentação da eleição dizem que um líder de campanha pode substituir seu candidato, caso ele desista depois de se qualificar para ter o nome na cédula – diz Trish. – Essa é a nossa situação. – Ela olha para mim. – Blaine quer sair, e eu quero entrar.

O sr. Wells está completamente chocado.

– Essa é uma das regras da eleição, senhor Wells – acrescenta Zach. – As diretrizes da campanha permitem isso.

– Mas... – As rodas na mente do sr. Wells não estão apenas girando, elas estão acelerando o carro e o jogando para fora da pista. – Você não apresentou um discurso para o conselho, Trish. Não debateu com Zach. Não sei se seria justo fazer isso.

– Por que existe essa estipulação nas regras, então? – pergunta Trish.

O sr. Wells pondera.

— Não sei ao certo. O conselho a acrescentou muitos anos atrás, para o caso de alguma emergência nos colocar numa situação inesperada.

— E você não chama *isso* — aponto para a imagem da câmera de segurança, ainda pausada no Joey de costas andando pelo corredor — de emergência inesperada?

Todos ficam quietos, contemplando o que essa reviravolta significaria para as eleições.

Eu entendo o ponto de vista do sr. Wells. Não se pode forçar o conselho estudantil a ouvir mais um discurso a esta altura, e com certeza não dá para organizar outra reunião com o colégio inteiro para um debate extra. Não seria justo fazer o Zach passar por tudo isso de novo também. Ao mesmo tempo, seria uma boa colocar a Trish na reta sem dar a ela a mesma chance de divulgar sua candidatura para a nossa turma?

— Tive uma ideia — diz Zach, levantando da cadeira e vindo para perto da gente. — Vou dar para a Trish acesso ao Instagram da turma de 2023, para que ela possa fazer um discurso virtual. Ou uma sessão de perguntas e respostas. O que você preferir. Assim, você pode apresentar os argumentos que fazem de você uma presidente melhor do que eu.

Pela primeira vez hoje, o rosto carrancudo de Zach abre um sorriso.

Trish e eu nos entreolhamos.

— Combinado — diz Trish, estendendo a mão com toda a confiança.

Zach a cumprimenta.

Nós três nos viramos para o sr. Wells.

— Bom, se é assim... — diz ele, dando de ombros, derrotado. — Parece que teremos outra eleição. E eu preciso de férias.

★ CAPÍTULO 30 ★

Tia Starr arfa de surpresa de trás do volante.

— E tem um *cantinho de leitura*! — grita ela no celular, atravessando um cruzamento com seu Volvo 2003. — Um *cantinho de leitura*, Beth!

Sorrio, olhando para fora pela janela do passageiro, observando as fachadas das lojas passando. Tia Starr já ligou para três amigas desde que saímos do apartamento vazio que ela está interessada em alugar, e a cada ligação ela vai ficando mais eufórica com esse tal de "cantinho de leitura".

A empolgação dela é justa, devo admitir. O apartamento de um quarto em Edgewater que acabamos de ver é um achado no bairro. Além do mais, há uma vista linda para o Lago Michigan, cozinha toda reformada e uma banheira turquesa que é a cara dela. Ah, e o cantinho de leitura. Tem como dizer "não" para um lugar desses?

— Bom, *ainda* não recebi a oferta oficial — explica ela para Beth. — Mas meu futuro chefe já insinuou que a vaga é minha se eu quiser.

Não me surpreende que uma pessoa tão apresentável quanto a tia Starr tenha conquistado seu novo chefe em apenas uma entrevista. O bate--papo que devia durar vinte minutos se tornou uma conversa de uma hora, ela me disse, e os dois descobriram um amigo em comum, um barzinho favorito em Ukrainian Village e um desdém mútuo pelo cais de Chicago.

Então não, não é oficial ainda – mas pode ser, sim. Tia Starr conseguiu o emprego.

O que é ótimo.

Mas não vou mentir: não é nada divertido vê-la toda empolgada em se mudar da casa dos meus pais. Eu entendo, porque *eu* não iria gostar de morar com eles aos trinta anos. Ela não tem culpa alguma.

Porém, depois da nossa conversa na segunda-feira, estou me sentindo melhor a respeito da mudança. Nós prometemos tomar café da noite juntos pelo menos uma vez por mês, fazer chamadas de vídeo semanais e organizar o máximo de piqueniques que conseguirmos em junho e julho, durante o Festival de Cinema de Verão no Millennium Park (fica muito abafado em agosto). Posso não vê-la todos os dias, mas continuaremos mais próximos do que nunca. Ela prometeu.

De repente me dou conta de que estamos fazendo uma rota estranha.

– Era pra ter virado à esquerda ali atrás – sussurro para ela, tentando não interromper Beth, que está explicando nos mínimos detalhes os efeitos colaterais que ela tem toda vez que ingere lactose.

– Beth – tenta interferir tia Starr. – Sim, *nossa*... pois é, eu sei... comigo também. Sorvete nunca é uma boa ideia pra mim. Mas, olha, estou com o Blaine agora e preciso desligar. Posso te ligar hoje à noite? – Quando Beth confirma, tia Starr se despede. – Tá bom, se cuida, beijo.

Lentamente, ela sai da pista e estaciona numa vaga perto da calçada.

– Sei que estamos desviando do caminho – diz ela ao parar numa área comercial enquanto troca de marcha. – Mas acho que você devia ver isso.

Tia Starr aponta para a minha janela.

Eu me viro e encontro a fachada da Papelaria da Susan – junto com meu mural inacabado.

Acho que vou vomitar.

– Ai, não – murmuro, desviando o olhar. – Eu sei que preciso terminar.

– Sabe *mesmo*? – provoca tia Starr.

– Sim.

— Porque parece que você só ignorou a senhora Ritewood.

Solto um grunhido ainda mais alto, olhando pela janela. Minha culpa me encara de volta.

O Saturno rosa-chiclete. Seus anéis turquesa. O universo azul-cobalto ao fundo. É um dos meus murais favoritos, de verdade. Bom, *era* um dos meus favoritos — antes de o meu cérebro associá-lo ao Pior Dia De Todos no Chaleira de Aço e à culpa que carrego por abandonar o trabalho pela metade. Graças a Deus a papelaria está fechada hoje; eu estaria implorando para que tia Starr nos tirasse daqui, com medo de a sra. Ritewood me flagrar encarando a bagunça abandonada sem nenhuma vergonha na cara.

— Como você se sente vendo isso? — pergunta tia Starr delicadamente.

— Não muito bem — digo, abrindo o app do Gmail. — A senhora Ritewood me mandou um e-mail no sábado, e eu ainda não li.

Desço pela tela até encontrar o assunto: *tenho uma atualização sobre meu mural, Blaine!*

Estremeço antes de abrir o e-mail.

> **Oi, Blaine! Sei que você é um rapaz ocupado, mas queria dar continuidade ao mural. Você sabe quando poderá terminá-lo? A associação de comerciantes locais é bem chata, e o dono da loja de artigos esportivos no fim do quarteirão me disse que um mural incompleto pode acabar caindo na categoria "poluição visual" depois de um certo tempo, e isso pode gerar multa. Não queremos isso! Então, por favor, apareça para terminar o trabalho quando puder, Blaine. (A questão é dinheiro? Se for, fico feliz em pagar mais. Sei quão talentoso e merecedor você é.) Espero que esteja tudo bem por aí, Blaine.**

Mais um grunhido. Ainda mais alto.

— O que ela disse? — pergunta tia Starr, esticando-se por cima do meu celular para ler.

— Aqueles idiotas da associação de comerciantes locais podem multar a senhora Ritewood por causa do meu trabalho inacabado — digo, engolindo meu arrependimento. Encaro meu Saturno pela janela. – Isso não é... nada bom.

– Você precisa avisar a ela que vai terminar, Blaine.

– Sim.

– É sério.

– Tá bom.

– Ei. – Ela demanda minha atenção.

Então eu dou.

– Não esqueça – diz ela, séria porém com delicadeza, de um jeito que só a tia Starr consegue ser. – Você, Blaine Bowers, não é do tipo que desiste. Tá bom?

Assinto e solto o ar.

Tia Starr sorri.

– Certo. Vamos embora.

Ela sai da vaga e volta para a pista.

Posso até estar me sentindo afogado em vergonha, mas não posso deixar isso destruir minha noite. Assim que eu chegar em casa mais tarde, vou responder à sra. Ritewood, mas agora meus amigos são minha prioridade.

Paramos o carro na frente de uma casa. Trish e Camilla já estão nos esperando na calçada, em frente ao portão.

– Oi, tia Starr – cumprimenta Trish, se inclinando e acenando pela janela do carro.

– Oi, meu bem – responde tia Starr, acenando de volta. – Boa sorte hoje! Blaine me contou tudo o que está rolando. Você vai arrasar. Vou assistir!

Saio do carro, agradeço à tia Starr pela carona e caminho até a porta com Trish e Camilla.

– Não acredito que isso está acontecendo – sussurra Camilla, quase rindo, enquanto subimos os degraus.

Do lado de fora, parece a minha casa – só que muito maior, mais chique e num bairro significativamente mais caro.

– Prontas? – pergunto, tentando ignorar a culpa que senti no carro.

Trish faz sinal de positivo.

Bato três vezes na grande porta de carvalho.

– Você avisou ao Danny sobre hoje, né? – pergunta Trish.

Assinto.

– Ele não vem? – diz Camilla.

Balanço a cabeça, tentando não parecer completamente devastado.

– Ele não respondeu.

Trish franze o cenho.

– Ele vai mudar de ideia.

Não sei se é verdade, mas não estou aqui para ficar pensando nisso agora.

Estou aqui para ajudar Trish a vencer esta eleição.

Ouço os passos se aproximando antes de o rosto do Zach surgir na janela vitral. Ele abre a porta.

– Oi – diz ele. – Podem entrar.

★ CAPÍTULO 31 ★

É esquisito ver o Zach com roupas casuais. Ele veste apenas uma regata, short de ginástica e meias grossas na altura do tornozelo. É noite de sábado, e aparentemente ele não precisa impressionar ninguém. Queria poder conhecer *esse* Zach melhor do que aquele que fica desfilando pelo colégio todo metido com seus coletes de grife.

A casa da família Chesterton é fina e intimidante. Uma lareira de mármore branco é a primeira coisa que chama minha atenção na sala de estar à direita. A segunda é um relógio de pêndulo alto e ornamentado, fazendo barulho por perto. E a terceira é um gato laranja e gorducho ronronando no meu pé.

– Esse é o Harvey – explica Zach.

– O Harvey é um fofo – diz Trish.

O gato volta deslizando para o Zach, que o tira do chão com um grunhido e o segura contra o peito.

– Olha quem chegou. Olá! – exclama o sr. Chesterton, aparecendo atrás de Zach com um cardigã azul e uma camisa polo.

A sra. Chesterton, toda animada, também aparece, com um vestido amarelo e batom vermelho-rubi.

— Você deve ser o Blaine! — diz ela, apontando para mim. — Trish? E Camilla?

Trish e Camilla assentem, sorrindo.

— Sejam bem-vindos! — diz ela, nos puxando para dentro da casa. — Ouvimos muito sobre vocês.

Os pais de Zach cumprimentam a todos nós com apertos de mão entusiasmados. No meio disso tudo, percebo o olhar do Zach; ele sorri e revira os olhos sutilmente, envergonhado.

— Estão com fome, garotada? — pergunta o sr. Chesterton, apontando para trás, onde provavelmente fica a cozinha. — Acabamos de tirar os bifes da churrasqueira, e tem bastante.

— Que delícia! Muito obrigada — diz Camilla. — Mas estamos com o tempo um pouquinho apertado.

— Precisamos começar a transmissão ao vivo em... — Trish olha para o celular. — Mais ou menos dez minutos. Mas obrigada por oferecerem.

— Tudo bem! — exclama a sra. Chesterton, saindo e levando o marido junto. — Vamos deixar eles trabalharem, Gary. Boa sorte! Ah, vocês poderiam tirar os sapatos, por favor?

— Claro — digo, tirando meus tênis.

Zach espera os pais saírem de perto para se desculpar.

— Foi mal.

— Pelo quê? — diz Trish. — Eles são bem legais.

Ele balança a cabeça.

— Às vezes eles sufocam bastante. Mas tudo bem, vamos lá.

Na minha cabeça, os Chesterton eram muito parecidos com os Oliver, já que Joey e Zach são farinha do mesmo saco quando se trata da ambição fria e calculista. Mas os Chesterton não estão nem perto de serem os esnobes pretensiosos que eu imaginava; eles parecem ser superlegais. Acho que nem todo Cara Sério tem Pais Horrorosos, afinal.

Seguimos Zach por uma escada de madeira à esquerda, passando por um longo corredor no segundo andar. Ele nos guia por uma fileira de retratos de família nas paredes até a porta mais distante, onde seu quarto cavernoso e assustadoramente limpo nos espera.

— Caramba. — Camilla suspira, olhando ao redor. — Dá pra fazer um transplante cardíaco de boa aqui.

— Sim — diz Zach, coçando a nuca, claramente desconfortável por ter seu perfeccionismo revelado. — Gosto de manter tudo organizado.

A dezena de almofadas sobre a cama de dossel está disposta de modo simétrico. Os livros na estante à direita são organizados por cor da lombada — *e* tamanho. Há pôsteres de grupos de K-pop de que ele gosta nas paredes, espaçados igualmente, e o tapete no chão parece que acabou de ser aspirado. (Tenho a sensação de que ele está *sempre* recém-aspirado.)

— Pode-se dizer que eu sou um pouquinho metódico demais — confessa, notando o choque de todos nós com a limpeza do quarto. — Enfim. — Ele caminha até a escrivaninha e acende a *ring light* que flutua por cima da tela do notebook dele. A área fica coberta por um brilho quente e amarelado. — Tá bom desse jeito pra você?

— Nossa! — diz Trish, impressionada. — Você parece levar suas chamadas de vídeo muito a sério.

A escrivaninha comprida do Zach está coberta com as responsabilidades do seu dia a dia. Tudo foi intencionalmente (ou talvez obsessivamente) organizado. Pastas estão etiquetadas e empilhadas em ordem alfabética. Post-its organizados por cor. Nem uma caneta fora do lugar, nem uma tarefa fora da lista. "Metódico" é só a pontinha do iceberg.

Zach senta na cadeira e apoia o celular, já logado na conta oficial da turma de 2023 no Instagram, sobre a mesa.

— Vocês já fizeram lives antes, né? — pergunta ele, olhando para mim e para Trish.

— Sim, Zach — digo, sorrindo. — A gente sabe como o Instagram funciona.

— Só confirmando. — Ele se levanta e olha para o relógio. — Beleza, a conta é toda sua. Alguma pergunta?

— Você não vai ficar aqui, vai? — pergunta Trish.

— Por quê? Você está pensando em fazer a caveira de alguém? — rebate ele, encarando minha amiga.

– Assim... – Trish se apoia na mesa e se encolhe. – Falar bem seria difícil considerando tudo que aconteceu...

– Tô brincando – responde Zach com um sorriso. – Isso é uma eleição. Fale mal o tanto que quiser. Estarei lá embaixo.

Ele sai, fechando a porta.

Camilla pula na cama impecável e deita a cabeça numa das almofadas.

– Como você está se sentindo, amor?

Trish respira lentamente, antes de lamber os lábios.

– Nervosa. Mas de um jeito bom.

Ela está vestida como presidente hoje, com seu blazer roxo de botões prateados. Brincos com cubos nas pontas balançam logo abaixo dos seus cachos, e a sombra – com a quantidade perfeita de brilho – destaca o castanho de seus olhos.

– Você vai arrasar – digo.

– Eu sei. – Ela pisca para mim e aponta para a cadeira do Zach. – Mas você vai primeiro. Pode ir se acomodando.

Eu me sento e ajusto a gravata-borboleta no reflexo do celular de Zach, repassando mentalmente tudo o que quero dizer para a turma antes de chamar Trish. Pensei em escrever um discurso formal, mas falar de maneira autêntica no momento me pareceu uma ideia melhor.

– Dez segundos... – diz Camilla, olhando o próprio celular, deitada na cama que está bem no limite de não aparecer no fundo da live. – Cinco, quatro, três, dois...

Aperto o botão para entrar ao vivo.

– Oi, gente – digo, conforme as pessoas começam a entrar. – Blaine Bowers aqui, o garoto dos murais que do nada decidiu concorrer à presidência.

Trish solta uma risadinha fora da câmera.

– Trago informações importantes sobre as eleições – continuo. – Mas vou esperar um pouco enquanto mais pessoas entram.

A live começa com dez espectadores. Mas logo o número sobe para vinte. Depois cinquenta. Num piscar de olhos, cem pessoas estão assistindo – e o número continua subindo. Na real, não me surpreendo. Os rumores sobre a sabotagem do Joey e da Ashtyn às eleições se espalharam como fogo na última semana, e nós prometemos atualizações para a turma hoje.

E vem uma baita de uma atualização por aí.

— Em primeiro lugar, gostaria de agradecer a cada aluno que participou das eleições este ano — começo, um pouco constrangido por me ver na câmera. — Independentemente de quem votou em mim ou no Zach, participar do processo eleitoral é importante. E, por falar no Zach, gostaria de agradecer a ele por gentilmente me deixar usar a página oficial da turma no Instagram para este pronunciamento. Ele não tinha nenhuma obrigação, porém tem sido um concorrente exemplar.

Pauso, repassando a lista mental de tudo o que preciso dizer neste começo.

— Como muitos de vocês já devem estar sabendo, a eleição para presidente do ano que vem, hum… a votação sofreu um pequeno imprevisto. Digamos que as cédulas não foram entregues em segurança para serem contabilizadas de maneira justa, e infelizmente isso significa que não temos a menor ideia de quem recebeu mais votos para a presidência do quarto ano, Zach ou eu. Porém, ainda precisamos eleger alguém. Nosso ano da formatura é o mais importante do ensino médio, e nós merecemos uma liderança de respeito, que assuma o controle e faça o que é certo pelo bem-estar da nossa classe.

Mais uma pausa, me sentindo meio nervoso de repente.

Será que todo mundo vai me odiar por causa disso? Será que vão me zoar até a formatura? Afinal, um dos argumentos do Zach contra mim no debate foi sobre como eu desisto fácil. Considerando o mural inacabado da sra. Ritewood, essa crítica não é tão infundada assim.

Mas acho que há uma grande diferença entre desistir pelos motivos certos e desistir pelos errados.

Respiro fundo.

— O negócio é o seguinte — digo. — Eu *não* acho que sou o líder que vocês merecem como presidente de classe. Durante toda a campanha, aprendi muito sobre mim mesmo: governanças estudantis simplesmente… não são a minha praia. Pintar é. Meus murais são minha maior paixão. Posso ser um agente de mudanças do meu jeitinho, fazendo o que amo; iluminando as fachadas das incríveis ruas de Chicago. É por isso que... – Faço uma pausa, sentindo um nó enorme na garganta. – É por isso que estou me retirando da eleição para presidente de classe.

As reações e comentários começam a bombar imediatamente.

Ele o quê?????, uma pessoa escreve.

TÁ ZOANDO, outra comenta.

MDS BLAINE NÃO!!! é a última que leio antes de voltar a olhar para a câmera.

Evite os comentários, lembro a mim mesmo. *Não olhe pra baixo.*

– Querem saber quem eu de fato acredito que deve assumir a presidência da nossa turma? Trish Macintosh. – Olho para a esquerda. Ela está de pé, olhando para mim com um sorriso orgulhoso. – Devido a uma das regras da eleição, Trish, minha líder de campanha, tem permissão para me substituir. E, claro, sei que as pessoas vão achar que só a estou apoiando porque ela é a minha melhor amiga. Mas isso não é verdade. Acredito que a Trish será uma presidenta incrível para a turma de 2023. E vou explicar o porquê.

Faço uma pausa para acalmar a respiração, sabendo que preciso acertar em cheio nessa próxima parte.

– Quando decidi concorrer, foi *Trish* quem sugeriu colocar o cartaz VAMOS CONVERSAR no refeitório para recolher as assinaturas. Ela sabia que uma campanha que prioriza ouvir os alunos seria uma campanha vencedora. – Apesar de eu estar tentando ignorar os comentários, percebo uma onda de corações tomando conta da tela. – Depois que eu conversei com muitos de vocês enquanto recolhia as assinaturas, foi *Trish* quem conseguiu ligar os pontos entre as respostas e a questão principal da saúde mental. E foi *Trish* quem propôs a criação da nossa Iniciativa de Bem-Estar Wicker West, e ela vai dar mais detalhes sobre isso daqui a pouquinho. De maneira geral: Trish foi a mente brilhante por trás da minha campanha. Então, se você quer alguém com a visão necessária para melhorar a vida dos alunos no Colégio Wicker West, ela é a melhor opção.

Paro para respirar de novo e percebo o número de pessoas assistindo: trezentas e vinte.

Puta merda.

Não dê bobeira no encerramento, Blaine. Não dê bobeira!

— E é por isso — digo com um sorrisão — que tenho a honra de apresentar vocês a Trish Macintosh, nossa futura presidenta da classe de 2023.

Eu me levanto rapidamente e saio do caminho para que Trish possa ocupar meu lugar.

— Obrigado, gatão — sussurra Trish, me cutucando com o cotovelo.

Ela ocupa a cadeira quente e olha para a câmera com um sorriso radiante.

É claro que ela deve ser nossa presidenta, penso, observando-a comandar a câmera. Como não percebi isso antes?

— Olá, classe de 2023 — diz ela, em alto e bom som, mais confiante do que nunca. — Sou Trish Macintosh e estou aqui para pedir o seu voto na próxima terça-feira. Sei que eu tenho a empatia, a mente aberta e a perspectiva inovadora para ser uma ótima presidenta de classe. E digo o porquê.

Olho para Camilla na cama, toda nervosa apertando uma almofada com força, assistindo como uma mãe competitiva ao jogo de beisebol da filha.

— Como o Blaine mencionou, acredito do fundo do coração que a saúde mental precisa se tornar prioridade número um no Wicker West. Se você está passando por um momento desafiador com sua saúde mental, como eu passei por boa parte da vida, nosso colégio está falhando com você. E isso é um fato, particularmente para alunos negros, marrons, asiáticos ou indígenas. Se você é uma pessoa com deficiência, o Wicker West pode e deve fazer mais por você. O mesmo para alunos LGBTQIA+. É por isso que precisamos da minha Iniciativa de Bem-Estar Wicker West. Aqui está o que o plano inclui, e como pagaremos por isso *sem* aumentar o preço dos ingressos do baile de formatura ou das demais taxas estudantis.

Alguém bate de leve à porta do quarto, e eu corro para abrir.

É Zach, segurando um prato com pão de alho.

— Oi — sussurra ele.

— Oi — respondo, saindo do quarto e fechando a porta para não distrair Trish.

— Desculpa, não quis interromper — diz ele me entregando o prato. — Minha mãe me obrigou a trazer comida pra vocês.

Dou uma risada, pegando o prato das mãos dele.

— Sem problemas. Obrigado.

— Como está indo? — pergunta ele.

— Até agora, tudo bem — digo. — Ela não falou nenhuma merda sobre você... ainda. — Sorrio.

— Quer dizer, depois do que eu fiz com você, roubando suas anotações do debate e tal, eu meio que mereço.

Penso.

— Justo.

Ele assente, um pouco sem jeito, antes de se virar para ir embora.

— Vou voltar lá pra baixo...

— Obrigado de novo por nos deixar fazer isso — digo. — Foi muito legal da sua parte.

Ele dá de ombros.

— Trish merece uma chance, e, se formos ver, a gente nem sequer estaria nessa situação se não fosse pelo nosso ex e pela minha líder de campanha tentando fraudar a eleição. — Ele morde o lábio inferior, pensando em me dizer mais alguma coisa. — E sim... quanto a isso... eu terminei com o Joey.

Ainda bem, penso. *O Joey merece*. Mas em vez disso só digo:

— Ah, sério?

— Sim. Ele é...

— Um babaca?

Zach ri.

— Sim. E...

— Um palhaço?

Ele ri mais ainda.

— Verdade. Mas...

— Um palhaço babaca que talvez tenha me traído?

O ar brincalhão desaparece da expressão do Zach.

— Não — diz ele, balançando a cabeça decididamente. — Com certeza, não. Pelo menos não comigo.

Assinto.

— Certo. Eu não achava isso, mas a linha do tempo me parecia meio suspeita.

— É sério. — Ele balança a cabeça com mais força. — A gente nem sequer deu as mãos antes que ele terminasse com você. Você acredita em mim, né?

Penso por um segundo.

— Sim — respondo com um sorriso tímido. — Acredito. — Coloco uma fatia de pão de alho na boca. — Sinceramente? Eu quase sinto pena do Joey. As únicas coisas que importam pra ele são a popularidade, o poder e conquistar a aprovação dos pais.

— Bom, ele certamente não está se sentindo poderoso agora, sentado em casa e suspenso do colégio. — Zach chega pertinho de mim e sussurra: — Fiquei sabendo que a Universidade de Northwestern talvez suspenda a matrícula dele para o próximo semestre também. E, mesmo se não suspenderem, talvez os pais dele não deixem ele ir.

Arregalo os olhos enquanto mastigo a delícia alhuda da sra. Chesterton.

— Sério mesmo?

Ele assente, segurando um sorriso.

— O senhor e a senhora Oliver estão morrendo de vergonha do que ele fez, e talvez o obriguem a trabalhar na firma do pai ano que vem. Sabe como é, para *ensinar uma lição* ou qualquer coisa assim. — Ele se retrai. — Mas eu não te disse nada.

Fecho um zíper imaginário na boca.

— Que bom que seus pais não são assim.

Ele faz uma careta.

— Assim como? Como os Oliver? Nem pensar. Ainda bem.

— Deve ser terrível — acrescento. — Viver nessa pressão constante para ser perfeito.

Ele suspira.

— Eu sozinho já coloco pressão o bastante em mim mesmo.

— Deu pra ver pela sua mesa — digo com um sorriso. — Você deveria pegar mais leve consigo mesmo, Zach. Tirar uma folga de vez em quando.

Curtir a jornada. O ano da formatura só acontece uma vez, e você não vai querer passar por ele cansado o tempo todo.

— Tem razão. — Ele sorri. — Parece que a Iniciativa de Bem-Estar te pegou de jeito, hein?

Sorrio.

Harvey aparece no corredor e começa a esfregar o corpinho nos tornozelos do Zach.

— Tá bom, garotão, vamos deixá-los em paz — diz Zach, pegando o gato no colo antes de se virar para mim. — Vejo vocês lá embaixo daqui a pouco.

— Combinado — digo. — Agradeça à sua mãe pelo pão de alho.

— Deixa comigo.

Toco a maçaneta para voltar para o quarto.

— Ah, e aliás — sussurra ele do corredor —, você e o Danny, hein?

Meu coração derrete só de ouvir o nome dele.

— Como assim?

Zach me olha de cima a baixo com um sorrisinho malicioso.

— Nem vem, Blaine. Tá na cara que vocês gostam um do outro.

Luto para encontrar as palavras certas. Zach percebe.

— Eu sei, eu sei, não é da minha conta — diz ele, afastando-se de novo. — Mas, se quer saber a minha opinião, acho melhor você tomar uma atitude enquanto há tempo. Como você mesmo disse, o ano da formatura só acontece uma vez.

★ CAPÍTULO 32 ★

Eu me viro de lado para fazer carinho na barriga do Fondue no sol da manhã antes de abrir o Instagram.

A primeira foto que vejo é do aconchegante cantinho de leitura do novo apartamento da tia Starr. Em uma das prateleiras, há uma miniatura de pedra de um *Tyrannosaurus rex*, com as palavras Museu Field entalhadas na base. A legenda da foto diz *Novos começos!* com um emoji sorridente, um de dinossauro e outro de coração verde. Curto a publicação e sorrio, me dando conta de que lidei com a primeira semana de ausência dela muito melhor do que eu esperava. Claro que nós dois enviarmos áudios de apoio moral um para o outro o dia inteiro ajudou bastante. (Nem parece que ela se mudou, para dizer a verdade.) Mas ainda assim, apesar dos meus medos, não chorei antes de dormir nem uma vez durante a semana passada. E considero isso uma grande vitória.

A segunda foto que vejo é uma selfie fofa de Zach junto com Harvey na varanda da casa dele, publicada há trinta minutos.

Hoje o dia será aniMIAU!, diz a legenda, seguida de vários emojis de sol. Deixo um like e comento com um emoji de gato com olhos de coração. Dois segundos depois, Zach curte meu comentário.

Só se passaram duas semanas desde que ele e Trish se enfrentaram na eleição, e acho que nós dois quebramos o recorde de inimigos mortais que se tornaram bons amigos mais rápido.

Fondue começa a ficar ansioso para sair do quarto, então eu me levanto da cama e troco de roupa antes de descer para a cozinha. Da escada, consigo ouvir e sentir o cheiro de carne sendo preparada, o que é estranho, já que imaginei que meus pais sairiam cedo para trabalhar hoje. E, sempre que esse é o caso, o café da manhã é barrinha de cereal e café para viagem.

— Café da noite? — pergunto, ainda meio sonolento, quando chego na cozinha.

Surpreendentemente, minha mãe *não está* com o uniforme do hospital, só jeans e camiseta, enquanto meu pai grelha fatias de presunto no fogão, ainda de pijama.

— Bom dia, filho — diz minha mãe, bebendo seu café. — Você sabia que quando a gente toma café da manhã de manhã, a gente chama de... café da manhã. Né? E não "café da noite"?

— Sim, eu sei, mas... — Olho para os dois, confuso.

Eles não dizem nada.

— Vocês não vão trabalhar hoje? — pergunto.

— Decidi tirar o dia de folga — explica meu pai, moendo sal grosso em cima de uma frigideira de ovos mexidos.

— Nós dois — acrescenta minha mãe, tirando as coisas da cadeira a seu lado para abrir espaço para mim. — Vamos fazer uma faxina geral na casa.

— E no meu galpão — diz meu pai. Abro a boca para alertá-lo a não mexer com as minhas tintas nem com meus materiais de pintura, mas ele me interrompe: — E não, não se preocupe. Não vou mexer nas suas coisas.

Sento ao redor da ilha, me sentindo meio esquisito com o comportamento dos dois.

— Que foi? — diz minha mãe, rindo um pouquinho e bebendo mais um gole de café. — Você me parece desconfiado.

— Eu *estou* – digo, os olhos arregalados. – Vocês nunca tiram folga, e agora decidiram tirar férias em casa juntos?

— Férias em casa, *ha ha* – repete meu pai, achando a expressão divertida. – Agora você forçou.

— Na verdade, decidimos tirar o fim de semana inteiro de folga – diz minha mãe, soltando a caneca e se virando para mim. – Que tal darmos uma passadinha na William's Outfitters amanhã?

— Sério?

— Sério. – Meu pai se vira para nós e coloca um prato cheio na minha frente. – Sei que você vai tomar café da noite na casa da sua tia, mas pensamos em ir à loja antes e te deixar lá depois, já que a William's fica perto do novo apartamento dela.

Semicerro os olhos.

— Qual é a pegadinha?

Minha mãe rouba um morango do meu prato.

— Sem pegadinhas.

— Só queremos passar um tempo com você, só isso – diz meu pai, servindo ovos mexidos para minha mãe também. – Mas, se quer saber, ainda acho essa tal de William's uma marca de gente metida a besta.

— Mas você pode escolher uma gravata – sussurra minha mãe. – Talvez duas, ou três.

Sorrio.

— Pense nisso como nosso presente para o candidato a presidente – diz meu pai, colocando as frigideiras sujas dentro da pia.

— Mas eu pulei fora da eleição – digo. – Vocês não receberam o memorando?

Minha mãe me olha feio.

— Olha o tom, Blaine. É claro que a gente sabe. Só estamos orgulhosos por você ter saído da sua zona de conforto e tentado algo novo.

— E ainda mais orgulhosos por ter tido a coragem de assumir quando percebeu que não era isso que você queria – completa meu pai.

— Tá bom – digo, sorrindo. – Mas será que eu posso, hum... recusar educadamente a oferta?

Os dois param e se viram para mim.

— Recusar educadamente uma ida à William's? — pergunta meu pai, coçando a testa. — Por quê?

— Prefiro ganhar algumas tintas novas — respondo.

Os dois abrem sorrisos radiantes. Como se eu tivesse ganhado o prêmio de Filho do Ano ou algo do tipo.

Sinto minhas bochechas corando.

— Que foi?

— Sim — responde enfim minha mãe, com delicadeza. — Acho uma ótima ideia. — Ela corta o presunto no prato em pedacinhos menores. — Aliás, seu pai está terminando o trabalho naquela obra da Wacker Drive semana que vem.

— E, na quarta, o colega da sua mãe que trabalha no turno da noite volta da licença-paternidade.

Os dois me encaram de novo, como se essas informações significassem alguma coisa.

— Que bom? — digo, mordendo um pedaço de torrada. — Parabéns para o seu colega pelo bebê que nasceu?

— O que estamos tentando dizer, Blaine, é que em breve nós dois estaremos em casa com mais frequência.

— Ah. — Olho para os dois. — Sério?

— Sim — responde meu pai, limpando o bigode com um guardanapo. — Muito em breve.

Minha mãe bagunça meu cabelo, sorrindo.

— Agora termina de comer. A cerimônia dos Feiticeiros Vencedores é agora de manhã, certo?

— O que é isso? — pergunta meu pai.

— O colégio premia os melhores alunos do ano e homenageia os times de esporte que ganharam durante a temporada, e... — Olho para o celular. — Puta merda. Vou me atrasar. — Coloco o resto da comida na boca e subo correndo de volta para o quarto. — Valeu pelo café da noi... da manhã!

— Não tem de quê — grita meu pai de volta. — E não corre de meia pela casa. Você vai se machucar!

Visto um jeans, uma camiseta cinza, escovo os dentes e desço correndo um minuto depois, quase rolando escada abaixo (meu pai tinha razão).

– Já que os dois estarão em casa hoje, podem levar o Fondue pra passear? – grito do saguão, calçando minhas botas e abrindo a porta.
– Obrigado!

Vou para o colégio correndo de leve sob um calor de vinte e sete graus, me arrependendo imediatamente de ter vestido uma camiseta de algodão cinza-clara que revela cada gota de suor que meu corpo produz. O sinal dos atrasados já está tocando quando chego, então vou correndo para o ginásio, onde a cerimônia dos Feiticeiros Vencedores já começou.

O ginásio está barulhento e lotado. O cheiro de tatames velhos e um monte de perfumes diferentes me dá um murro na cara assim que eu entro. O trauma do meu debate contra Zach me deixa um pouquinho nervoso no começo, mas daí eu me lembro de como tudo terminou. Eu não estarei sob os holofotes hoje.

Graças a *Deus*.

– Blaine! – Ouço a voz de Trish por cima do barulho dos alunos. Estico o pescoço tentando encontrá-la no meio do mar de alunos. Finalmente a encontro, acenando para mim da primeira fileira da arquibancada na lateral da quadra de basquete.

– Por que não estou surpreso por você ter conseguido lugares na primeira fileira? – digo, me espremendo no espaço apertado entre Trish e uma garota de maria-chiquinha.

– Por que eu não estou surpresa por você ter se atrasado? – revida ela.

Há dezenas de cadeiras alinhadas dos dois lados da quadra, todas viradas para o centro. Os atuais líderes do conselho estudantil estão nas primeiras cadeiras, junto com os times esportivos, a turma de trívias (que aparentemente venceu um campeonato estadual ou algo do tipo) e um monte de outros alunos que receberam prêmios notáveis ao longo do ano letivo. Joey, recém-saído da suspensão, parece particularmente reprimido a algumas cadeiras de distância de Zach, que parece animado com sua camisa estampada e conversando com o vice-presidente da nossa classe.

– Olha lá meu amorzinho – diz Trish toda orgulhosa, apontando para as cadeiras enfileiradas.

– Cadê ela? – pergunto, movendo os olhos pela quadra. – Ah! Achei. – Camilla está algumas fileiras atrás de Zach, toda bonita com uma saia laranja e uma blusa branca esvoaçante. – Onde ela arrumou aquela roupa?

– Sei lá – diz Trish. – Mas tenho uma sorte do caramba de poder chamá-la de minha namorada.

O diretor Spice se levanta e caminha até o microfone no meio da quadra, esperando todos se acalmarem.

– Os últimos nove meses foram incríveis, Colégio Wicker West – diz ele, encorajando os alunos a responder com aplausos. – A cerimônia dos Feiticeiros Vencedores de hoje é para celebrarmos os grandes momentos e conquistas que tivemos ao longo do ano letivo e que valem a pena serem relembradas. – Ele confere suas anotações. – Em primeiro lugar, uma salva de palmas para nosso time feminino de vôlei!

Um monte de garotas superaltas se levanta e acena enquanto a multidão aplaude.

– Elas não apenas venceram a liga, como também chegaram às quartas de final estaduais. – O diretor Spice lê suas anotações. – Treinadora Smith, gostaria de dizer algumas palavras?

– Oi – diz ao meu ouvido a garota de maria-chiquinha a meu lado, cutucando meu ombro.

Eu me viro para ela.

– Oi.

– Você é o Blaine Bowers.

– Sim.

– Gostei do debate algumas semanas atrás.

Não sei se ela está me zoando ou não.

– Valeu?

– No começo foi bem difícil de assistir – diz ela. – Mas no final você mandou muito bem.

– Obrigado de verdade.

— E a Iniciativa de Bem-Estar? Que ideia incrível — diz ela. — Espero que se torne realidade um dia.

Sorrio para ela.

O diretor Spice continua listando mais alguns times que ganharam campeonatos esportivos antes de passar para as conquistas individuais de alunos.

— Tá chegando, tá chegando — diz Trish no meu ouvido, apertando meu braço, ansiosa pelo prêmio que Camilla vai receber.

— Ai! — grito.

— Desculpa. Tô empolgada!

Ainda precisamos esperar o diretor Spice homenagear mais alguns alunos — Cassie Moorehead, que arrecadou um montão de dinheiro para combater as mudanças climáticas usando sua loja on-line, e Marquis Stones, que lançou uma hashtag megaviral para ajudar instituições de caridade enquanto trabalhava na Fundação Obama — antes de chegarmos à parte boa.

— E agora, a aluna Camilla Castro — começa o diretor Spice.

— Lá vamos nós! — Trish pega o celular para filmar.

— Camilla completou seu estágio no Museu Field, onde estudou os padrões migratórios de diversas espécies de dinossauro — diz ele. — Os cientistas do museu ficaram tão impressionados com ela que Camilla ganhou uma vaga no programa de pesquisa para o próximo semestre, que vem junto com uma bela bolsa de estudos universitária. Bom trabalho, Camilla!

Trish e eu nos levantamos e vamos à loucura, enquanto Camilla recebe uma medalha do diretor Spice e dá uma piscadinha, fazendo uma reverência para nós dois antes de voltar ao seu lugar.

— Ei! — A menina da maria-chiquinha me cutuca de novo.

Eu me viro para ela. De novo.

— Oi.

— Por que você desistiu da eleição? — pergunta ela.

— Ah. — Eu não esperava isso.

— Não quero parecer intrometida — diz ela, superintrometida. — Só curiosidade mesmo.

— Tudo bem — respondo. — Eu me dei conta de que o conselho estudantil não é a minha praia, basicamente.

— Eu sou do primeiro ano, e acho que vou querer me candidatar em algum momento.

— Dou total apoio.

— Mas como você percebeu que não era pra você? — pergunta ela. — Tipo, eu quero me candidatar, mas também não quero me dar conta de que cometi um erro quando já estiver em cima de um palco no meio do debate. — Ela pausa. — Sem ofensas.

Dou uma risada.

— Pergunta difícil. Acho que descobri o que *era* a minha praia, e isso me ajudou a entender o que *não era*. Faz sentido?

Ela pensa.

— Qual é a sua, então? Se não é o conselho estudantil…

— Eu pinto murais em várias lojas da cidade — digo, sorrindo. — Ajudo a deixar a cidade mais bonita, apoio os negócios locais e ainda ganho um dinheirinho. Eu adoro.

— Dá pra ver — diz ela. — Você ficou todo bobo só de falar.

— É?

— É. Parece que você encontrou algo que vale a pena levar a sério. — Ela volta a atenção para o diretor Spice.

Ah. Uma coisa que vale a pena levar a sério.

Sorrio, olhando para o centro da quadra também.

Talvez, no fim das contas, eu seja *mesmo* um Cara Sério.

— A última coisa que faremos nessa cerimônia dos Feiticeiros Vencedores é nomear os líderes do conselho estudantil do próximo ano letivo — anuncia o diretor Spice. — Tivemos algumas eleições concorridas este ano, e outras bem, hum, bem *interessantes*. Mas o senhor Wells já me garantiu que os líderes do ano que vem são pessoas competentes, inspiradoras e mais do que qualificadas para estar no comando.

Faço contato visual com o Zach, e ele sorri para mim.

— Como manda a tradição, cada líder atual vai anunciar seu substituto no semestre que vem — continua o diretor Spice. — Começando pelos formandos, senhor Joey Oliver, poderia dar o pontapé inicial pra gente?

Eita.

O ginásio cai num silêncio constrangedor.

Quer dizer, dá pra ouvir uns aplausos aqui e ali. Mas, no geral, o silêncio soa como unhas numa lousa de giz. Eu não culpo os alunos.

Ninguém gosta de um trapaceiro.

Joey, de jeans rasgado e boné virado para trás, caminha até o microfone, acompanhado de algumas vaias de alunos — que são rapidamente silenciados pelos professores que estão por perto.

Sinceramente? É doloroso de assistir.

— Olá, Feiticeiros — diz ele, tentando sorrir, antes de pigarrear.

Eu quase (quase mesmo) me sinto mal por ele.

Joey, claramente desesperado para sair do holofote o mais rápido possível, pega o martelo de juiz usado na cerimônia.

— Vamos direto ao ponto, então — diz ele, com medo de fazer contato visual com os alunos. — Por favor, uma salva de palmas para a futura presidenta de classe do último ano…

Olho para Trish, sorrindo.

Ela morde o lábio e cutuca meu braço com o dela.

Joey se aproxima do microfone.

— Trish Macintosh.

O ginásio explode em aplausos enquanto Trish atravessa a quadra com sua jaqueta rosa-choque e sapatos de plataforma. Muitas pessoas ficam de pé, incluindo Zach. Camilla pula como se a namorada tivesse acabado de ganhar uma medalha olímpica. Pego meu celular, ansioso para registrar o momento.

Trish pega o martelo de Joey, e, cordialmente, os dois trocam um aperto de mão com sorrisos superforçados, fingindo que ao menos se toleram. Joey senta imediatamente, mas Trish fica mais um tempo no meio da quadra, acenando para as arquibancadas, radiante sob o brilho da vitória.

Trish Macintosh, presidenta da classe de 2023.

Eu adoro como isso soa.

★ CAPÍTULO 33 ★

Trish, Camilla e Zach me convidam para comer pizza depois da aula. Meu estômago roncando quer que eu diga "sim", mas não posso ser um empreendedor irresponsável.

– Por favorzinho? – pede Trish pela terceira vez, fazendo cara de cãozinho abandonado. Camilla e Zach, notando a estratégia dela, a imitam.

Guardo um livro e bato a porta do meu armário.

– Queria muito! Mas preciso terminar o mural.

Camilla mostra sua medalha para mim.

– Isso aqui não significa nada pra você? Sou uma cientista importante agora, cara. Você tem a chance de ir jantar com a próxima Bill Nye.

Sorrio.

– Deixa ele, meninas – diz Zach, dando um tapinha no meu ombro. – A gente guarda uma fatia pra você.

Dou uma risadinha.

– Não vão guardar nada.

– É, provavelmente não – diz Trish, enquanto começam a se afastar. – Mas manda mensagem quando terminar, se ainda quiser sair mais tarde.

– Combinado.

Eles desaparecem virando a esquina, me deixando sozinho no corredor silencioso com minha vontade de ter ido. Entro no banheiro para vestir minhas roupas velhas e manchadas de tinta antes de sair pela outra ponta do prédio – a saída mais perto do Grão Grandão.

Na caminhada pelo colégio vazio, abro meu e-mail para ver se a sra. Ritewood me respondeu depois que eu completei meu trabalho alguns dias atrás. Respondeu!

Estou recebendo tantos elogios, Blaine!, ela começa, e continua me agradecendo pelo mural extra que pintei de Marte nos fundos da loja, sem cobrar. Era o mínimo que eu podia fazer por tê-la deixado esperando por tantas semanas. Embora a Papelaria da Susan não tenha sido multada por causa da minha incompetência, só a possibilidade já me deixou com medo e me fez correr para terminar logo o serviço. *Tivemos uma alta nas vendas ontem*, a sra. Ritewood conclui em seu e-mail. *Não posso confirmar ainda, mas algo me diz que seu novo mural lá nos fundos é um dos responsáveis por isso.*

Um sorriso se estende pelas minhas bochechas enquanto digito uma resposta animada. Faço questão de pedir desculpas (de novo) por ter pisado na bola durante a campanha e prometo passar lá em breve para comprar um novo caderno para rascunhar os murais que pretendo pintar neste verão.

Eu adoro o Wicker West assim no fim da tarde, depois que a maioria dos alunos já foi embora e o ambiente está quieto o bastante para ouvir o zumbido das luzes no teto e vazio o suficiente para poder sentir o cheiro leve de água sanitária pairando no ar por causa das rondas de limpeza dos zeladores. Gosto de entrar num corredor vazio e desfilar como se fosse dono de tudo.

Mas não posso fazer isso depois de entrar na ala de Matemática. Porque Joey está lá, sozinho, arrumando as coisas no seu armário a meros dez passos de distância.

Droga.

Paro de supetão e considero dar meia-volta antes que ele me veja. Mas, assim como aconteceu na frente do Banana Gulosa, sou flagrado (e dessa vez nem tem como colocar a culpa no Fondue).

– Oi – diz Joey meio tímido, com um sorriso triste. – Gostei da camiseta.

Olho para baixo e percebo que a camiseta é *dele*. Bom, *era* dele. Uma camiseta velha e rasgada da equipe de atletismo do colégio, que ele me deu quando a gente começou a namorar. Agora, está toda manchada de tinta nas cores das dezenas de murais espalhados pelo noroeste de Chicago.

– Ah. – A culpa toma conta de mim. – Não foi minha intenção...

– Tudo bem – responde ele, sorrindo. – Era uma camiseta velha, de qualquer modo. Aposto que você está fazendo bom uso, agora que voltou a pintar. – Ele pausa. – Fiquei feliz em saber disso, aliás.

Nem sei como continuar essa conversa – ou se devo continuar. Estou torcendo para que todo o carma positivo que acumulei acertando meus erros nas últimas semanas se manifeste na forma dos alarmes de incêndio começando a tocar do nada, me dando uma desculpa para sair correndo sem nunca mais ter que olhar para ele.

– Como vão as coisas? – pergunta ele.

– Bem – respondo. – E você?

Ele pensa na pergunta antes de abrir um sorriso cheio de dor.

– Já tive dias melhores.

A pessoa na minha frente não é a mesma que estava de pé na minha porta antes do Chaleira de Aço. Seus olhos estão fundos, os tênis brancos estão encardidos como nunca vi, com manchas de grama aparada. Seu cabelo, amassado pelo boné que ele estava usando mais cedo, parece sedento por um pouco de shampoo, e o jeans rasgado de alguma maneira parece ainda mais furado do que na cerimônia, algumas horas atrás.

Ele parece acabado. É de pensar que eu estaria feliz de vê-lo assim.

Mas não estou.

– Fiquei sabendo que você vai trabalhar na firma do seu pai ano que vem – comento, tentando trazer um pouco de positividade para algo inquestionavelmente triste.

– É provável – diz ele, fechando o armário.

Ele dá alguns passos na minha direção.

Faço o mesmo, na direção dele.

– Legal.

Ele dá de ombros.

— Hum, eu não diria "legal". Queria mesmo ir para a Universidade Northwestern.

Finjo surpresa.

— Ué? Por que você não vai?

— Blaine. – Ele me olha feio, ciente de que sei a resposta. – Meus pais não ficaram muito felizes com... – Ele balança a cabeça de um lado para outro, na tentativa de terminar a frase. – Você sabe. *Tudo*.

— Ah. Entendi.

— Talvez eu comece no semestre da primavera – diz ele. – Veremos.

Isso é insuportável. Por que estou tendo essa conversa? Por que sinto a necessidade de ser bonzinho? Joey me tratou feito um chiclete velho grudado na sola do sapato de grife dele. Ele não merece nem mais um segundo do meu tempo.

Preciso ir embora.

— Tenho que ir nessa – digo, dando um passo à frente. – Até mais, Jo...

— Espera. – A mão dele pousa no meu braço quando eu passo. – Posso dizer uma coisa?

Paro.

— Claro.

— Eu só queria... – Ele suspira antes de engolir em seco, encarando o espaço vazio acima da minha cabeça enquanto organiza os pensamentos. – Eu sinto muito, Blaine.

Alterno meu peso entre a ponta dos pés e os calcanhares, esperando que ele continue.

— Você tem todo o direito no mundo de me odiar agora – diz ele. – *Eu* me odeio agora. Mas não estou buscando por perdão. Acho que deixei meu ego me vencer e arruinei sua eleição no processo.

— Por quê? – interrompo. – Por que você se importou tanto com essa eleição?

— Por que você escolheu participar só pra me atacar? – pergunta ele.

— Eu não participei pra te *atacar* – esclareço. – Eu... – de repente fico um pouco envergonhado – queria te reconquistar.

Ele pigarreia, aparentemente chocado com a revelação.

– Oi?

– Sim, – digo, ficando corado. – Queria te provar que posso ser um "Cara Sério", o tipo de garoto com quem você queria ficar. – Solto uma risada. – Sim, eu sei. Que idiotice, né?

Ele parece sem palavras.

– Agora, sério, preciso ir – digo, começando a me afastar. – Tenha uma boa vida, Joey.

– Uma boa *vida*? – ele pergunta. – Você nunca mais vai falar comigo?

Paro e me viro para ele, sentindo meu sangue começar a ferver.

– Por que eu *deveria* falar com você de novo? Você chamou minha campanha de palhaçada. Você tentou fraudar a eleição pra me fazer perder. Você terminou comigo no nosso *aniversário de namoro*...

– Eu não queria! – ele exclama. Vejo uma lágrima se formando em seu olho. – Sério, Blaine. Eu não queria que tudo terminasse do jeito como terminou.

Olho o corredor ao redor, completamente vazio. Apesar de não ter nenhuma testemunha por perto, quase desejo que tivesse só para que uma terceira pessoa pudesse confirmar para mim que esta conversa não é uma alucinação.

– Se você não queria terminar comigo – repito lentamente, assimilando as palavras –, por que terminou, então?

– Não é que eu não queria terminar com você – diz ele, piscando para se livrar das lágrimas. – Eu sei que esse é o maior clichê do mundo, mas o problema não era você. Era eu.

Reviro os olhos, soltando uma risada.

– Tô falando sério – continua ele. – Me perdi muito nessa ideia do cara que eu *deveria* namorar, em vez de pensar no cara que eu *queria* namorar. E, como você sabe, meus pais não ajudaram muito. Eles imaginam um tipo de pessoa muito específica para mim.

Penso nas palavras dele.

– Tá bom, mas, naquele dia no Banana Gulosa, você me disse que seus pais queriam que você terminasse comigo. Por que envolver os dois na situação se você já queria fazer isso?

— Eles queriam que eu terminasse antes da viagem para Cabo — diz ele, envergonhado. — Eu amarelava toda vez, tentando procurar um momento ideal que nunca aparecia. Então chegou a sexta antes da viagem, e eu entrei em pânico e... — Ele suspira, derrotado. — Eu terminei. Sei que foi horrível ter feito aquilo no Chaleira de Aço. Não devia ter sido assim.

— Sim, tem razão — rebato. — Aquilo me machucou demais, Joey.

— Eu sei.

— Foi humilhante.

— Sim.

— E imperdoável, no geral.

Kim, a zeladora, puxa um balde e um esfregão de uma sala próxima e começa a vir na nossa direção. Joey e eu ficamos em silêncio enquanto ela se aproxima com um sorriso sem graça, sentindo que está interrompendo uma conversa difícil.

— Meninos — diz ela, assentindo para nós dois individualmente.

— Oi, Kim — digo.

Joey acena com a cabeça de volta.

O som das rodinhas do balde morre conforme Kim vai ficando menor no fim do corredor, até sumir de vista. Então, Joey e eu voltamos para a nossa espiral de silêncio.

— Então — murmura ele, lambendo os lábios, sem saber o que dizer em seguida.

Não sei o que quero que ele diga. Não sei o que ele *poderia* dizer para mudar qualquer coisa, para fazer com que eu me sinta bem ou justificar o comportamento dele ao longo da campanha. Então começo a me afastar com um sorriso meia-boca, batendo o último prego no que espero que seja nossa última conversa. Mas então eu paro.

Porque, se essa *for mesmo* a nossa última conversa, há mais alguma coisa que eu gostaria de dizer?

— Sinceramente, Joey — digo. — Seus pais são um lixo.

Ele levanta a cabeça.

— É sério — continuo. — Que se danem eles. Não digo isso porque eles não me acham bom o bastante pra você, coisa que, é óbvio, eu sou.

Joey continua me encarando, sem nem piscar.

– Digo isso porque seus pais não pensam no que é melhor pra você – prossigo. – Ou, se pensam, acabam deixando suas próprias inseguranças interferir. Eles só se importam com quanto o que você e seus irmãos fazem reflete *neles*. Toda essa pressão por perfeição pra quê? Pra que vocês três sejam infelizes pelo resto da vida?

Ele considera meu argumento.

– Mas meus irmãos...

– Você não é os seus irmãos, Joey – digo, interrompendo-o. – Você é *você*. – Queria ter tido a clareza e a confiança para dizer tudo isso meses atrás. – Não podemos esquecer que seu pai tinha contatos em Columbia que tiraram seu irmão da fila de espera. E sua mãe não conhecia alguém na Fundação Gates que ajudou sua irmã a tirar aquela parceria do papel?

Ele assente lentamente, olhando para o chão de novo.

– Viu só? Seus pais podem até abrir portas pra você, mas eles também te empurram porta adentro, quer você queira ou não. – Paro para respirar.

Joey, contido como nunca vi, passa a língua pelos dentes por trás dos lábios fechados. Se ele achasse que eu estava errado, já teria falado alguma coisa. Mas eu não estou, e nós dois sabemos disso.

Kim reaparece no final do corredor, empurrando o esfregão e o balde na nossa direção. Esperamos em silêncio até ela, lentamente, passar por nós.

– Meninos – repete ela.

– Oi, Kim – digo.

Joey acena com a cabeça.

Depois que ela desaparece pela segunda vez, Joey coloca o boné virado para trás, escondendo o cabelo desgrenhado.

– Você tem razão, Blaine.

– Eu sei.

– Preciso pensar por conta própria – diz ele, mais para si do que para mim. – Preciso parar de me comparar com meu irmão e minha irmã, e preciso tirar meus pais da cabeça.

– Sim. – Coloco as mãos no bolso. – Que bom que você também enxerga isso.

Uma sensação profunda de alívio inunda meu corpo. É tão bom dizer a verdade, principalmente quando ela está guardada no peito há mais tempo do que eu imaginava, incapaz de escapar com as palavras certas, ou no momento mais oportuno. Mas agora está dito.

— Você vai ficar bem, Joey — digo, abrindo um sorrisinho. — Você sabe disso, não sabe?

Ele não parece tão certo.

— Eu nunca gostei de você por ser presidente de classe, ou porque você ia para a Universidade Northwestern, ou porque queria ser presidente do país um dia — explico. — Eu gostava da *pessoa* que você é. Você é engraçado. Inteligente. E, apesar das suas atitudes neste semestre, uma boa pessoa. Tem muita gente que concorda comigo.

Ele finalmente se permite sorrir também.

— Obrigado.

Olho para o celular — preciso *muito* mesmo ir embora.

— Parabéns pela ótima campanha — diz ele conforme eu atravesso o corredor. — E avisa a Trish que eu acho que a presidência do ano que vem está em ótimas mãos.

— Aviso, sim. — Assinto para ele uma última vez. — A gente se vê, Joey.

Agora tenho um mural para terminar.

Atravesso a porta do colégio e aperto o passo. O clima ainda está úmido e quente ali fora, mas o clima de Chicago é sempre uma caixinha de surpresas. O céu está limpo, os pássaros cantam e o cheiro de grama recém-aparada acompanha minha caminhada até o Grão Grandão. Não dá para reclamar.

— Muito bem, Blaine — digo para mim mesmo, chegando na lateral da cafeteria e olhando para o retrato quase terminado da sra. Nguyen. — Mão na massa.

Sempre fico nervoso ao começar um mural, mas com aquele foi além da conta. Não por causa do tamanho (é um dos menores que já fiz) ou por seu um desenho supercomplicado (a qualidade da foto da sra. Nguyen ajudou muito). Mas eu sabia que estaria meio enferrujado, já que não pintava há um bom tempo, e só de pensar em errar numa obra de arte tão conectada emocionalmente com o Bao me dava pesadelos.

Por sorte, está tudo dando certo.

Estou confiante de que não perdi a energia contagiante da sra. Nguyen, transferindo o jeitinho dela para a parede, o que era minha maior prioridade. As flores e as plantas ao fundo têm tons de vermelho, azul, amarelo, rosa e verde. Não sei muito sobre a sra. Nguyen, mas essa foto me deixou com vontade de conhecê-la.

Agora só preciso finalizar um último detalhe antes de dar a pintura por terminada: preencher os detalhes da flor favorita dela – uma peônia – atrás da orelha. Não, não estava na foto original, mas acho que foi uma boa adição.

Pego minha escada e começo a trabalhar. O sol está me castigando, e gotas de suor embaçam minha visão. Também fico imaginando a pizza que Trish, Camilla e Zach estão comendo neste exato momento do outro lado da cidade, e meu estômago começa a roncar enquanto fantasio com rodelas de peperoni na minha mente. Mas preciso terminar isso aqui.

– Uma peônia? – ouço uma voz à minha esquerda.

Dou um pulo, quase caindo da escada, mas consigo me equilibrar a tempo.

– Desculpa – diz Danny, mordendo o lábio, envergonhado. – Não quis te assustar.

Se eu não estivesse suando antes, agora eu estaria.

– Tudo bem – digo, descendo da escada numa tentativa de parecer tranquilão. – Já estou terminando aqui.

Ele se aproxima com uma camiseta branca e um jeans azul, analisando a parede com um sorriso radiante que não vejo desde quando o avistei no meio da multidão durante o debate.

– Ficou incrível, Blaine.

Ai, meu Deus.

Finjo estar secando a testa de alívio, mas acabo secando suor de verdade. Tiro a escada da parede para termos a melhor vista possível.

– Respondendo à sua pergunta, sim – digo. – É uma peônia. Você disse que era a flor favorita dela, não disse?

Ele assente, os olhos grudados na minha criação.

– Assim que eu terminar a flor, estará pronto – acrescento. – Bom, preciso envernizar tudo depois que terminar. E *aí sim* estará completo.

O trânsito está tranquilo, nenhum pedestre ou ciclista à vista, e os pássaros numa árvore aqui perto param de cantar por um instante, deixando o silêncio pesado. É como se a cidade inteira tivesse parado para escutar nossa conversa.

– Eu...

– Você...

– Desculpa – digo, rindo.

– Não, não – diz ele, apontando para mim. – Pode falar primeiro.

Respiro fundo, sentindo aquele friozinho na barriga.

– Senti saudades de te ver por aí, só isso.

Os lábios dele se curvam num sorriso ainda maior.

– Também senti saudades.

– Desculpa de novo pelo jeito como eu reagi no dia da elei...

Ele sacode a cabeça, me implorando para parar.

– Você já se desculpou por isso. Fui *eu* quem estragou tudo.

– Mas você...

– Blaine, você não precisa ficar se desculpando. – Ele dá um passo para perto de mim. – *Eu* que sinto muito.

Estamos a alguns passos de distância. Os olhos dele, grudados nos meus, nem se mexem. E, por mim, ótimo.

Peraí.

Noto que ele segura algo com as duas mãos atrás das costas.

– Eu menti pra você – diz ele, dando mais um passo. – Disse que eu estava mandando sinais errados. Não era verdade.

– Não? – Engulo em seco.

– Não. O sinal que eu estava mandando era que eu gosto de você. Gosto muito de você.

Meu coração acelera no peito como a banda marcial do colégio marchando ao som da percussão.

– Eu também gosto de você.

– Você é o primeiro cara de quem eu já gostei – diz ele. – E, apesar de já ter me assumido, eu me senti esquisito e confuso no começo. Mas isso passou. Eu sei exatamente o que estou sentindo agora.

— Eu também sei — digo. Minha boca não consegue articular nenhuma frase com mais de duas ou três palavras a esta altura.

— Blaine. — Ele sorri, as covinhas fundas nas bochechas. Os olhos dele brilham como as cores ao redor da sra. Nguyen. — Quer sair comigo qualquer dia desses?

Solto o ar.

— Me promete que não vai ser no Chaleira de Aço.

Ele dá mais um passo à frente, soltando um risinho.

— Prometo.

— Assim sendo, com certeza.

Finalmente ele põe os braços para a frente, revelando o que estava escondendo.

Ah.

É a babosa nova que eu deixei com o Bao ontem — especialmente verde e saudável, plantada num vaso azul.

— Isso aqui foi coisa sua? — pergunta Danny.

Solto uma risada baixinha.

— Bom, sim. Eu estava te devendo, né? E promessa é dív...

Mas não consigo terminar de falar porque, no segundo seguinte, os lábios dele estão tocando os meus. É como se eu estivesse num globo de neve que está sendo balançado. Cada centímetro da minha pele formiga. A mão que não está segurando a planta toca minhas costas e me puxa gentilmente, e nossas barrigas se encostam. A boca dele é macia, o hálito é mentolado, e eu já sei que quero sentir isso aqui mais um milhão de vezes.

Nos separamos, e nossos olhos se encontram de novo.

— Tudo o que eu queria de você era uma babosa nova, Blaine Bowers — diz ele com um sorrisinho. — Daí você chega e faz isso...

Ele pausa, me encarando como se eu tivesse que me defender.

É difícil pensar em *qualquer coisa* para dizer agora, já que estou perdido nos lábios, nos olhos, no cheiro e na mão dele, que continua tocando minhas costas.

— Hum — finalmente consigo dizer. — O que eu fiz exatamente?

Ele me dá um selinho.

— Fez eu me apaixonar por você.

Não sei quando Chicago voltou ao normal — quando os pássaros voltaram a cantar, e os carros voltaram para as ruas, e os trabalhadores com seus cafés fortes voltaram a caminhar pela calçada com o celular na mão. Mas, de repente, percebo toda a vida acontecendo ao nosso redor, me puxando de volta para a realidade.

— Então... — diz ele.

— Então... — Dou uma risada.

— Quer entrar e tomar um mocha? — oferece ele. — Por conta da casa.

Danny me guia até a entrada do Grão Grandão, segurando minha mão. Antes de virarmos a esquina, ele dá uma última olhada na sra. Nguyen, cercada pelas cores e rindo sob a luz do sol.

★ AGRADECIMENTOS ★

Embora *Simplesmente Blaine* tenha começado como uma desculpa para escrever uma versão gay e jovem adulta da obra-prima cinematográfica de 2001, *Legalmente loira*, ela rapidamente se transformou nesta história linda, em grande parte graças a muitas pessoas brilhantes que não se chamam Robbie Couch. (E, deixa eu te contar: se é preciso uma vila para publicar um livro, é preciso um país inteiro para fazer isso no meio de uma pandemia.)

Nunca vou cansar de agradecer à minha editora, Amanda Ramirez, e à equipe incrível da s&s BFYR. Foi a maior alegria dar vida à história do Blaine ao lado de vocês.

Minha agente, Moe Ferrara, foi uma verdadeira estrela do rock em meio a um ano de confinamento, problemas coletivos e pessoais e planos frustrados. Tenho muita sorte em ter você ao meu lado.

Meus familiares, em Michigan, continuam sendo os maiores fãs e aliados que um autor poderia pedir. Sério, sou o mais sortudo do mundo por ter cada um de vocês.

E, por último, obrigado a todos os adolescentes queer que se expressam sem medo e sem vergonha. Vocês foram a inspiração por trás de Blaine Bowers e seus amigos mágicos. Continuem brilhando, sempre.

Esta obra foi composta em Baskerville
e impressa em papel Pólen Natural 70 g/m²
pela Gráfica e Editora Rettec.